An Gatsby Mór

ag F. Scott Mac Gearailt

Cóipcheart © 2024 ag Autri Books

Gach ceart ar cosaint. Ní féidir aon chuid den fhoilseachán seo a atáirgeadh, fótachóipeáil, taifeadadh, nó modhanna leictreonacha nó meicniúla eile, gan cead i scríbhinn a fháil roimh ré ón bhfoilsitheoir, ach amháin i gcás athfhriotail ghearra a áirítear in athbhreithnithe criticiúla agus in úsáidí neamhthráchtála áirithe eile a cheadaítear le dlí an chóipchirt.

Tá an t-eagrán seo mar chuid den "Autri Books Classic Literature Collection" agus cuimsíonn sé aistriúcháin, ábhar eagarthóireachta agus eilimintí dearaidh atá bunaidh don fhoilseachán seo agus atá cosanta faoi dhlí an chóipchirt. Tá an buntéacs san fhearann poiblí agus níl sé faoi réir cóipchirt, ach tá cóipcheart ag Autri Books ar gach breisiú agus modhnú.

Is féidir foilseacháin Autri Books a cheannach le haghaidh úsáid oideachais, tráchtála nó bolscaireachta.

Le haghaidh tuilleadh eolais, déan teagmháil le:
autribooks.com | support@autribooks.com

ISBN: 979-8-3306-5721-6
An chéad eagrán a d'fhoilsigh Autri Books in 2024.

Clár Ábhair

I

II

III

IV

V

VI

VII

VIII

IX

Arís eile chuig Zelda

Ansin caith an hata óir, má bhogann sé sin í;
Más féidir leat Preab ard, Preab as a cuid freisin,
Till sí caoin "Lover, ór-hatted, leannán ard-bouncing,
Caithfidh mé tú a bheith agam!

                    Thomas Parke d'Invilliers

I

I mo bhlianta níos óige agus níos leochailí thug m'athair roinnt comhairle dom go bhfuil mé ag casadh anonn i m'intinn ó shin.

"Aon uair a bhraitheann tú gur mhaith leat duine ar bith a cháineadh," a dúirt sé liom, "cuimhnigh nach raibh na buntáistí a bhí ag na daoine go léir sa saol seo agat."

Ní dúirt sé níos mó, ach bhí muid i gcónaí neamhghnách cumarsáideach ar bhealach in áirithe, agus thuig mé go raibh i gceist aige go leor níos mó ná sin. Mar thoradh air sin, tá claonadh agam gach breithiúnas a chur in áirithe, nós a d'oscail go leor nádúr aisteach dom agus a rinne an t-íospartach de nach bhfuil cúpla bores veteran. Is é an aigne neamhghnácha tapa a bhrath agus é féin a cheangal leis an gcaighdeán seo nuair a bhíonn sé i duine gnáth, agus mar sin tháinig sé faoi sin sa choláiste bhí mé cúisithe go héagórach a bheith ina pholaiteoir, toisc go raibh mé privy leis an griefs rúnda na bhfear fiáin, anaithnid. Bhí an chuid is mó de na muiníní unsought-minic mé feigned codlata, preoccupation, nó levity naimhdeach nuair a thuig mé ag roinnt comhartha unmistakable go raibh nochtadh pearsanta quivering ar na spéire; Maidir le nochtadh pearsanta na bhfear óg, nó ar a laghad na téarmaí ina gcuireann siad in iúl iad, is iondúil go mbíonn siad bradaíl agus marred ag suppressions soiléir. Ábhar dóchais gan teorainn is ea breithiúnais a chaomhnú. Tá beagán eagla orm fós go bhfuil rud éigin ar iarraidh má dhéanaim dearmad air sin, mar a mhol m'athair go snobbishly, agus mé ag athrá go snobbishly, tá tuiscint ar na decencies bunúsacha parcelled amach unequally ag breith.

Agus, tar éis boasting an mbealach seo de mo caoinfhulaingt, teacht mé ar an ligean isteach go bhfuil sé teorainn. D'fhéadfadh iompar a bheith bunaithe ar an gcarraig chrua nó ar na riasca fliucha, ach tar éis pointe áirithe is cuma liom cad air a bhfuil sé bunaithe. Nuair a tháinig mé ar ais ón Oirthear an fómhar seo caite mhothaigh mé go raibh mé ag iarraidh go mbeadh an domhan in éide agus saghas aird mhorálta go deo; Ní raibh mé ag iarraidh turais chíréibeacha níos mó le glimpses phribhléid isteach i gcroí an duine. Ní raibh ach Gatsby, an fear a thugann a ainm don leabhar seo, díolmhaithe ó mo imoibriú-Gatsby, a léirigh gach rud a bhfuil scorn gan tionchar agam air. Má tá pearsantacht sraith unbroken de gothaí rathúla, ansin bhí rud éigin taibhseach mar gheall air, roinnt íogaireacht airde do na gealltanais na beatha, amhail is dá mbeadh sé a bhaineann le ceann de na meaisíní intricate a chlárú creathanna talún deich míle míle ar shiúl. Ní raibh aon bhaint ag an sofhreagracht seo leis an impriseanacht flabby sin atá díniteach faoi ainm an "meon cruthaitheach" - bronntanas neamhghnách a bhí ann don dóchas, ullmhacht rómánsúil ar nós nach bhfuair mé riamh in aon duine eile agus nach dócha go bhfaighidh mé arís é. Ní hea— d'iompaigh Gatsby ceart go leor ag an deireadh; is é an rud a chreach ar Gatsby, an deannach bréan a shnámh i ndiaidh a bhrionglóidí a dhún mo spéis go sealadach sna brónna agus sna heitleáin ghearr-ghaoithe a bhí ag fir.

Bhí mo mhuintir feiceálach, dea-dhéanta i gcathair seo an Mheán-Iarthair le trí ghlúin anuas. Is rud de chlann iad na Carraways, agus tá traidisiún againn go bhfuil muid síolraithe ó Dhiúc Buccleuch, ach ba é bunaitheoir iarbhír mo líne deartháir mo sheanathar, a tháinig anseo i caoga a haon, a chuir ionadaí chuig an gCogadh Cathartha, agus a chuir tús leis an ngnó crua-earraí mórdhíola a dhéanann m'athair inniu.

Ní fhaca mé an t-uncail seo riamh, ach tá mé ceaptha a bheith cosúil leis- le tagairt speisialta don phictiúr sách crua-bruite a chrochann in oifig an athar. Bhain mé céim amach ó New Haven i 1915, díreach ceathrú céad bliain i ndiaidh m'athar, agus beagán ina dhiaidh sin ghlac mé páirt san imirce Teutonach moillithe sin ar a dtugtar an Cogadh Mór. Bhain mé taitneamh as an bhfrith-ruathar chomh maith sin gur tháinig mé ar ais gan scíth. In ionad a bheith mar lárionad te an domhain, bhí an chuma ar an Meán-Iarthar anois go raibh imeall ragged na cruinne-mar sin shocraigh mé dul Soir agus gnó na mbannaí a fhoghlaim. Bhí gach duine a raibh a fhios agam i ngnó na mbannaí, mar sin cheap mé go bhféadfadh sé tacú le fear singil amháin eile. Labhair mo chuid aintíní agus uncailí go léir é amhail is dá mbeadh siad ag roghnú scoil prep dom, agus ar deireadh dúirt sé, "Cén fáth-ye-es," le aghaidheanna an-uaigh, hesitant. D'aontaigh an tAthair mé a mhaoiniú ar feadh bliana, agus tar éis moilleanna éagsúla tháinig mé Thoir, go buan, shíl mé, in earrach na bliana is fiche.

Ba é an rud praiticiúil ná seomraí a fháil sa chathair, ach séasúr te a bhí ann, agus bhí mé díreach tar éis tír ina raibh faichí leathana agus crainn chairdiúla a fhágáil, mar sin nuair a mhol fear óg san oifig go dtógfaimis teach le chéile i mbaile comaitéireachta, bhí sé cosúil le smaoineamh iontach. Fuair sé an teach, bungaló cairtchláir buailte ag an aimsir ag ochtó sa mhí, ach ag an nóiméad deireanach d'ordaigh an gnólacht dó go Washington, agus chuaigh mé amach go dtí an tír ina n-aonar. Bhí madra agam—ar a laghad bhí sé agam ar feadh cúpla lá go dtí gur rith sé ar shiúl—agus sean-Dodge agus bean Fionlannach, a rinne mo leaba agus a chócaráil bricfeasta agus a mhúscail eagna na Fionlainne di féin thar an sorn leictreach.

Bhí sé uaigneach ar feadh lae nó mar sin go dtí maidin amháin stop fear éigin, níos déanaí ná mé, mé ar an mbóthar.

"Cén chaoi a dtéann tú go sráidbhaile West Egg?" a d'fhiafraigh sé go neamhbhalbh.

Dúirt mé leis. Agus de réir mar a shiúil mé ar aghaidh ní raibh uaigneas orm a thuilleadh. Treoraí, treo-aimsitheoir, lonnaitheoir bunaidh a bhí ionam. Thug sé saoirse na comharsanachta dom go casually.

Agus mar sin leis an solas na gréine agus na bursts mór na duilleoga ag fás ar na crainn, díreach mar a fhásann rudaí i scannáin tapa, bhí mé go áitiú ar an eolas go raibh an saol ag tosú arís leis an samhradh.

Bhí an oiread sin le léamh, ar rud amháin, agus an oiread sin sláinte bhreá le tarraingt anuas as an aer óg anála. Cheannaigh mé dosaen imleabhar ar urrúis bhaincéireachta agus chreidmheasa agus infheistíochta, agus sheas siad ar mo sheilf i ndath dearg agus ór cosúil le hairgead nua ón miontas, ag gealladh go nochtfaí na rúin shining nach raibh a fhios ach Midas agus Morgan agus Maecenas. Agus bhí sé ar intinn agam go leor leabhar eile a léamh seachas. Bhí mé sách liteartha sa choláiste—bliain amháin scríobh mé sraith d'eagarfhocail an-sollúnta agus soiléir don Yale News—agus anois bhí mé chun gach rud den sórt sin a thabhairt ar ais i mo shaol agus a bheith arís go bhfuil an chuid is mó teoranta de na speisialtóirí go léir, an "fear dea-chothromú." Ní hé seo ach epigram-tá an saol i bhfad níos rathúla d'fhéach sé ar ó fhuinneog amháin, tar éis an tsaoil.

Seans maith gur cheart dom teach a fháil ar cíos i gceann de na pobail aisteacha i Meiriceá Thuaidh. Is ar an oileán caol círéibeach sin a shíneann é féin soir ó Nua-Eabhrac—agus áit a bhfuil, i measc fiosrachtaí nádúrtha eile, dhá fhoirmiú neamhghnách talún. Fiche míle ón gcathair péire uibheacha ollmhóra, comhionann i imlíne agus scartha ach amháin ag bá cúirtéise, jut amach sa chorp is ceansaithe uisce salann sa leathsféar Thiar, an barnyard fliuch mór Long Island Sound. Ní ubhchruthanna foirfe iad - cosúil leis an ubh i scéal Columbus, tá siad araon brúite cothrom ag an deireadh teagmhála - ach caithfidh a gcosúlacht fhisiciúil a bheith ina fhoinse iontais suthain do na faoileáin a eitlíonn lastuas. Chun an wingless feiniméan níos suimiúla a n-dissimilarity i ngach ar leith ach amháin cruth agus méid.

Bhí mé i mo chónaí ag West Egg, an-bhuel, an níos lú faiseanta den dá cheann, cé gur clib is superficial é seo chun an chodarsnacht aisteach agus ní beag sinister a chur in iúl eatarthu. Bhí mo theach ag barr na huibhe, gan ach caoga slat ón bhFuaim, agus fáisceadh é idir dhá áit ollmhóra a bhí ar cíos ar feadh dhá mhíle dhéag nó cúig mhíle dhéag sa séasúr. Ba é an ceann ar mo dheis affair colossal ag aon chaighdeán-bhí sé aithris fhíorasach ar roinnt Hôtel de Ville sa Normainn, le túr ar thaobh amháin, spanking nua faoi féasóg tanaí eidhneán amh, agus linn snámha marmair, agus níos mó ná daichead acra faiche agus gairdín. Teach mór Gatsby a bhí ann. Nó, in áit, mar nach raibh a fhios agam an tUasal Gatsby, bhí sé ina Ard-Mhéara inhabited ag fear uasal den ainm sin. Radharc na súl a bhí i mo theach féin, ach radharc beag súl a bhí ann, agus bhí dearmad déanta air, mar sin bhí radharc agam ar an uisce, radharc páirteach ar fhaiche mo chomharsan, agus cóngaracht na milliúnaithe—iad go léir ar feadh ochtó dollar in aghaidh na míosa.

Trasna an bhá cúirtéise bhí na páláis bhána d'Ubh Thoir faiseanta glittered feadh an uisce, agus tosaíonn stair an tsamhraidh i ndáiríre ar an tráthnóna thiomáin mé thall ansin chun dinnéar a bheith agam leis na Tom Buchanans. Ba é Daisy an dara col ceathrar a bhí agam nuair a baineadh anuas é, agus bhí aithne agam ar Thomás sa choláiste. Agus díreach i ndiaidh an chogaidh chaith mé dhá lá leo i Chicago.

Bhí a fear céile, i measc éachtaí fisiciúla éagsúla, ar cheann de na foircinn is cumhachtaí a d'imir peil riamh ag New Haven - figiúr náisiúnta ar bhealach, duine de na fir sin a shroicheann barr feabhais teoranta chomh géar sin ag fiche a haon go bhfuil gach rud ina dhiaidh sin savours de anticlimax. Bhí a mhuintir an-saibhir—fiú sa choláiste bhí a shaoirse le hairgead ina ábhar oirbhire—ach anois d'fhág sé Chicago agus thiocfadh sé Thoir ar bhealach a thóg d'anáil uait: mar shampla, thug sé síos sreangán capaillíní polo ó Lake Forest. Ba dheacair a thuiscint go raibh fear i mo ghlúin féin saibhir go leor chun é sin a dhéanamh.

Cén fáth ar tháinig siad Thoir níl a fhios agam. Bhí bliain caite acu sa Fhrainc ar chúis ar bith, agus ansin d'imigh siad anseo is ansiúd go míshuaimhneach cibé áit ar imir daoine polo agus bhí siad saibhir le chéile. Bogadh buan a bhí ann, a dúirt Daisy ar an teileafón, ach níor chreid mé é—ní raibh radharc ar bith agam ar chroí Daisy, ach mhothaigh mé go n-imeodh Tom ar aghaidh go deo ag lorg, rud beag millteanach, as an suaitheadh drámatúil a bhain le cluiche peile doleigheasta éigin.

Agus mar sin tharla sé gur thiomáin mé anonn go dtí East Egg tráthnóna te gaofar chun beirt sheanchairde a fheiceáil a raibh aithne agam orthu ar chor ar bith. Bhí a dteach níos ilchasta ná mar a bhí súil agam leis, teach mór Coilíneach Seoirseach dearg-agus-bán, ag breathnú amach ar an mbá. Thosaigh an fhaiche ag an trá agus rith sé i dtreo an dorais tosaigh ar feadh ceathrú míle, ag léim thar ghriandials agus siúlóidí brící agus gairdíní a dhó-ar deireadh nuair a shroich sé an teach ag sileadh suas an taobh i bhfíniúnacha geala amhail is dá mba ó mhóiminteam a rite. Briseadh an tosach le líne d'fhuinneoga na Fraince, ag luisniú anois le hór frithchaite agus leathan oscailte don tráthnóna te gaofar, agus bhí Tom Buchanan in éadaí marcaíochta ina sheasamh lena chosa óna chéile ar an bpóirse tosaigh.

Bhí sé athraithe ó bhlianta a New Haven. Anois, bhí sé ina fhear sturdy tuí-haired de tríocha, le béal sách crua agus ar bhealach supercilious. Bhí ceannas bunaithe ag dhá shúil sotalacha lonracha ar a aghaidh agus thug sé an chuma air go raibh sé i gcónaí ag claonadh chun tosaigh. Ní fhéadfadh fiú an swank effeminate a chuid éadaí marcaíochta cheilt ar an chumhacht ollmhór an chomhlachta-dhealraigh sé a líonadh na buataisí glistening go dtí strained sé an lacing barr, agus d'fhéadfá a fheiceáil pacáiste mór de muscle aistriú nuair a bhog a ghualainn faoina chóta tanaí. Comhlacht a bhí ann a bhí in ann giaráil ollmhór a dhéanamh—corp cruálach.

Chuir a ghlór cainte, teanntóir gruff husky, leis an tuiscint ar fhrustrachas a chuir sé in iúl. Bhí díspeagadh paternal ann, fiú i dtreo daoine a thaitin sé-agus bhí fir ag New Haven a raibh fuath a inní.

"Anois, ná ceap go bhfuil mo thuairim ar na cúrsaí seo críochnaitheach," a dúirt sé, "díreach toisc go bhfuil mé níos láidre agus níos mó d'fhear ná mar atá tú." Bhí muid sa tsochaí shinsearach chéanna, agus cé nach raibh muid riamh pearsanta bhí an tuiscint agam i gcónaí gur cheadaigh sé dom agus theastaigh uaim go dtaitneodh sé liom le roinnt wistfulness harsh, defiant dá chuid féin.

Labhair muid ar feadh cúpla nóiméad ar an bpóirse grianmhar.

"Tá áit dheas agam anseo," a dúirt sé, a shúile ag splancadh faoi gan stad.

Ag casadh timpeall orm le lámh amháin, bhog sé lámh leathan cothrom feadh an radharc tosaigh, lena n-áirítear ina scuabadh gairdín Iodálach báite, leath acra de rósanna doimhne, pungent, agus mótarbhád snub-nosed a bhuail an taoide amach ón gcósta.

"Bhain sé le Demaine, an fear ola." Chas sé timpeall arís mé, go béasach agus go tobann. "Rachaimid istigh."

Shiúil muid trí halla ard isteach i spás geal rosy-daite, ceangailte go leochaileach isteach sa teach ag fuinneoga na Fraince ag ceachtar deireadh. Bhí na fuinneoga ajar agus gleaming bán i gcoinne an féar úr taobh amuigh go bhfuil an chuma ag fás ar bhealach beag isteach sa teach. Shéid breeze tríd an seomra, shéid cuirtíní isteach ag ceann amháin agus amach an ceann eile cosúil le bratacha pale, iad a chasadh suas i dtreo an císte bainise frosted an tsíleáil, agus ansin rippled thar an rug fíon-daite, ag déanamh scáth air mar a dhéanann an ghaoth ar an bhfarraige.

Ba é an t-aon rud a bhí go hiomlán ina stad sa seomra ná tolg ollmhór ar a raibh beirt bhan óga buacach amhail is gur ar bhalún ar ancaire a bhí sé. Bhí an bheirt acu bán, agus bhí a gcuid gúnaí ag sracadh agus ag sileadh amhail is go raibh siad díreach séidte ar ais isteach tar éis eitilt ghearr timpeall an tí. Caithfidh gur sheas mé ar feadh cúpla nóiméad ag éisteacht le fuip agus snap na cuirtíní agus groan pictiúr ar an mballa. Ansin bhí borradh ann nuair a dhún Tom Buchanan na fuinneoga cúil agus fuair an ghaoth gafa bás amach faoin seomra, agus na cuirtíní agus na rugaí agus an bheirt bhan óga balún go mall ar an urlár.

Bhí óige na beirte ina strainséir dom. Bhí sí sínte fad iomlán ag a deireadh an divan, go hiomlán motionless, agus lena smig ardaíodh beagán, amhail is dá mbeadh sí ag cothromú rud éigin ar sé a bhí go leor dócha go titim. Má chonaic sí mé amach as cúinne a súile níor thug sí aon leid de—go deimhin, ba bheag an t-iontas a bhí orm leithscéal a ghabháil as cur isteach uirthi nuair a tháinig sí isteach.

Rinne an cailín eile, Daisy, iarracht ardú-chlaon sí beagán ar aghaidh le léiriú coinsiasach - ansin rinne sí gáire, gáire beag áiféiseach, mealltach, agus rinne mé gáire freisin agus tháinig mé ar aghaidh isteach sa seomra.

"Tá mé p-paralysed le sonas."

Gáire sí arís, amhail is dá ndúirt sí rud éigin an-witty, agus bhí mo lámh ar feadh nóiméad, ag féachaint suas i mo aghaidh, gealladh nach raibh aon duine ar fud an domhain sí an oiread sin ag iarraidh a fheiceáil. B'shin bealach a bhí aici. Thug sí le fios i murmur gurbh é Baker sloinne an chailín chothromaíochta. (Chuala mé go ndúirt sé nach raibh murmur Daisy ach chun daoine a chlaonadh i dtreo di; cáineadh neamhábhartha a d'fhág nach raibh sé chomh mealltach céanna.)
Ar aon chuma, fluttered liopaí Miss Baker, Chlaon sí ag dom beagnach imperceptibly, agus ansin tipped go tapa a ceann ar ais arís - bhí an rud a bhí sí cothromú ar ndóigh tottered beagán agus thug sí rud éigin de eagla. Arís d'eascair saghas leithscéal le mo bheola. Tarraingíonn beagnach aon taispeántas d'fhéindhóthanacht iomlán ómós láidir uaim.

D'fhéach mé siar ar mo chol ceathrar, a thosaigh ag cur ceisteanna orm ina glór íseal, corraitheach. Ba é an cineál guth a leanann an chluas suas agus síos, amhail is gur socrú nótaí é gach óráid nach seinnfear go deo arís. Bhí a haghaidh brónach agus álainn le rudaí geala ann, súile geala agus béal geal paiseanta, ach bhí sceitimíní ina glór go raibh sé deacair dearmad a dhéanamh ar fhir a thug aire di: compulsion amhránaíochta, cogar "Éist," gealltanas go raibh rudaí aeracha, spreagúla déanta aici tamall ó shin agus go raibh daoine aeracha ann, rudaí spreagúla ag dul in olcas sa chéad uair an chloig eile.

D'inis mé di conas a stop mé amach i Chicago ar feadh lae ar mo bhealach Thoir, agus conas a chuir dosaen duine a ngrá tríom.

"An gcailleann siad mé?" adeir sí go ecstatically.

"Tá an baile ar fad díchéillí. Tá an roth cúil ar chlé péinteáilte dubh mar bláthfhleasc caoineadh ag na carranna go léir, agus tá dúiseacht leanúnach ann ar feadh na hoíche ar feadh an chladaigh thuaidh."

"Cé chomh taibhseach! Téimis ar ais, a Thomáis. Amárach! Ansin dúirt sí go neamhábhartha: "Ba chóir duit an leanbh a fheiceáil."

"Ba mhaith liom."

"Tá sí ina codladh. Tá sí trí bliana d'aois. Nach bhfaca tú riamh í?

"Riamh."

"Bhuel, ba chóir duit í a fheiceáil. Tá sí—"

Tom Buchanan, a bhí ag hovering restlessly mar gheall ar an seomra, stopadh agus quieuit a lámh ar mo ghualainn.

"Cad a dhéanann tú, Nick?"

"Is fear banna mé."

"Cé leis?"

Dúirt mé leis.

"Níor chuala riamh iad," a dúirt sé go cinntitheach.

Chuir sé seo as dom.

"Déanfaidh tú," a d'fhreagair mé go gairid. "Beidh tú má fhanann tú san Oirthear."

"Ó, fanfaidh mé san Oirthear, ná bíodh imní ort," a dúirt sé, ag glancing ag Daisy agus ansin ar ais orm, amhail is dá mbeadh sé san airdeall ar rud éigin níos mó. "Ba mhaith liom a bheith ina amadán Dia damned chun cónaí in áit ar bith eile."

Ag an bpointe seo dúirt Miss Baker: "Cinnte!" le tobann den sórt sin a thosaigh mé - ba é an chéad fhocal a rith sí ó tháinig mé isteach sa seomra. Evidently ionadh sé di an oiread agus a rinne sé dom, do yawned sí agus le sraith de gluaiseachtaí tapa, deft sheas suas isteach sa seomra.

"Tá mé righin," ar sise ag gearán, "tá mé i mo luí ar an tolg sin chomh fada agus is féidir liom cuimhneamh air."

"Ná féach orm," arsa Daisy, "tá mé ag iarraidh tú a chur go Nua-Eabhrac an tráthnóna ar fad."

"Níl, go raibh maith agat," a dúirt Miss Baker leis na ceithre mhanglaim díreach isteach ón pantry. "Tá mé go hiomlán i mbun traenála."

D'fhéach a óstach ar a incredulously.
"Tá tú!" Thóg sé síos a dheoch amhail is dá mba braon i dtóin gloine é. "Tá an chaoi a bhfaigheann tú aon rud a rinneadh riamh níos faide ná mé."

D'fhéach mé ar Miss Baker, ag smaoineamh ar an méid a bhí sí "déanta." Bhain mé taitneamh as a bheith ag féachaint uirthi. Cailín caol, beagchíoch a bhí inti, le carráiste in airde, a raibh blas uirthi trína corp a chaitheamh siar ar na guaillí mar a bheadh dalta óg ann. D'fhéach a súile liatha grian-strained ar ais orm le fiosracht chómhalartach bhéasach as eala, a fheictear, aghaidh discontented. Tharla sé dom anois go bhfaca mé í, nó pictiúr di, áit éigin roimhe sin.

"Tá cónaí ort in West Egg," a dúirt sí go drochmheasúil. "Tá aithne agam ar dhuine éigin ansin."

"Níl a fhios agam singil—"

"Caithfidh go bhfuil aithne agat ar Gatsby."

"Gatsby?" a d'éiligh Daisy. "Cad Gatsby?"

Sula bhféadfainn freagra a thabhairt gurbh é dinnéar mo chomharsan é fógraíodh é; ag dingeadh a lámh aimsir go dian faoi mo mhianach, chuir Tom Buchanan d'fhiacha orm ón seomra amhail is go raibh sé ag bogadh seiceálaí go cearnóg eile.

Go caol, languidly, a lámha leagtha go héadrom ar a cromáin, an bheirt bhan óga roimh dúinn amach ar aghaidh go dtí póirse rosy-daite, oscailte i dtreo an luí na gréine, áit a flickered ceithre coinnle ar an tábla sa ghaoth laghdaithe.

"Cén fáth *coinnle*?" agóid Daisy, frowning. Sciob sí amach lena méara iad. "I gceann coicíse beidh sé ar an lá is faide sa bhliain." D'fhéach sí orainn go léir radiantly. "An mbíonn tú i gcónaí ag faire ar an lá is faide den bhliain agus ansin an gcailleann tú é? Bím i gcónaí ag faire ar an lá is faide sa bhliain agus ansin caillim é."

"Ba chóir dúinn rud éigin a phleanáil," yawned Miss Baker, ina suí síos ag an mbord amhail is dá mbeadh sí ag dul isteach sa leaba.
"Ceart go leor," arsa Nóinín. "Cad a bheidh beartaithe againn?" Chas sí chugam gan chabhair: "Cad atá beartaithe ag daoine?"

Sula raibh mé in ann a súile a fhreagairt fastened le léiriú awed ar a mhéar beag.

"Féach!" a rinne sí gearán; "Ghortaigh mé é."

D'fhéachamar go léir—bhí an knuckle dubh agus gorm.

"Rinne tú é, a Thomáis," a dúirt sí go accusingly. "Tá a fhios agam nach raibh i gceist agat, ach *rinne* tú é. Sin an rud a fhaighim chun bruit d'fhear a phósadh, eiseamal fisiciúil mór, mór, hulking de—"

"Is fuath liom an focal sin 'hulking,' " agóid Tom crossly, "fiú i kidding."

"Hulking," a d'áitigh Daisy.

Uaireanta labhair sí féin agus Miss Baker ag an am céanna, go neamhbhalbh agus le inconsequence bantering nach raibh riamh go leor chatter, go raibh chomh fionnuar mar a gúnaí bán agus a súile impersonal in éagmais gach dúil. Bhí siad anseo, agus ghlac siad le Tomás agus liomsa, gan ach iarracht bhéasach thaitneamhach siamsaíocht a chur ar fáil nó siamsaíocht a chur ar fáil. Bhí a fhios acu go mbeadh an dinnéar thart faoi láthair agus beagán níos déanaí bheadh an tráthnóna thart agus corrdhuine. Bhí sé an-difriúil ón Iarthar, áit a raibh tráthnóna ag dul ó chéim go céim i dtreo a dhúnadh, in oirchill a bhí díomách go leanúnach nó eile i ndrochchaoi neirbhíseach na huaire féin.

"You make me feel uncivilized, Daisy," a d'admhaigh mé ar mo dhara gloine de corky ach claret sách suntasach. "Nach féidir leat labhairt faoi bharra nó rud éigin?"

Ní raibh aon rud i gceist agam go háirithe leis an ráiteas seo, ach tógadh suas é ar bhealach gan choinne.

"Civilization's going to pieces," bhris amach Tom go foréigneach. "Tá mé gotten a bheith ina pessimist uafásach faoi rudaí. Ar léigh tú *The Rise of the Coloured Empires leis an* bhfear seo Goddard?

"Cén fáth, níl," fhreagair mé, in áit ionadh ag a ton.

"Bhuel, is leabhar breá é, agus ba chóir do gach duine é a léamh. Is é an smaoineamh más rud é nach bhfuil muid ag breathnú amach go mbeidh an cine bán a bheith-a bheith utterly báite. Is stuif eolaíochta ar fad é; tá sé cruthaithe."

"Tá Tom ag éirí an-mhór," a dúirt Daisy, le léiriú ar brón unthoughtful. "Léann sé leabhair dhoimhne le focail fhada iontu. Cad é an focal sin muid—"

"Bhuel, tá na leabhair seo go léir eolaíoch," a d'áitigh Tomás, ag gleadhradh uirthi go mífhoighneach. "D'oibrigh an fear seo amach an rud ar fad. Is fúinne, cé hiad an cine ceannasach, a bheith ag faire amach nó beidh smacht ag na rásaí eile seo ar rudaí."

"Tá muid chun iad a bhualadh síos," whispered Daisy, winking ferociously i dtreo an ghrian fervent.

"Ba chóir duit cónaí i California -" thosaigh Miss Baker, ach chuir Tom isteach uirthi trí aistriú go mór ina chathaoir.

"Is é an smaoineamh seo ná gur Nordaigh muid. Tá mé, agus tá tú, agus tá tú, agus -" Tar éis leisce infinitesimal san áireamh sé Daisy le nod beag, agus winked sí ag dom arís. "-Agus tá muid a tháirgtear go léir na rudaí a théann chun sibhialtacht a dhéanamh-OH, eolaíocht agus ealaín, agus go léir. An bhfeiceann tú?

Bhí rud éigin pathetic ina tiúchan, amhail is dá mba nach raibh a complacency, níos géire ná sean, go leor dó níos mó. Nuair a ghlaoigh an teileafón isteach beagnach láithreach agus d'fhág an Buitléarach an póirse Daisy gafa ar an mbriseadh cinniúnach agus chlaon sé i mo threo.

"Inseoidh mé rún teaghlaigh duit," a dúirt sí go fonnmhar. "Baineann sé le srón an bhuitléara. Ar mhaith leat cloisteáil faoi shrón an bhuitléara?

"Sin an fáth gur tháinig mé anonn anocht."

"Bhuel, ní buitléir a bhí ann i gcónaí; bhíodh sé ina snasaire airgid ag roinnt daoine i Nua-Eabhrac a raibh seirbhís airgid aige do dhá chéad duine. B'éigean dó snas a chur air ó mhaidin go hoíche, go dtí gur thosaigh sé ag dul i bhfeidhm ar a shrón—"

"Chuaigh rudaí ó olc go dona," a mhol Miss Baker.

"Tá. Chuaigh rudaí ó olc go dona, go dtí ar deireadh b'éigean dó éirí as a phost.

Ar feadh nóiméad thit an solas na gréine deireanach le gean rómánsúil ar a aghaidh glowing; chuir a guth d'fhiacha orm dul ar aghaidh gan anáil agus mé ag éisteacht—ansin d'imigh an luisne, gach solas ag tréigean di le brón lingering, cosúil le páistí ag fágáil sráid thaitneamhach ag dusk.

Tháinig an Buitléarach ar ais agus murmured rud éigin gar do chluas Tom, agus air sin frowned Tom, bhrúigh ar ais a chathaoir, agus gan focal chuaigh taobh istigh. Amhail is gur thapaigh a neamhláithreacht rud éigin laistigh di, chlaon Daisy ar aghaidh arís, a guth ag glowing agus ag canadh.

"Is breá liom tú a fheiceáil ag mo bhord, Nick. Cuireann tú i gcuimhne dom—de rós, rós iomlán. Nach bhfuil sé?" Chas sí chuig Miss Baker lena deimhniú: "Rós iomlán?"

Ní raibh sé sin fíor. Níl mé fiú faintly cosúil le rós. Ní raibh sí ach extemporizing, ach teas corraitheach flowed as di, amhail is dá mbeadh a croí ag iarraidh teacht amach chun tú folaithe i gceann de na focail breathless, thrilling. Ansin go tobann chaith sí a naipcín ar an mbord agus shaor sí í féin agus chuaigh sí isteach sa teach.

Mhalartaigh Miss Baker agus mé sracfhéachaint ghearr go comhfhiosach gan bhrí. Bhí mé ar tí labhairt nuair a shuigh sí suas go airdeallach agus dúirt sí "*Sh!*" i nguth rabhaidh. Bhí murmur impassioned subdued inchloiste sa seomra ina dhiaidh sin, agus chlaon Miss Baker ar aghaidh gan náire, ag iarraidh a chloisteáil. Tháinig crith ar an murmur ar imeall an chomhleanúnachais, chuaigh sé go tóin poill, suite go corraitheach, agus ansin scoir sé ar fad.

"Is é seo an tUasal Gatsby labhair tú ar mo chomharsa-" Thosaigh mé.

"Ná labhair. Ba mhaith liom a chloisteáil cad a tharlaíonn.

"An bhfuil rud éigin ag tarlú?" D'fhiosraigh mé neamhchiontach.

"Ciallaíonn tú a rá nach bhfuil a fhios agat?" arsa Miss Baker, iontas macánta. "Shíl mé go raibh a fhios ag gach duine."

"Ní féidir liom."

"Cén fáth—" a dúirt sí go hesitantly. "Fuair Tom bean éigin i Nua-Eabhrac."

"Fuair bean éigin?" Arís agus arís eile mé blankly.

Chlaon Miss Baker.

"B'fhéidir go mbeadh an cuibheas aici gan glaoch a chur air ag am dinnéir. Nach gceapann tú?

Beagnach sula raibh tuiscint agam ar a bhrí go raibh an flutter de gúna agus an crunch na buataisí leathair, agus Tom agus Daisy bhí ar ais ag an mbord.

"Ní fhéadfaí cabhrú leis!" Adeir Daisy le gaiety aimsir.

Shuigh sí síos, spléach sí ag cuardach Miss Baker agus ansin orm, agus lean sí ar aghaidh: "D'fhéach mé amuigh faoin aer ar feadh nóiméid, agus tá sé an-rómánsúil amuigh faoin aer. Tá éan ar an bhfaiche, dar liom, a chaithfidh a bheith ina nightingale ag teacht anall ar an Cunard nó White Star Line. Tá sé ag canadh ar shiúl-" Chan a guth: "Tá sé rómánsúil, nach bhfuil sé, Tom?"
"An-rómánsúil," a dúirt sé, agus ansin olc dom: "Má tá sé éadrom go leor tar éis an dinnéir, ba mhaith liom tú a thabhairt síos go dtí na stáblaí."

Ghlaoigh an teileafón taobh istigh, go gránna, agus de réir mar a chroith Daisy a ceann go cinntitheach ag Tom d'imigh ábhar na stáblaí, go deimhin gach ábhar, san aer. I measc na blúirí briste de na cúig nóiméad deireanach ag bord is cuimhin liom na coinnle á lasadh arís, gan aird, agus bhí a fhios agam go raibh mé ag iarraidh breathnú go cearnógach ar gach duine, agus fós na súile go léir a sheachaint. Ní raibh mé in ann buille faoi thuairim a thabhairt faoi cad a bhí Daisy agus Tom ag smaoineamh, ach tá amhras orm an raibh fiú Miss Baker, a raibh an chuma air go ndearna sí máistreacht ar sceipteachas crua áirithe, in ann práinn mhiotalach shrill an cúigiú aoi seo a chur as an áireamh. Le meon áirithe b'fhéidir go raibh an chuma ar an scéal go raibh sé suimiúil—ba é mo instinct féin ná glaoch a chur láithreach ar na póilíní.

Níor luadh na capaill, gan ghá a rá, arís. Tom agus Miss Baker, le roinnt cosa de Twilight eatarthu, strolled ar ais isteach sa leabharlann, amhail is dá mba le vigil in aice le comhlacht breá inláimhsithe, agus, ag iarraidh chun breathnú pleasantly suim acu agus beagán bodhar, lean mé Daisy timpeall slabhra de verandas nascadh leis an póirse os comhair. Ina ghruaim dhomhain shuigh muid síos taobh le taobh ar settee tuige.

Thóg Daisy a aghaidh ina lámha amhail is gur mhothaigh sí a cruth álainn, agus bhog a súile de réir a chéile amach sa dusk veilbhit. Chonaic mé go raibh mothúcháin suaite aici, mar sin d'fhiafraigh mé cad a cheap mé go mbeadh roinnt ceisteanna sedative faoina cailín beag.

"Níl aithne mhaith againn ar a chéile, Nick," a dúirt sí go tobann. "Fiú más col ceathracha muid. Níor tháinig tú chuig mo bhainis.

"Ní raibh mé ar ais ón gcogadh."

"Tá sé sin fíor." Bhí leisce uirthi. "Bhuel, bhí am an-dona agam, Nick, agus tá mé ciniciúil go leor faoi gach rud."

Ba léir go raibh cúis aici a bheith. D'fhan mé ach níor dhúirt sí níos mó, agus tar éis nóiméad d'fhill mé sách fíochmhar ar ábhar a hiníne.
"Is dócha go labhraíonn sí, agus - itheann, agus gach rud."

"Ó, tá." D'fhéach sí orm as láthair. "Éist, Nick; lig dom a insint duit cad a dúirt mé nuair a rugadh í. Ar mhaith leat cloisteáil?

"An-chuid."

"Taispeánfaidh sé duit conas a mhothaigh mé faoi-rudaí. Bhuel, bhí sí níos lú ná uair an chloig d'aois agus bhí a fhios ag Tomás cá háit. Dhúisigh mé amach as an éitear le mothú utterly tréigthe, agus d'fhiafraigh mé den altra ar an bpointe boise an buachaill nó cailín a bhí ann. Dúirt sí liom gur cailín a bhí ann, agus mar sin chas mé mo cheann ar shiúl agus wept. 'Ceart go leor,' a dúirt mé, 'tá áthas orm gur cailín atá ann. Agus tá súil agam go mbeidh sí ina hamadán—sin an rud is fearr is féidir le cailín a bheith sa saol seo, amadán beag álainn.'

"Feiceann tú sílim go bhfuil gach rud uafásach ar bhealach ar bith," a dúirt sí ar bhealach cinnte. "Ceapann gach duine mar sin—na daoine is úire. Agus tá *a fhios agam*. Bhí mé i ngach áit agus chonaic mé gach rud agus rinne mé gach rud. Bhí a súile ag splancadh timpeall uirthi ar bhealach díchéillí, cosúil le Tom, agus rinne sí gáire le scorn corraitheach. "Sofaisticiúil-Dia, tá mé sofaisticiúil!"

Ar an toirt bhris a guth amach, ag scor de bheith ag cur iallach ar m'aird, mo chreideamh, mhothaigh mé an insincerity bunúsach ar an méid a dúirt sí. Chuir sé míshuaimhneas orm, amhail is gur cleas de chineál éigin a bhí sa tráthnóna ar fad chun mothúchán ranníocach a bhaint díom. D'fhan mé, agus cinnte go leor, i nóiméad d'fhéach sí orm le smirk iomlán ar a aghaidh álainn, amhail is dá mbeadh dhearbhaigh sí a ballraíocht i sochaí rúnda sách idirdhealú lena mbaineann sí féin agus Tom.

Taobh istigh, bhláthaigh an seomra crimson le solas. Shuigh Tom agus Miss Baker ag ceachtar ceann den tolg fada agus léigh sí os ard dó ón *Saturday Evening Post*—na focail, murmurous agus uninflected, ag rith le chéile i dtiúin soothing. An solas lampa, geal ar a buataisí agus dull ar an bhfómhar-duille buí a cuid gruaige, glinted feadh an pháipéir mar chas sí leathanach le flutter de matáin caol ina arm.

Nuair a tháinig muid isteach choinnigh sí inár dtost muid ar feadh nóiméid le lámh ardaithe.

"Le leanúint ar aghaidh," a dúirt sí, ag caitheamh na hirise ar an mbord, "inár gcéad eagrán eile."

Dhearbhaigh a corp féin le gluaiseacht restless a glúine, agus sheas sí suas.

"A deich a chlog," a dúirt sí, agus an t-am á aimsiú aici ar an tsíleáil de réir dealraimh. "Am don chailín maith seo dul a luí."

"Beidh Jordan ag imirt sa chomórtas amárach," a mhínigh Daisy, "thall ag Westchester."

"Ó- is tú *Jordan Baker.*"

Bhí a fhios agam anois cén fáth a raibh a aghaidh ar an eolas—d'fhéach a léiriú taitneamhach díspeagúil orm ó go leor pictiúr rotogravure de shaol an spóirt ag Asheville agus Hot Springs agus Palm Beach. Bhí scéal éigin cloiste agam fúithi freisin, scéal criticiúil, míthaitneamhach, ach an rud a bhí dearmadta agam fadó.

"Oíche mhaith," a dúirt sí go bog. "Múscail mé ag a hocht, ní bheidh tú."

"Má éiríonn leat."

"Déanfaidh mé. Oíche mhaith, an tUasal Carraway. Féach tú anon. "

"Ar ndóigh, beidh tú," dhearbhaigh Daisy. "Go deimhin sílim go socróidh mé pósadh. Tar thar go minic, Nick, agus beidh mé saghas-OH-fling tú le chéile. Tá a fhios agat-glas tú suas de thaisme i closets línéadaigh agus tú a bhrú amach chun farraige i mbád, agus gach saghas rud-"

"Oíche mhaith," ar a dtugtar Miss Baker ón staighre. "Níor chuala mé focal."

"Is cailín deas í," arsa Tomás tar éis nóiméad. "Níor chóir dóibh ligean di rith timpeall na tíre ar an mbealach seo."

"Cé nár chóir?" a d'fhiafraigh Daisy go fuar.

"A teaghlach."

"Aintín amháin atá thart ar mhíle bliain d'aois is ea a muintir. Thairis sin, tá Nick chun aire a thabhairt di, nach bhfuil tú, Nick? Tá sí chun go leor deireadh seachtaine a chaitheamh amuigh anseo an samhradh seo. Sílim go mbeidh tionchar an bhaile an-mhaith di."

D'fhéach Daisy agus Tom ar a chéile ar feadh nóiméad ina dtost.

"An as Nua-Eabhrac í?" D'iarr mé go tapa.

"Ó Louisville. Ritheadh ár gcailíneacht bhán le chéile ansin. Ár bán álainn-"

"Ar thug tú croí beag do Nick labhairt croí ar an veranda?" a d'éiligh Tom go tobann.

"An raibh mé?" D'fhéach sí orm. "Is cosúil nach cuimhin liom, ach sílim gur labhair muid faoin rás Nordach. Sea, tá mé cinnte go ndearna muid. Tá sé saghas crept suas ar dúinn agus an chéad rud a fhios agat-"

"Ná creid gach rud a chloiseann tú, Nick," a chomhairligh sé dom.

Dúirt mé go héadrom nár chuala mé tada ar chor ar bith, agus cúpla nóiméad ina dhiaidh sin d'éirigh liom dul abhaile. Tháinig siad go dtí an doras liom agus sheas siad taobh le taobh i gcearnóg cheerful an tsolais. Mar a thosaigh mé mo mhótar Daisy peremptorily ar a dtugtar: "Fan!

"Rinne mé dearmad rud éigin a iarraidh ort, agus tá sé tábhachtach. Chuala muid go raibh tú gafa le cailín amuigh san Iarthar."
"Sin ceart," arsa Tomás go cineálta. "Chuala muid go raibh tú gafa."

"Is leabhal é. Tá mé róbhocht.

"Ach chuala muid é," a d'áitigh Daisy, iontas orm trí oscailt suas arís ar bhealach cosúil le bláthanna. "Chuala muid é ó thriúr, mar sin caithfidh sé a bheith fíor."

Ar ndóigh, bhí a fhios agam cad a bhí siad ag tagairt, ach ní raibh mé ag gabháil fiú vaguely. Ba é an bhfíric gur fhoilsigh gossip na toirmisc ar cheann de na cúiseanna a tháinig mé Thoir. Ní féidir leat stopadh ag dul le seanchara mar gheall ar ráflaí, agus ar an láimh eile ní raibh sé ar intinn agam a bheith ráfla i bpósadh.

Chuaigh a spéis i bhfeidhm orm in áit agus ní raibh siad chomh saibhir ó chian—mar sin féin, bhí mearbhall orm agus beagán náire orm agus mé ag imeacht. Chonacthas dom gurb é an rud a bhí le déanamh ag Daisy ná ruaigeadh as an teach, leanbh in airm—ach de réir cosúlachta ní raibh a leithéid d'intinn ina ceann. Maidir le Tom, ba lú an t-iontas é go raibh "bean éigin aige i Nua-Eabhrac" ná go raibh leabhar dubhach air. Bhí rud éigin ag déanamh nibble dó ar imeall na smaointe stale amhail is dá mba a egotism fisiciúil sturdy chothú a thuilleadh a chroí peremptory.

Cheana féin bhí sé samhradh domhain ar dhíonta teach bóthair agus os comhair garáistí wayside, áit a shuigh caidéil peitril dearg nua amach i linnte solais, agus nuair a shroich mé mo eastát ag West Egg rith mé an carr faoina seid agus shuigh mé ar feadh tamaill ar rollóir féir tréigthe sa chlós. Bhí an ghaoth séidte, ag fágáil oíche ard geal, le sciatháin ag bualadh sna crainn agus fuaim leanúnach orgáin mar shéid bolg iomlán an domhain na froganna lán den saol. D'imigh scáthchruth cat gluaisteach trasna sholas na gealaí, agus, ag casadh mo chinn chun féachaint air, chonaic mé nach raibh mé i m'aonar—caoga troigh ar shiúl bhí figiúr tagtha chun cinn ó scáth ard-mhéara mo chomharsan agus bhí sé ina sheasamh lena lámha ina phócaí maidir le piobar airgid na réaltaí. Rud éigin ina gluaiseachtaí leisurely agus an seasamh slán a chosa ar an bhfaiche le fios go raibh sé an tUasal Gatsby féin, teacht amach chun a chinneadh cén sciar a bhí aige ar ár flaithis áitiúla.

Shocraigh mé glaoch air. Luaigh Miss Baker é ag dinnéar, agus dhéanfadh sé sin le haghaidh réamhrá. Ach níor ghlaoigh mé air, mar thug sé le fios go tobann go raibh sé sásta a bheith ina aonar-shín sé amach a airm i dtreo an uisce dorcha ar bhealach aisteach, agus, chomh fada agus a bhí mé uaidh, d'fhéadfainn a bheith faoi mhionn go raibh sé ag crith. Go neamhdheonach, thug mé spléachadh ar an bhfarraige—agus ní dhearna mé idirdhealú idir rud ar bith ach solas glas amháin, nóiméad agus i bhfad ar shiúl, b'fhéidir gurbh é sin deireadh duga. Nuair a d'fhéach mé arís do Gatsby bhí vanished sé, agus bhí mé i m'aonar arís sa dorchadas unquiet.

II

Thart ar leathbhealach idir West Egg agus Nua-Eabhrac téann an mótarbhóthar go hastily leis an railroad agus ritheann sé in aice leis ar feadh ceathrú míle, ionas go crapfaidh sé ar shiúl ó limistéar áirithe talún. Is gleann luaithreach é seo—feirm iontach ina bhfásann luaithreach cosúil le cruithneacht ina iomairí agus cnoic agus gairdíní grotesque; áit a mbíonn luaithreach i bhfoirm tithe agus simléir agus deatach ag ardú agus, ar deireadh, le hiarracht tharchéimnitheach, fir fuinseoige-liath, a ghluaiseann go dimly agus cheana féin ag cromadh tríd an aer púdrach. Ó am go chéile crawls líne de ghluaisteáin liath feadh rian dofheicthe, tugann amach creak ghastly, agus a thagann chun sosa, agus láithreach na fir fuinseoige-liath swarm suas le rámhainní leaden agus corraigh suas scamall impenetrable, a scáileáin a n-oibríochtaí doiléir ó do radharc.

Ach os cionn na talún liath agus na spasms deannaigh gruama a sruth endlessly os a chionn, bhraitheann tú, tar éis nóiméad, súile an Dochtúra T. J. Eckleburg. Tá súile an Dochtúra T. J. Eckleburg gorm agus gigantic - tá a gcuid reitine clós amháin ard. Breathnaíonn siad amach as aon aghaidh, ach, ina ionad sin, ó phéire spéacláirí ollmhóra buí a théann thar shrón neamhghnéasach. Is léir gur chuir wag fiáin éigin d'oculist ann iad chun a chleachtas i mbuirg Queens a ramhrú, agus ansin chuaigh sé féin síos i ndall síoraí, nó rinne sé dearmad orthu agus bhog sé ar shiúl. Ach a shúile, dimmed beagán ag laethanta paintless go leor, faoi ghrian agus báisteach, ál ar os cionn an talamh dumpála sollúnta.

Tá gleann na luaithreach ceangailte ar thaobh amháin le habhainn bheag bhréan, agus, nuair a bhíonn an droichead tarraingthe suas chun báirsí a ligean tríd, is féidir leis na paisinéirí ar thraenacha feithimh stánadh ar an láthair mhístuama chomh fada le leathuair an chloig. Tá stad ann i gcónaí nóiméad ar a laghad, agus ba mar gheall air seo a bhuail mé le máistreás Tom Buchanan den chéad uair.

D'áitigh sé go raibh ceann aige cibé áit a raibh aithne air. Chuir a lucht aitheantais olc ar an bhfíric gur chas sé suas i gcaiféanna móréilimh léi agus, ag fágáil ag bord di, sauntered faoi, ag comhrá le cibé duine a raibh aithne aige air. Cé go raibh mé fiosrach í a fheiceáil, ní raibh fonn ar bith orm bualadh léi—ach rinne mé. Chuaigh mé suas go Nua-Eabhrac le Tom ar an traein tráthnóna amháin, agus nuair a stop muid ag na carnáin fuinseoige léim sé go dtí a chosa agus, ag glacadh seilbh ar mo uillinn, chuir sé iallach orm ón gcarr.

"Táimid ag éirí as," a d'áitigh sé. "Ba mhaith liom tú chun freastal ar mo chailín."

Sílim go raibh margadh maith déanta aige ag am lóin, agus a dhiongbháilteacht go mbeadh mo chuideachta ag críochantacht leis an bhforéigean. Ba é an toimhde supercilious go tráthnóna Dé Domhnaigh go raibh mé aon rud níos fearr a dhéanamh.

Lean mé é thar sconsa railroad íseal whitewashed, agus shiúil muid ar ais céad slat ar feadh an bhóthair faoi stare leanúnach Doctor Eckleburg. Ba é an t-aon fhoirgneamh a bhí le feiceáil ná bloc beag bríce buí ina shuí ar imeall na talún dramhaíola, saghas dlúth-Phríomhshráid a bhí ag tabhairt aire dó, agus gan aon rud tadhlach leis. Ceann de na trí shiopa a bhí ann ná go raibh sé ar cíos agus bialann uile-oíche a bhí i gceann eile, agus rian luaithreach ag druidim leis; garáiste a bhí sa tríú ceann—*Deisiúcháin.* SEOIRSE B. WILSON. *Carranna a ceannaíodh agus a díoladh.*—agus lean mé Tomás istigh.

Bhí an taobh istigh neamhghéilliúil agus lom; an t-aon charr a bhí le feiceáil ná an raic a bhí clúdaithe le deannach de Ford a bhí cromtha i gcúinne dim. Tharla sé dom go gcaithfidh an scáth seo de gharáiste a bheith dall, agus go raibh árasáin sumptuous agus rómánsúil folaithe lastuas, nuair a bhí an dílseánach féin le feiceáil i doras oifige, wiping a lámha ar phíosa dramhaíola. Fear fionn, gan spiorad, anaemic, agus dathúil faintly a bhí ann. Nuair a chonaic sé dúinn gleam taise dóchais sprang isteach ina shúile gorm éadrom.

"Dia duit, Wilson, seanfhear," a dúirt Tom, ag bualadh go magúil ar an ngualainn. "Conas atá gnó?"

"Ní féidir liom gearán a dhéanamh," a d'fhreagair Wilson go neamhbhalbh. "Cathain a bheidh tú chun an carr sin a dhíol liom?"

"An tseachtain seo chugainn; Tá mo fhear ag obair air anois.

"Oibríonn sé mall go leor, nach bhfuil?"

"Níl, ní dhéanann sé," arsa Tomás go fuarchúiseach. "Agus má bhraitheann tú an bealach sin faoi, b'fhéidir gurbh fhearr dom é a dhíol áit éigin eile tar éis an tsaoil."

"Ní chiallaíonn mé sin," a mhínigh Wilson go tapa. "Ní raibh i gceist agam ach—"

D'imigh a ghuth agus d'amharc Tomás go mífhoighneach timpeall an gharáiste. Ansin chuala mé coiscéim ar staighre, agus i nóiméad chuir figiúr tiubh mná bac ar an solas ó dhoras na hoifige. Bhí sí sna tríochaidí lár, agus stout faintly, ach rinne sí a flesh sensuously mar is féidir le roinnt mná. A aghaidh, os cionn gúna spotted de crêpe-de-chine gorm dorcha, ní raibh aon facet nó gleam na háilleachta, ach bhí beocht láithreach perceptible mar gheall uirthi amhail is dá mbeadh na nerves a chorp smouldering leanúnach. Aoibh sí go mall agus, ag siúl tríd a fear céile amhail is dá mba taibhse é, chroith sí lámha le Tomás, ag féachaint air flush sa tsúil. Ansin fliuch sí a liopaí, agus gan casadh timpeall labhair lena fear céile i guth bog, garbh:

"Faigh roinnt cathaoireacha, cén fáth nach bhfuil tú, ionas gur féidir le duine éigin suí síos."

"Ó, cinnte," a d'aontaigh Wilson go tapa, agus chuaigh sé i dtreo na hoifige beag, ag mingling láithreach le dath stroighne na mballaí. Veiled deannach ashen bán a chulaith dorcha agus a chuid gruaige pale mar veiled sé gach rud sa chomharsanacht-ach amháin a bhean chéile, a bhog gar do Tom.

"Ba mhaith liom tú a fheiceáil," arsa Tomás go géar. "Faigh ar an gcéad traein eile."

"Ceart go leor."

"Buailfidh mé leat ag an seastán nuachta ar an leibhéal níos ísle."
Chlaon sí agus bhog sí uaidh díreach mar a tháinig George Wilson chun cinn le dhá chathaoir ó dhoras a oifige.

D'fhan muid léi síos an bóthar agus as radharc. Bhí sé cúpla lá roimh an gCeathrú Iúil, agus bhí leanbh liath, scrawny Iodáilis ag leagan torpedoes i ndiaidh a chéile ar feadh an rian railroad.

"Áit uafásach, nach ea," a dúirt Tom, agus é ag malartú frown leis an Dochtúir Eckleburg.

"Uafásach."

"Déanann sé go maith di éirí as."

"Nach ndéanann a fear céile agóid?"

"Wilson? Síleann sé go dtéann sí chun a deirfiúr a fheiceáil i Nua-Eabhrac. Tá sé chomh balbh sin nach bhfuil a fhios aige go bhfuil sé beo.

Mar sin, Tom Buchanan agus a chailín agus chuaigh mé suas le chéile go Nua-Eabhrac-nó nach bhfuil go leor le chéile, do Mrs Wilson shuigh discréideach i gcarr eile. Chuir Tomás an méid sin siar go dtí sensibilities na East Eggers sin a d'fhéadfadh a bheith ar an traein.

D'athraigh sí a gúna go muslin donn, a shín teann thar a cromáin sách leathan agus Tom ag cabhrú léi go dtí an t-ardán i Nua-Eabhrac. Ag an seastán nuachta cheannaigh sí cóip de *Town Tattle* agus iris pictiúr gluaisteach, agus i siopa drugaí an stáisiúin roinnt uachtar fuar agus fleascán beag cumhráin. Thuas staighre, sa tiomáint macalla sollúnta lig sí ceithre taxicabs tiomáint ar shiúl sular roghnaigh sí ceann nua, lavender-daite le upholstery liath, agus sa slid muid amach as an mais an stáisiúin isteach sa solas na gréine glowing. Ach láithreach chas sí go géar ón bhfuinneog agus, leaning ar aghaidh, tapped ar an ghloine tosaigh.

"Ba mhaith liom ceann de na madraí sin a fháil," a dúirt sí go dícheallach. "Ba mhaith liom ceann a fháil don árasán. Tá siad go deas a bheith acu-madra."

Thugamar tacaíocht do sheanfhear liath a rug cosúlacht áiféiseach le John D. Rockefeller. I gciseán a chastar óna mhuineál bhí dosaen coileán de phór neamhchinntithe le déanaí.

"Cén cineál iad?" D'iarr Mrs Wilson go fonnmhar, mar a tháinig sé go dtí an tacsaí-fhuinneog.

"Gach cineál. Cén cineál atá uait, a bhean?

"Ba mhaith liom ceann de na madraí póilíneachta sin a fháil; Ní dóigh liom go bhfuair tú an cineál sin?

Phiaráil an fear go amhrasach isteach sa chiseán, plunged ina lámh agus tharraing sé ceann suas, wriggling, ag cúl an mhuiníl.

"Ní haon mhadra póilíní é sin," arsa Tomás.

"Níl, ní madra póilíní é go díreach," a dúirt an fear le díomá ina ghlór. "Tá sé níos mó de Airedale." Rith sé a lámh thar an níocháin donn de dhroim. "Féach ar an gcóta sin. Cóta éigin. Sin madra nach gcuirfidh isteach ort le breith fuar."

"Sílim go bhfuil sé gleoite," a dúirt Mrs Wilson go díograiseach. "Cé mhéad atá air?"

"An madra sin?" D'fhéach sé air go measúil. "Cosnóidh an madra sin deich ndollar ort."

An Airedale-gan amhras bhí Airedale i gceist ann áit éigin, cé go raibh a chosa startlingly bán-athrú lámha agus socraithe síos i lap Mrs Wilson, áit fondled sí an cóta weatherproof le rapture.

"An buachaill nó cailín é?" a d'fhiafraigh sí go híogair.

"An madra sin? Is buachaill é an madra sin."
"Is soith é," arsa Tomás go cinntitheach. "Seo do chuid airgid. Téigh agus ceannaigh deich madra eile leis."

Thiomáin muid anonn go Fifth Avenue, te agus bog, beagnach tréadach, tráthnóna Domhnaigh an tsamhraidh. Ní bheadh iontas orm tréad mór caorach bán a fheiceáil ag casadh an chúinne.

"Coinnigh ort," a dúirt mé, "caithfidh mé tú a fhágáil anseo."

"No you don't," arsa Tomás go gasta. "Beidh myrtle gortaithe mura dtagann tú suas go dtí an t-árasán. Nach mbeidh tú, Myrtle? "

"Tar isteach," a d'áitigh sí. "Cuirfidh mé glaoch ar mo dheirfiúr Catherine. Deirtear go bhfuil sí an-álainn ag daoine ar chóir go mbeadh a fhios acu."

"Bhuel, ba mhaith liom, ach—"

Chuamar ar aghaidh, ag gearradh siar arís thar an bPáirc i dtreo na gCéad Thiar. Ag 158th Street stop an cab ag slice amháin i gcíste fada bán de thithe árasán. Ag caitheamh Sracfhéachaint regal homecoming ar fud na comharsanachta, bhailigh Mrs Wilson suas a madra agus a ceannacháin eile, agus chuaigh haughtily i.

"Tá mé chun go dtiocfaidh na McKees suas," a d'fhógair sí agus muid ag éirí san ardaitheoir. "Agus, ar ndóigh, fuair mé glaoch ar mo dheirfiúr, freisin."

Bhí an t-árasán ar an urlár uachtarach—seomra suí beag, seomra bia beag, seomra leapa beag, agus folcadh. Bhí an seomra suí plódaithe go dtí na doirse le sraith troscáin taipéise go hiomlán ró-mhór dó, ionas go raibh sé chun bogadh ar tí a stumble go leanúnach thar radhairc na mban ag luascadh i ngairdíní Versailles. Ba é an t-aon phictiúr grianghraf ró-mhéadaithe, cosúil le cearc ina suí ar charraig blurred. D'fhéach sé ó chian, áfach, réitigh an chearc í féin isteach i bhoinéad, agus bhí an ghnúis de sheanbhean stout beamed síos isteach sa seomra. Bhí roinnt seanchóipeanna de *Town Tattle* ar an mbord mar aon le cóip de *Simon Called Peter*, agus cuid de na hirisí beaga scannail de Broadway. Mrs Wilson bhí baint ar dtús leis an madra. Chuaigh buachaill drogallach ardaitheoir le haghaidh bosca lán tuí agus roinnt bainne, a chuir sé ar a thionscnamh féin stán de bhrioscaí móra crua madraí—ceann acu a dhíscaoiltear go báúil i saucer an bhainne an tráthnóna ar fad. Idir an dá linn thug Tomás buidéal uisce beatha amach ó dhoras biúró faoi ghlas.

Bhí mé ar meisce ach faoi dhó i mo shaol, agus ba é an dara huair an tráthnóna sin; mar sin tá gach rud a tharla dim, caitheadh hazy os a chionn, cé go dtí tar éis a hocht a chlog go raibh an t-árasán lán de ghrian cheerful. Ina shuí ar lap Tom d'iarr Mrs Wilson suas roinnt daoine ar an teileafón; ansin ní raibh aon toitíní ann, agus chuaigh mé amach chun cuid acu a cheannach ag an siopa drugaí ar an choirnéal. Nuair a tháinig mé ar ais bhí an bheirt acu imithe, mar sin shuigh mé síos go discréideach sa seomra suí agus léigh mé caibidil de *Shíomón darbh ainm Peadar*—stuif uafásach a bhí ann nó chuir an t-uisce beatha rudaí as a riocht, toisc nach ndearna sé aon chiall dom.

Díreach mar Tom agus Myrtle (tar éis an chéad deoch Mrs Wilson agus d'iarr mé a chéile ag ár n-ainmneacha chéad) reappeared, thosaigh cuideachta chun teacht ar an doras árasán.

Bhí an deirfiúr, Catherine, ina cailín caol, domhanda de thart ar thríocha, le bob soladach, greamaitheach de ghruaig rua, agus coimpléasc púdraithe bán bó Finne. Bhí a malaí plucked agus ansin tharraingt ar arís ag uillinn níos rakish, ach thug iarrachtaí an dúlra i dtreo athchóiriú an ailíniú d'aois aer blurred ar a aghaidh. Nuair a bhog sí thart bhí cliceáil incessant mar bráisléid potaireachta innumerable jingled suas agus síos ar a airm. Tháinig sí isteach le haste dílseánaigh den sórt sin, agus d'fhéach sí timpeall chomh possessively ar an troscán go wondered mé má bhí cónaí uirthi anseo. Ach nuair a d'iarr mé uirthi gáire sí immoderately, arís agus arís eile mo cheist os ard, agus dúirt sé liom go raibh cónaí uirthi le cara cailín ag óstán.

Fear pale, baininscneach ón árasán thíos ab ea an tUasal McKee. Bhí sé díreach tar éis shaved, do bhí láthair bán de lather ar a leiceann, agus bhí sé an chuid is mó meas ina beannacht do gach duine sa seomra. Chuir sé in iúl dom go raibh sé sa "chluiche ealaíne," agus bhailigh mé níos déanaí go raibh sé ina ghrianghrafadóir agus go ndearna sé an méadú dim ar mháthair Mrs Wilson a hovered cosúil le ectoplasm ar an mballa. Bhí a bhean shrill, languid, dathúil, agus uafásach. Dúirt sí liom le bród gur thóg a fear céile grianghraf di céad is seacht n-uaire fichead ó bhí siad pósta.

Mrs Wilson bhí athrú a éadaí roinnt ama roimh, agus bhí attired anois i gúna tráthnóna ilchasta de chiffon uachtar-daite, a thug amach rustle leanúnach mar swept sí mar gheall ar an seomra. Le tionchar an ghúna bhí athrú tagtha ar a pearsantacht freisin. Tiontaíodh an bheocht dhian a bhí chomh suntasach sin sa gharáiste ina hauteur mórthaibhseach. A gáire, a gothaí, bhí tionchar níos foréigneach ag a dearbhuithe faoi láthair, agus de réir mar a leathnaigh sí d'fhás an seomra níos lú timpeall uirthi, go dtí go raibh an chuma uirthi go raibh sí ag imrothlú ar mhaighdeog torannach, creaking tríd an aer deataithe.

"Mo stór," a dúirt sí lena deirfiúr i scairt ard, mincing, "beidh an chuid is mó de na fellas cheat tú gach uair. Is airgead é gach a smaoiníonn siad air. Bhí bean suas anseo agam an tseachtain seo caite le breathnú ar mo chosa, agus nuair a thug sí an bille dom shílfeá go raibh mo aipicíteas amuigh aici."

"Cén t-ainm a bhí ar an mbean?" a d'fhiafraigh Mrs McKee.

"Bean Eberhardt. Téann sí thart ag féachaint ar chosa daoine ina dtithe féin."

"Is maith liom do gúna," arsa Mrs McKee, "Sílim go bhfuil sé adorable."

Mrs Wilson dhiúltaigh an compliment ag ardú a eyebrow i disdain.

"Níl ann ach sean-rud craiceáilte," a dúirt sí. "Sleamhnaíonn mé air uaireanta nuair nach cuma liom cén chuma atá orm."

"Ach tá cuma iontach ort, má tá a fhios agat cad atá i gceist agam," arsa Bean Mhic Aoidh. "Mura bhféadfadh Chester ach tú a fháil san údar sin sílim go bhféadfadh sé rud éigin a dhéanamh de."
D'fhéachamar go léir i dtost ar Mrs Wilson, a bhain snáithe gruaige as os cionn a súile agus d'fhéach sé ar ais orainn le gáire iontach. Mheas an tUasal McKee í go géar lena cheann ar thaobh amháin, agus ansin bhog sé a lámh anonn is anall go mall os comhair a aghaidhe.

"Ba chóir dom an solas a athrú," a dúirt sé tar éis nóiméad. "Ba mhaith liom samhaltú na ngnéithe a thabhairt amach. Agus dhéanfainn iarracht greim a fháil ar an ghruaig chúil ar fad."

"Ní cheapfainn an solas a athrú," adeir Mrs McKee. "Sílim go bhfuil sé—"

Dúirt a fear céile "*Sh!*" agus d'fhéachamar go léir ar an ábhar arís, agus air sin d'éirigh Tom Buchanan go hinchloiste agus fuair sé a chosa.

"Tá rud éigin le n-ól agat McKees," a dúirt sé. "Faigh roinnt uisce oighir agus mianraí níos mó, Myrtle, sula dtéann gach duine a chodladh."

"Dúirt mé leis an mbuachaill sin faoin oighear." D'ardaigh Myrtle a malaí in éadóchas ag athrú na n-orduithe níos ísle. "Na daoine seo! Caithfidh tú coinneáil ina ndiaidh an t-am ar fad.

D'fhéach sí orm agus rinne sí gáire gan aird. Ansin flounced sí anonn go dtí an madra, phóg sé le eacstais, agus scuabadh isteach sa chistin, le tuiscint go raibh dosaen cócaire ag fanacht lena horduithe ann.

"Tá rudaí deasa déanta agam amuigh ar Long Island," a dúirt an tUasal McKee.

D'fhéach Tomás air go bán.

"Dhá cheann acu atá frámaithe againn thíos staighre."

"Dhá rud?" a d'éiligh Tomás.

"Dhá staidéar. Ceann acu a dtugaim *Montauk Point air - Na Faoileáin*, agus an ceann eile a dtugaim *Montauk Point air - An Fharraige*.

Shuigh an deirfiúr Catherine síos in aice liom ar an tolg.

"An bhfuil cónaí ort síos ar Long Island, freisin?" a d'fhiafraigh sí.

"Tá mé i mo chónaí ag West Egg."

"I ndáiríre? Bhí mé thíos ansin ag cóisir thart ar mhí ó shin. Ag fear darb ainm Gatsby's. An bhfuil aithne agat air?

"Tá mé i mo chónaí béal dorais leis."

"Bhuel, deir siad gur nia nó col ceathrar le Kaiser Wilhelm é. Sin an áit as a dtagann a chuid airgid ar fad."

"I ndáiríre?"

Chlaon sí.

"Tá eagla orm air. Ba mhaith liom fuath a bheith aige rud ar bith a fháil ar dom. "

Chuir an t-eolas súgach seo faoi mo chomharsa isteach ar phointeáil Mrs McKee go tobann ag Catherine:

"Chester, I mo thuairimse, d'fhéadfá rud éigin a dhéanamh léi," bhris sí amach, ach chlaon an tUasal McKee ach ar bhealach leamh, agus chas sé a aird ar Tom.

"Ba mhaith liom níos mó oibre a dhéanamh ar Long Island, dá bhféadfainn an iontráil a fháil. Níl le déanamh agam ach tús a chur leis."

"Iarr Myrtle," a dúirt Tom, briseadh isteach i shout gearr gáire mar a tháinig Mrs Wilson le tráidire. "Tabharfaidh sí litir réamhrá duit, nach mbeidh tú, a Mhamaí?"

"An bhfuil cad?" D'iarr sí, geit.

"Tabharfaidh tú litir réamhrá do McKee d'fhear céile, ionas gur féidir leis roinnt staidéir a dhéanamh air." Bhog a liopaí go ciúin ar feadh nóiméad mar a chum sé, "George B. Wilson ag an Caidéal Gásailín,' nó rud éigin mar sin."

Chlaon Catherine gar dom agus dúirt sí i mo chluas:

"Ní féidir le ceachtar acu an duine a bhfuil siad pósta leis a sheasamh."

"Ní féidir leo?"

"Ní féidir iad *a sheasamh*." D'fhéach sí ar Myrtle agus ansin ar Tomás. "An rud a deirimse ná, cén fáth a dtéann siad ar aghaidh ag maireachtáil leo mura féidir leo iad a sheasamh? Dá mba mise iad, gheobhainn colscaradh agus pósadh lena chéile ar an bpointe boise."

"Nach maith léi Wilson ach an oiread?"

Ní raibh aon choinne leis an bhfreagra air sin. Tháinig sé ó Myrtle, a bhí overheard an cheist, agus bhí sé foréigneach agus gáirsiúil.

"Feiceann tú," adeir Catherine go buacach. D'ísligh sí a guth arís. "Tá sé i ndáiríre a bhean chéile go bhfuil iad a choinneáil óna chéile. Is Caitliceach í, agus ní chreideann siad sa cholscaradh."

Ní Caitliceach a bhí i Nóinín, agus bhí ionadh beag orm faoi ilchasta na bréag.

"Nuair a phósann siad," arsa Catherine, "tá siad ag dul Siar chun cónaí ar feadh tamaill go dtí go séideann sé thairis."

"Bheadh sé níos discréidí dul chun na hEorpa."

"Ó, an maith leat an Eoraip?" exclaimed sí ionadh. "Fuair mé ar ais ó Monte Carlo."

"I ndáiríre."

"Díreach anuraidh. Chuaigh mé thall ansin le cailín eile.

"Fan fada?"

"Níl, chuaigh muid díreach chuig Monte Carlo agus ar ais. Chuaigh muid trí Marseilles. Bhí os cionn dhá chéad déag dollar againn nuair a thosaigh muid, ach fuair muid gyped as ar fad i dhá lá sna seomraí príobháideacha. Bhí am uafásach againn ag dul ar ais, is féidir liom a rá leat. A Dhia, an chaoi a raibh fuath agam ar an mbaile sin!

Bhí an spéir déanach tráthnóna faoi bhláth san fhuinneog ar feadh nóiméid cosúil le mil ghorm na Meánmhara-ansin ghlaoigh guth shrill Mrs McKee orm ar ais isteach sa seomra.

"Is beag nach ndearna mé botún, freisin," a d'fhógair sí go tréan. "Is beag nár phós mé kike beag a bhí i mo dhiaidh ar feadh na mblianta. Bhí a fhios agam go raibh sé thíos fúm. Choinnigh gach duine ag rá liom: 'Lucille, that man's way below you!' Ach mura mbuailfinn le Chester, bheadh sé cinnte dom.

"Sea, ach éist," a dúirt Myrtle Wilson, nodding a ceann suas agus síos, "ar a laghad níor phós tú é."

"Tá a fhios agam nach raibh mé."

"Bhuel, phós mé é," arsa Myrtle, débhríoch. "Agus sin an difríocht idir do chás agus mianach."

"Cén fáth a ndearna tú, Myrtle?" a d'éiligh Catherine. "Níor chuir aon duine iachall ort."

Myrtle mheas.

"Phós mé é mar cheap mé gur fear uasal a bhí ann," a dúirt sí sa deireadh. "Shíl mé go raibh rud éigin ar eolas aige faoi phórú, ach ní raibh sé oiriúnach mo bhróg a lick."

"Bhí tú craiceáilte faoi ar feadh tamaill," arsa Catherine.

"Crazy mar gheall air!" Adeir Myrtle incredulously. "Cé a dúirt go raibh mé craiceáilte faoi? Ní raibh mé riamh níos craiceáilte faoi ná mar a bhí mé faoin bhfear sin ansin."

Dhírigh sí go tobann orm, agus d'fhéach gach duine orm go accusingly. Rinne mé iarracht a thaispeáint le mo léiriú nach raibh mé ag súil le gean ar bith.

"An t-aon *dÚsachtach* a bhí mé nuair a phós mé é. Bhí a fhios agam ar an bpointe boise go ndearna mé botún. Fuair sé an chulaith ab fhearr a bhí ag duine éigin ar iasacht chun pósadh isteach, agus níor inis sé dom faoi fiú, agus tháinig an fear ina dhiaidh lá amháin nuair a bhí sé amuigh: 'Ó, an é sin do chulaith?' Dúirt mé. 'Seo an chéad uair riamh a chuala mé faoi.' Ach thug mé dó é agus ansin leag mé síos agus chaoin mé an banna a bhualadh an tráthnóna ar fad."

"Ba chóir di imeacht uaidh i ndáiríre," arsa Catherine liom. "Tá siad ina gcónaí os cionn an gharáiste sin le haon bhliain déag. Agus is é Tomás an chéad sweetie a bhí aici riamh."

Bhí éileamh leanúnach anois ar an mbuidéal uisce beatha—an dara ceann—ag gach duine a bhí i láthair, ach amháin Catherine, a "mhothaigh chomh maith céanna ar rud ar bith ar chor ar bith." Ghlaoigh Tomás ar an janitor agus chuir sé chuige roinnt ceapairí ceiliúrtha, a bhí ina suipéar iomlán iontu féin. Bhí mé ag iarraidh dul amach agus siúl soir i dtreo na páirce tríd an Twilight bog, ach gach uair a rinne mé iarracht dul tháinig mé i bhfostú i roinnt argóint fiáin, strident a tharraing mé ar ais, amhail is dá mba le rópaí, isteach i mo chathaoir. Ach go hard os cionn na cathrach caithfidh gur chuir ár líne fuinneoga buí a sciar de rúndacht an duine leis an uaireadóir ócáideach sna sráideanna dorcha, agus chonaic mé é freisin, ag breathnú suas agus ag smaoineamh. Bhí mé laistigh agus gan, ag an am céanna enchanted agus repelled ag an éagsúlacht inexhaustible den saol.

Tharraing Myrtle a cathaoir gar dom, agus go tobann dhoirt a hanáil te tharam scéal a céad chruinnithe le Tomás.

"Bhí sé ar an dá shuíochán bheaga a bhí os comhair a chéile agus is iad na cinn dheireanacha a fágadh ar an traein i gcónaí. Bhí mé ag dul suas go Nua-Eabhrac chun mo dheirfiúr a fheiceáil agus an oíche a chaitheamh. Bhí culaith gúna agus bróga leathair paitinne air, agus ní raibh mé in ann mo shúile a choinneáil uaidh, ach gach uair a d'fhéach sé orm b'éigean dom ligean orm féin go raibh mé ag féachaint ar an bhfógra thar a cheann. Nuair a tháinig muid isteach sa stáisiún bhí sé in aice liom, agus a léine bhán brúite i gcoinne mo lámh, agus mar sin dúirt mé leis go mbeadh orm glaoch ar phóilín, ach bhí a fhios aige gur lied mé. Bhí an oiread sin sceitimíní orm nuair a chuaigh mé isteach i dtacsaí leis nach raibh a fhios agam ar éigean nach raibh mé ag dul isteach i dtraein fobhealach. Gach choinnigh mé ag smaoineamh faoi, thall is abhus, ná 'Ní féidir leat maireachtáil go deo; ní féidir leat maireachtáil go deo.' "

Chas sí ar Mrs McKee agus ghlaoigh an seomra lán dá gáire saorga.

"Mo stór," adeir sí, "táim chun an gúna seo a thabhairt duit chomh luath agus a bheidh mé tríd leis. Caithfidh mé ceann eile a fháil amárach. Tá mé chun liosta a dhéanamh de na rudaí go léir atá le fáil agam. Suathaireacht agus tonn, agus coiléar don mhadra, agus ceann de na luaithrigh bheaga gleoite sin ina dtéann tú i dteagmháil le earrach, agus bláthfhleasc le bogha síoda dubh d'uaigh na máthar a mhairfidh an samhradh ar fad. Fuair mé liosta a scríobh síos mar sin ní dhéanfaidh mé dearmad ar na rudaí ar fad a fuair mé a dhéanamh.

Bhí sé a naoi a chlog—beagnach díreach ina dhiaidh sin d'fhéach mé ar mo uaireadóir agus fuair mé go raibh sé deich. Bhí an tUasal McKee ina chodladh ar chathaoir lena dhorn clenched ina lap, cosúil le grianghraf d'fhear aicsin. Ag tabhairt amach mo chiarsúr wiped mé as a leiceann an láthair de lather triomaithe a bhí buartha dom an tráthnóna ar fad.

Bhí an madra beag ina shuí ar an mbord ag féachaint le súile dall tríd an deatach, agus ó am go ham groaning faintly. D'imigh daoine, d'imigh siad arís, rinne siad pleananna chun dul áit éigin, agus ansin chaill siad a chéile, chuardaigh siad a chéile, fuair siad cúpla troigh ar shiúl óna chéile. Roinnt ama i dtreo meán oíche Sheas Tom Buchanan agus Mrs Wilson aghaidh ar aghaidh ag plé, i nguthanna impassioned, cibé an raibh aon cheart ag Mrs Wilson ainm Daisy a lua.

"Nóinín! Nóinín! Nóinín!" a scairt Mrs Wilson. "Déarfaidh mé é aon uair is mian liom! Nóinín! Dai—"

Ag déanamh gluaiseacht ghearr deft, bhris Tom Buchanan a srón lena lámh oscailte.

Ansin bhí tuáillí fuilteacha ar urlár an tseomra folctha, agus guthanna na mban ag scolding, agus go hard os cionn an mhearbhaill wail fada briste pian. Dhúisigh an tUasal McKee as a shúil agus thosaigh sé i gcruachás i dtreo an dorais. Nuair a bhí sé imithe leath bealaigh chas sé timpeall agus stán sé ar an láthair—a bhean chéile agus Catherine ag scolaíocht agus ag sólás agus iad ag teannadh anseo is ansiúd i measc an troscáin plódaithe le hearraí cabhrach, agus an figiúr éadóchais ar an tolg, ag cur fola go líofa, agus ag iarraidh cóip de *Town Tattle a scaipeadh* thar radhairc taipéise Versailles. Ansin chas an tUasal McKee agus lean sé ar aghaidh amach an doras. Ag tabhairt mo hata ón chandelier, lean mé.

"Tar chun lóin lá éigin," a mhol sé, agus muid ag groaned síos san ardaitheoir.

"Cá háit?"

"Áit ar bith."

"Coinnigh do lámha as an luamhán," snapped an buachaill ardaitheoir.
"Impigh mé do logh," a dúirt an tUasal McKee le dínit, "Ní raibh a fhios agam go raibh mé ag baint leis."

"Ceart go leor," a d'aontaigh mé, "beidh áthas orm."

... Bhí mé i mo sheasamh in aice lena leaba agus bhí sé ina shuí suas idir na bileoga, cumhdaithe ina chuid fo-éadaí, le punann mhór ina lámha.

"Áilleacht agus an Beast... Uaigneas... sean-chapall grósaera... Droichead an tSrutháin..."

Ansin, bhí mé i mo luí leath i mo chodladh i leibhéal fuar níos ísle Stáisiún Pennsylvania, ag stánadh ar an Tribune ar maidin, agus ag fanacht leis an traein a ceathair a chlog.

III

Bhí ceol ó theach mo chomharsan trí oícheanta an tsamhraidh. Ina ghairdíní gorma tháinig fir agus cailíní agus chuaigh sé cosúil le leamhain i measc na whisperings agus an Champagne agus na réaltaí. Ag taoide ard san iarnóin bhreathnaigh mé ar a chuid aíonna ag tumadh ó thúr a rafta, nó ag cur na gréine ar ghaineamh te a thrá agus a dhá mhótarbhád ag scoilteadh uiscí na Fuaime, ag tarraingt aquaplanes thar cataracts cúr. Ag an deireadh seachtaine bhí a Rolls-Royce ina omnibus, ag iompar cóisirí chuig agus ón gcathair idir a naoi ar maidin agus i bhfad tar éis meán oíche, agus a vaigín stáisiún scampered cosúil le bug buí brisk chun freastal ar gach traenacha. Agus ar an Luan bhí ochtar searbhóntaí, garraíodóir breise san áireamh, sásta an lá ar fad le móipéidí agus scuaba sciúrsála agus casúir agus searaí gairdín, ag deisiú ravages na hoíche roimhe sin.

Gach Aoine tháinig cúig cliathbhoscaí oráistí agus líomóidí ó fruiterer i Nua-Eabhrac-gach Luan d'fhág na oráistí agus na líomóidí céanna a chúldoras i bpirimid de leatháin laíonacha. Bhí meaisín sa chistin a d'fhéadfadh sú dhá chéad oráistí a bhaint as leathuair an chloig dá mbrúfaí cnaipe beag dhá chéad uair le hordóg buitléara.

Ar a laghad uair sa choicís tháinig corp lónadóirí anuas le cúpla céad troigh de chanbhás agus go leor soilse daite chun crann Nollag a dhéanamh de ghairdín ollmhór Gatsby. Ar tháblaí buffet, garnished le hors-d'oeuvre glistening, liamhás bácáilte spiced plódaithe i gcoinne sailéid de dhearaí harlequin agus muca taosráin agus turcaithe bewitched le hór dorcha. Sa phríomh-halla bunaíodh barra le ráille práis fíor, agus stocáilte le gins agus deochanna agus le cordials dearmad chomh fada sin go raibh an chuid is mó dá aíonna baineann ró-óg chun aithne a chur ar a chéile ó chéile.

Faoi a seacht a chlog tá an cheolfhoireann tagtha, gan aon chaidreamh tanaí cúig phíosa, ach pitful iomlán de oboes agus trombónna agus sacsafóin agus viols agus cornets agus piccolos, agus drumaí íseal agus ard. Tá na snámhaithe deireanacha tagtha isteach ón trá anois agus iad gléasta thuas staighre; tá na gluaisteáin ó Nua-Eabhrac páirceáilte cúig domhain sa tiomáint, agus cheana féin tá na hallaí agus na salons agus verandas gaudy le dathanna príomhúla, agus gruaig bobbed ar bhealaí nua aisteach, agus seálta thar aisling Castile. Tá an barra faoi lán seoil, agus babhtaí snámha de mhanglaim ag luí ar an ngairdín taobh amuigh, go dtí go bhfuil an t-aer beo le comhrá agus gáire, agus innuendo ócáideach agus réamhrá dearmadta ar an láthair, agus cruinnithe díograiseacha idir mná nach raibh ainmneacha a chéile ar eolas acu riamh.

Fásann na soilse níos gile de réir mar a théann an domhan amach ón ngrian, agus anois tá an cheolfhoireann ag seinm ceol manglam buí, agus tá ceoldráma na nglórtha lárnach níos airde. Tá gáire níos éasca nóiméad ar nóiméad, spilled le prodigality, tipped amach ag focal cheerful. Athraíonn na grúpaí níos gasta, swell le teacht nua, tuaslagadh agus foirm san anáil chéanna; Cheana féin tá wanderers, cailíní muiníneach a weave anseo agus ansiúd i measc an stouter agus níos cobhsaí, a bheith ar feadh nóiméad géar, joyous lár an ghrúpa, agus ansin, excited le bua, glide ar tríd an athrú farraige na n-aghaidheanna agus guthanna agus dath faoin solas ag athrú i gcónaí.

Go tobann urghabhann ceann de na giofóga seo, i opal crith, manglam amach as an aer, dumpálann sé síos le haghaidh misnigh agus, ag bogadh a lámha cosúil le Frisco, damhsaí amach ina n-aonar ar an ardán chanbhás. A hush momentary; athraíonn ceannaire na ceolfhoirne a rithim go hobann di, agus tá pléasc cainte ann de réir mar a théann an nuacht earráideach timpeall go bhfuil sí faoi gheasa Gilda Gray ó na Follies. Tá tús curtha leis an bpáirtí.

Creidim go ndeachaigh mé go teach Gatsby an chéad oíche go raibh mé ar dhuine den bheagán aíonna ar tugadh cuireadh dóibh. Níor tugadh cuireadh do dhaoine—chuaigh siad ann. Chuaigh siad isteach i ngluaisteáin a rug amach go Long Island iad, agus ar bhealach chríochnaigh siad suas ag doras Gatsby. Nuair a bhí siad ann thug duine éigin isteach iad a raibh aithne acu ar Gatsby, agus ina dhiaidh sin rinne siad iad féin de réir na rialacha iompair a bhain le páirc spraoi. Uaireanta tháinig siad agus chuaigh siad gan bualadh le Gatsby ar chor ar bith, tháinig siad don pháirtí le simplíocht croí a bhí ina thicéad iontrála féin.

Tugadh cuireadh dom i ndáiríre. Chauffeur in éide spideog-ubh gorm thrasnaigh mo lawn go luath an mhaidin Dé Sathairn le nóta ionadh foirmiúil óna fhostóir: bheadh an onóir go hiomlán Gatsby ar, a dúirt sé, más rud é go mbeadh mé ag freastal ar a "pháirtí beag" an oíche sin. Chonaic sé mé arís agus arís eile, agus bhí sé i gceist aige glaoch orm i bhfad roimhe sin, ach chuir meascán aisteach cúinsí cosc air - shínigh Jay Gatsby, i lámh maorga.

Gléasta suas i flannels bán chuaigh mé anonn go dtí a lawn beagán tar éis a seacht, agus wandered timpeall sách tinn ar a suaimhneas i measc swirls agus eddies na ndaoine nach raibh a fhios agam-cé anseo agus bhí aghaidh a bhí tugtha faoi deara agam ar an traein comaitéireacht. Bhuail líon na Sasanach óg mé láithreach; gach cóirithe go maith, go léir ag lorg beagán ocras, agus go léir ag caint i guthanna íseal, earnest do Meiriceánaigh soladach agus rathúil. Bhí mé cinnte go raibh rud éigin á dhíol acu: bannaí nó árachas nó gluaisteán. Ar a laghad bhí siad ar an eolas faoin airgead éasca sa chomharsanacht agus iad cinnte gurbh iadsan a bhí ann ar feadh cúpla focal san eochair cheart.

Chomh luath agus a tháinig mé rinne mé iarracht teacht ar mo óstach, ach an bheirt nó triúr acu d'iarr mé a whereabouts Stán ag dom ar bhealach den sórt sin iontas, agus shéan chomh vehemently aon eolas ar a chuid gluaiseachtaí, go slunk mé amach i dtreo an tábla cocktail - an t-aon áit sa ghairdín ina bhféadfadh fear amháin linger gan breathnú purposeless agus ina n-aonar.

Bhí mé ar mo bhealach a fháil roaring ólta ó náire fórsa nuair a tháinig Jordan Baker amach as an teach agus sheas ag ceann na céimeanna marmair, leaning beagán ar gcúl agus ag féachaint le suim contemptuous síos isteach sa ghairdín.

Fáilte nó gan a bheith, fuair mé go raibh sé riachtanach mé féin a cheangal le duine éigin sular chóir dom tosú ag tabhairt aghaidh ar ráitis chordúla leis an passersby.
"Dia is Muire duit!" Roared mé, ag dul chun cinn i dtreo di. Bhí cuma mhínádúrtha ar mo ghlór trasna an ghairdín.

"Shíl mé go bhféadfá a bheith anseo," a d'fhreagair sí as láthair agus mé ag teacht aníos. "Chuimhnigh mé go raibh tú i do chónaí béal dorais—"

Choinnigh sí mo lámh go neamhphearsanta, mar ghealltanas go dtabharfadh sí aire dom i nóiméad, agus thug sí cluas do bheirt chailíní i gúnaí cúpla buí, a stopadh ag bun na gcéimeanna.

"Dia duit!" Adeir siad le chéile. "Tá brón orm nár bhuaigh tú."

B'shin don chomórtas gailf. Chaill sí sa chluiche ceannais an tseachtain roimhe sin.

"Níl a fhios agat cé muid féin," arsa duine de na cailíní buí, "ach bhuail muid leat anseo thart ar mhí ó shin."

"Tá tú ag fáil bháis do chuid gruaige ó shin," arsa Jordan, agus thosaigh mé, ach bhí na cailíní tar éis bogadh go casually ar aghaidh agus bhí a ráiteas dírithe ar an ghealach roimh am, a tháirgtear cosúil leis an suipéar, gan amhras, as ciseán lónadóireachta. Le lámh órga caol Jordan resting i mianach, shliocht muid na céimeanna agus sauntered mar gheall ar an ghairdín. Shnámh tráidire de mhanglaim orainn tríd an Twilight, agus shuigh muid síos ag bord leis an mbeirt chailíní i buí agus triúr fear, gach ceann a tugadh isteach dúinn mar an tUasal Mumble.

"An dtagann tú chuig na páirtithe seo go minic?" a d'fhiafraigh Jordan den chailín in aice léi.

"Ba é an ceann deireanach an ceann a bhuail mé leat ag," fhreagair an cailín, i guth muiníneach airdeall. Chas sí ar a compánach: "Nach raibh sé duitse, a Lucille?"

Bhí sé do Lucille, freisin.

"Is maith liom teacht," arsa Lucille. "Is cuma liom riamh cad a dhéanaim, mar sin tá am maith agam i gcónaí. Nuair a bhí mé anseo go deireanach tore mé mo gúna ar chathaoir, agus d'iarr sé dom m'ainm agus seoladh-taobh istigh de sheachtain fuair mé pacáiste ó Croirier le gúna tráthnóna nua ann. "

"Ar choinnigh tú é?" a d'fhiafraigh an Iordáin.

"Cinnte rinne mé. Bhí mé chun é a chaitheamh anocht, ach bhí sé rómhór sa bhusta agus b'éigean é a athrú. Bhí sé gorm gáis le coirníní lavender. Dhá chéad seasca is cúig dollar."

"Tá rud éigin greannmhar faoi dhuine a dhéanfaidh rud mar sin," arsa an cailín eile go fonnmhar. "Níl sé ag iarraidh aon trioblóid le *duine ar bith.*"

"Cé nach bhfuil?" D'fhiosraigh mé.

"Gatsby. Dúirt duine éigin liom—"

Chlaon an bheirt chailíní agus Jordan le chéile faoi rún.

"Dúirt duine éigin liom gur shíl siad gur mharaigh sé fear uair amháin."

Chuaigh scéin tharainn ar fad. Chrom an triúr Uasal Mumbles ar aghaidh agus d'éist siad go fonnmhar.

"Ní dóigh liom go bhfuil sé chomh mór *sin*," arsa Lucille go sceiptiúil; "Tá sé níos mó go raibh sé ina spiaire Gearmánach le linn an chogaidh."

Chlaon duine de na fir i ndaingniú.

"Chuala mé é sin ó fhear a raibh aithne aige air, d'fhás sé aníos leis sa Ghearmáin," a dhearbhaigh sé dúinn go dearfach.

"Ó, níl," arsa an chéad chailín, "ní fhéadfadh sé a bheith amhlaidh, toisc go raibh sé in arm Mheiriceá le linn an chogaidh." De réir mar a d'aistrigh ár credulity ar ais chuici chlaon sí ar aghaidh le díograis. "Breathnaíonn tú air uaireanta nuair a cheapann sé nach bhfuil aon duine ag féachaint air. Cuirfidh mé geall gur mharaigh sé fear.
Chaoch sí a súile agus shivered. Shivered Lucille. Chas muid ar fad agus d'fhéachamar timpeall ar Gatsby. Fianaise a bhí ann ar an tuairimíocht rómánsúil a spreag sé go raibh cogarnaíl mar gheall air ó dhaoine nach bhfuair mórán go raibh gá le cogar a dhéanamh faoi sa saol seo.

Bhí an chéad suipéar—bheadh ceann eile ann tar éis meán oíche—á sheirbheáil anois, agus thug Jordan cuireadh dom dul isteach ina páirtí féin, a bhí scaipthe timpeall boird ar an taobh eile den ghairdín. Bhí triúr lánúineacha pósta agus coimhdeacht Jordan, fochéime leanúnach a tugadh do innuendo foréigneach, agus ar ndóigh faoin tuiscint go luath nó níos déanaí go raibh Jordan ag dul a thabhairt dó suas a duine go céim níos mó nó níos lú. In ionad rambling, bhí aonchineálacht díniteach caomhnaithe ag an bpáirtí seo, agus ghlac sé leis féin an fheidhm a bhí aige ionadaíocht a dhéanamh ar uaisle na tuaithe—an Ubh Thoir ag teacht le hUbh Thiar agus go cúramach ar garda i gcoinne a gaiety speictreascópach.

"A ligean ar a fháil amach," whispered Jordan, tar éis ar bhealach amú agus míchuí leath-uair an chloig; "Tá sé seo i bhfad ró-bhéasach domsa."

D'éirigh muid, agus mhínigh sí go raibh muid chun an t-óstach a aimsiú: níor bhuail mé leis riamh, a dúirt sí, agus bhí sé ag déanamh míshuaimhnis dom. Chlaon an fochéimí ar bhealach ciniciúil, lionn dubh.

Bhí an beár, áit ar thugamar spléachadh air ar dtús, plódaithe, ach ní raibh Gatsby ann. Ní raibh sí in ann é a fháil ó bharr na gcéimeanna, agus ní raibh sé ar an veranda. Ar sheans bhaineamar triail as doras tábhachtach, agus shiúil muid isteach i leabharlann ard Gotach, painéil le dair snoite Béarla, agus is dócha gur iompair muid go hiomlán ó roinnt fothrach thar lear.

Bhí fear stout, meánaosta, le spéacláirí ollmhóra owl-eyed, ina shuí beagán ólta ar imeall boird mhóir, ag stánadh le tiúchan neamhsheasmhach ag seilfeanna na leabhar. Agus muid ag dul isteach rothaigh sé go corraitheach timpeall agus scrúdaigh sé an Iordáin ó cheann go cos.

"Cad a cheapann tú?" D'éiligh sé impetuously.

"Cad é?"

Chaith sé a lámh i dtreo na seilfeanna leabhar.

"Faoi sin. Mar ábhar fírinne ní gá duit bodhraigh a fháil amach. Fuair mé amach. Tá siad fíor."

"Na leabhair?"

Chlaon sé.

"Cinnte fíor-tá leathanaigh agus gach rud. Shíl mé gur cairtchlár deas buan a bheadh iontu. Ábhar na fírinne, tá siad go hiomlán fíor. Leathanaigh agus-Anseo! Lemme thaispeáint duit."

Ag glacadh ár sceipteachas le deonú, rith sé go dtí na málaí leabhar agus d'fhill sé le Imleabhar a hAon de Léachtaí *Stoddard*.

"Féach!" Adeir sé triumphantly. "Is píosa bona fide d'ábhar clóite é. Chuir sé dallamullóg orm. Belasco rialta atá sa fella seo. Is bua é. Cén críochnúlacht! Cén réalachas! Bhí a fhios nuair a stopadh, freisin-Ní raibh gearrtha na leathanaigh. Ach cad atá uait? Cad leis a bhfuil tú ag súil?

Sciob sé an leabhar uaim agus chuir sé ina áit go hastily ar a sheilf, ag maíomh go bhféadfadh an leabharlann ar fad titim as a chéile dá mbainfí bríce amháin.

"Cé a thug leat?" a d'éiligh sé. "Nó ar tháinig tú díreach? Tugadh mé. Tugadh formhór na ndaoine."

D'fhéach Jordan air go airdeallach, go ceanúil, gan freagra a thabhairt.

"Thug bean darbh ainm Roosevelt mé," ar seisean. "Bean Claud Roosevelt. An bhfuil aithne agat uirthi? Bhuail mé léi áit éigin aréir. Tá mé ar meisce le thart ar sheachtain anois, agus shíl mé go mb'fhéidir go gcuirfeadh sé as dom suí i leabharlann."

"An bhfuil?"
"Beagán, sílim. Ní féidir liom a rá go fóill. Ní raibh mé anseo ach uair an chloig. Ar inis mé duit faoi na leabhair? Tá siad fíor. Tá siad—"

"Dúirt tú linn."

Chroith muid lámha leis go huafásach agus chuamar ar ais amuigh faoin aer.

Bhí damhsa anois ar an gcanbhás sa ghairdín; seanfhir ag brú cailíní óga siar i gciorcail ghrásta síoraí, lánúineacha níos fearr ag coinneáil a chéile go tortuously, faiseanta, agus a choinneáil sna coirnéil-agus líon mór cailíní aonair ag damhsa ina n-aonar nó ag brath ar an gceolfhoireann ar feadh nóiméad d'ualach an bainseó nó na gaistí. Faoi mheán oíche bhí méadú tagtha ar an hilarity. Bhí tenor ceiliúradh chanadh san Iodáilis, agus bhí contralto notorious chanadh i snagcheol, agus idir na huimhreacha a bhí daoine ag déanamh "cleasanna" ar fud an ghairdín, agus d'ardaigh bursts sona, vacuous gáire i dtreo spéir an tsamhraidh. Rinne péire cúpla stáitse, a d'iompaigh amach mar na cailíní buí, gníomh leanbh i bhfeisteas, agus seirbheáladh Champagne i spéaclaí níos mó ná babhlaí méar. Bhí an ghealach éirithe níos airde, agus bhí triantán de scálaí airgid ar snámh sa Fhuaim, ag crith beagán leis an righin, drip tinny na banjoes ar an bhfaiche.

Bhí mé fós le Jordan Baker. Bhíomar inár suí ag bord le fear thart ar m'aois agus cailín beag rámhaíochta, a thug bealach ar an mbrú is lú le gáire neamhrialaithe. Bhí mé ag baint taitnimh asam féin anois. Bhí dhá mhéarbhabhla champagne tógtha agam, agus d'athraigh an radharc roimh mo shúile i rud éigin suntasach, eiliminteach agus as cuimse.

Ag lull sa tsiamsaíocht d'fhéach an fear orm agus aoibh air.

"Tá d'aghaidh eolach," a dúirt sé go béasach. "Nach raibh tú sa Chéad Rannán le linn an chogaidh?"

"Cén fáth go bhfuil. Bhí mé san Ochtú Coisithe is Fiche."

"Bhí mé sa Séú háit Déag go dtí mí an Mheithimh naoi mbliana déag d'aois. Bhí a fhios agam go bhfeicfinn tú áit éigin roimhe seo.
Labhair muid ar feadh nóiméad faoi roinnt sráidbhailte beag fliuch, liath sa Fhrainc. Is léir go raibh cónaí air sa chomharsanacht seo, mar dúirt sé liom go raibh sé díreach tar éis hidreaplane a cheannach, agus go raibh sé chun triail a bhaint as ar maidin.

"Ar mhaith leat dul liom, sean-spórt? Díreach in aice leis an gcladach ar feadh na Fuaime."

"Cén t-am?"

"Am ar bith a oireann duit is fearr."

Bhí sé ar bharr mo theanga a ainm a iarraidh nuair a d'fhéach Jordan timpeall agus aoibh air.

"Ag am aerach anois?" D'fhiafraigh sí.

"I bhfad níos fearr." Chas mé arís ar mo lucht aitheantais nua. "Is páirtí neamhghnách é seo domsa. Ní fhaca mé an t-óstach fiú. Tá mé i mo chónaí thall ansin -" chaith mé mo lámh ag an bhfál dofheicthe i gcéin, "agus chuir an fear seo Gatsby thar a chauffeur le cuireadh."

Ar feadh nóiméad d'fhéach sé orm amhail is dá mba theip air a thuiscint.

"Is mise Gatsby," a dúirt sé go tobann.

"Cad é!" Exclaimed mé. "Ó, impím ar do phardún."

"Shíl mé go raibh a fhios agat, sean-spórt. Tá eagla orm nach óstach an-mhaith mé.

Aoibh sé go tuisceanach—i bhfad níos mó ná go tuisceanach. Bhí sé ar cheann de na smiles annamh le caighdeán suaimhneas síoraí ann, gur féidir leat teacht ar fud ceithre nó cúig huaire sa saol. Bhí sé os comhair-nó an chuma chun aghaidh-an domhan síoraí ar fad ar feadh an toirt, agus ansin dhírigh *ar tú* le dochar irresistible i do bhfabhar. Thuig sé duit chomh fada agus a bhí tú ag iarraidh a thuiscint, chreid tú i tú mar ba mhaith leat a chreidiúint i duit féin, agus cinnte tú go raibh sé go beacht ar an tuiscint de tú go, ar do dhícheall, súil agat a chur in iúl. Go díreach ag an bpointe sin d'imigh sé—agus bhí mé ag féachaint ar ghairbhe óg galánta, bliain nó dhó os cionn tríocha, a chaill a fhoirmiúlacht ilchasta cainte ach áiféiseach. Tamall sular chuir sé é féin in aithne ba mhaith liom a thuiscint go láidir go raibh sé ag piocadh a chuid focal le cúram.

Beagnach i láthair na huaire nuair a d'aithin an tUasal Gatsby é féin bhí butler hurried i dtreo dó leis an eolas go raibh Chicago ag glaoch air ar an sreang. Ghabh sé leithscéal leis féin le bogha beag a chuimsigh gach duine againn ar a seal.

"Más mian leat rud ar bith ach é a iarraidh, sean-spórt," a d'áitigh sé orm. "Gabh mo leithscéal. Tiocfaidh mé ar ais chugat ar ball.

Nuair a bhí sé imithe chas mé láithreach go dtí an Iordáin-srianta a chinntiú di de mo iontas. Bhí mé ag súil go mbeadh an tUasal Gatsby ina dhuine florid agus corpartha ina bhlianta lár.

"Cé hé?" D'éiligh mé. "An bhfuil a fhios agat?"

"Níl ann ach fear darb ainm Gatsby."

"Cárb as dó, is é atá i gceist agam? Agus cad a dhéanann sé?"

"Anois *tá tú* tosaithe ar an ábhar," fhreagair sí le gáire wan. "Bhuel, dúirt sé liom nuair a bhí sé ina fhear Oxford."

Thosaigh cúlra dim ag dul i gcruth taobh thiar dó, ach ag a chéad ráiteas eile d'imigh sé ar shiúl.

"Mar sin féin, ní chreidim é."

"Cén fáth nach bhfuil?"

"Níl a fhios agam," ar sise, "ní dóigh liom go ndeachaigh sé ann."

Chuir rud éigin ina ton i gcuimhne dom "Sílim gur mharaigh sé fear," agus bhí sé d'éifeacht aige mo fhiosracht a spreagadh. Ba mhaith liom glacadh gan cheist leis an eolas a sprang Gatsby ó swamps Louisiana nó ón Taobh Thoir íochtarach de Nua-Eabhrac. Bhí sé sin intuigthe. Ach ní raibh fir óga—ar a laghad i mo neamhspléachas cúige, chreid mé nach raibh siad-drift coolly as áit ar bith agus pálás a cheannach ar Long Island Sound.

"Ar aon chaoi, tugann sé páirtithe móra," a dúirt Jordan, ag athrú an ábhair le distaste uirbeach don choincréit. "Agus is maith liom cóisirí móra. Tá siad chomh pearsanta. Ag páirtithe beaga níl aon phríobháideachas ann."

Bhí borradh dord-druma ann, agus ghlaoigh guth cheannaire na ceolfhoirne amach go tobann os cionn macalla an ghairdín.

"A dhaoine uaisle," adeir sé. "Ar iarratas ón Uasal Gatsby táimid chun imirt duit an saothar is déanaí ón Uasal Vladmir Tostoff, a tharraing an oiread sin airde ag Carnegie Hall i mí na Bealtaine seo caite. Má léann tú na páipéir tá a fhios agat go raibh braistint mhór ann." Aoibh sé le condescension jovial, agus dúirt: "Roinnt ceint!" Leis sin rinne gach duine gáire.

"Tá an píosa ar eolas," a deireadh sé lustily, "mar 'Vladmir Tostoff's Jazz History of the World!' "

Chuir nádúr chomhdhéanamh an Uasail Tostoff iontas orm, mar díreach mar a thosaigh sé thit mo shúile ar Gatsby, ina seasamh ina n-aonar ar na céimeanna marmair agus ag féachaint ó ghrúpa amháin go grúpa eile le súile ceadaithe. Tarraingíodh a chraiceann súdaireachta go tarraingteach teann ar a aghaidh agus d'fhéach a ghruaig ghearr amhail is go raibh sé bearrtha gach lá. Ní fhéadfainn aon rud a fheiceáil mar gheall air. N'fheadar ar chabhraigh an fhíric nach raibh sé ag ól chun é a chur amach as a chuid aíonna, mar chonacthas dom gur fhás sé níos cirte de réir mar a mhéadaigh an hilarity fraternal. Nuair a bhí an "Jazz History of the World" thart, bhí cailíní ag cur a gcinn ar ghuaillí na bhfear ar bhealach coileánach, convivial, bhí cailíní ag scuabadh siar go spraíúil in airm na bhfear, fiú i ngrúpaí, agus a fhios acu go ngabhfadh duine éigin a dtiteann -ach níor scuab aon duine siar ar Gatsby, agus níor bhain bob Francach ar bith le gualainn Gatsby, agus níor cruthaíodh aon cheathairéid amhránaíochta le ceann Gatsby le haghaidh nasc amháin.

"Impím do phardún."

Bhí butler Gatsby ina sheasamh go tobann in aice linn.

"Miss Baker?" a d'fhiafraigh sé. "Impím ar do phardún, ach ba mhaith leis an Uasal Gatsby labhairt leat féin."

"Le liom?" exclaimed sí i iontas.

"Sea, madame."

D'éirigh sí go mall, ag ardú a malaí orm le teann iontais, agus lean sí an buitléir i dtreo an tí. Thug mé faoi deara gur chaith sí a gúna tráthnóna, a gúnaí go léir, cosúil le héadaí spóirt-bhí jauntiness faoina gluaiseachtaí amhail is dá mbeadh sí d'fhoghlaim ar dtús chun siúl ar chúrsaí gailf ar maidin glan, crisp.

Bhí mé i m'aonar agus bhí sé beagnach dhá cheann. Ar feadh tamaill bhí fuaimeanna mearbhall agus intriguing eisithe ó sheomra fada, go leor-windowed a overhung an ardán. Eluding fochéime Jordan, a bhí ag gabháil anois i gcomhrá cnáimhseachais le beirt chailíní curfá, agus a implored dom a bheith páirteach dó, chuaigh mé taobh istigh.

Bhí an seomra mór lán le daoine. Bhí duine de na cailíní buí ag seinm an phianó, agus in aice léi sheas bean óg ard rua ó chór cáiliúil, ag gabháil don amhránaíocht. Bhí sí ólta méid champagne, agus le linn a cuid amhrán a bhí chinn sí, ineptly, go raibh gach rud an-, an-brónach-ní raibh sí ag canadh amháin, bhí sí ag gol freisin. Aon uair a bhí sos san amhrán líon sí é le gasping, sobs briste, agus ansin ghlac sí an liric arís i soprano quavering. Na deora coursed síos a leicne-ní faoi shaoirse, áfach, le haghaidh nuair a tháinig siad i dteagmháil léi fabhraí mór beaded ghlac siad dath inky, agus shaothraigh an chuid eile dá mbealach i rivulets dubh mall. Rinneadh moladh greannmhar gur chan sí na nótaí ar a aghaidh, agus air sin chaith sí suas a lámha, chuaigh sí isteach i gcathaoir, agus chuaigh sí amach i gcodladh domhain vinous.

"Bhí troid aici le fear a deir gurb é a fear céile é," a mhínigh cailín ag m'uillinn.

D'fhéach mé timpeall. Bhí an chuid is mó de na mná a bhí fágtha anois ag troid le fir a deirtear a bheith ina bhfir chéile. Fiú páirtí Jordan, an ceathairéad ó East Egg, bhí cíos asunder ag easaontas. Bhí duine de na fir ag caint le déine aisteach d'aisteoir óg, agus a bhean chéile, tar éis dó iarracht a dhéanamh gáire a dhéanamh ar an staid ar bhealach díniteach agus neamhshuimiúil, bhris sé síos go hiomlán agus chuaigh sí i muinín ionsaithe flank - ag eatraimh bhí sí le feiceáil go tobann ar a thaobh cosúil le Diamond feargach, agus hissed: "Gheall tú!" isteach ina chluas.

Ní raibh an drogall dul abhaile teoranta d'fhir bhealach. Bhí beirt fhear sober deplorably agus a mná céile an-indignant sa halla faoi láthair. Bhí na mná céile ag déanamh comhbhróin lena chéile i nguthanna a ardaíodh beagán.

"Aon uair a fheiceann sé go bhfuil am maith agam tá sé ag iarraidh dul abhaile."

"Níor chuala mé aon rud chomh santach i mo shaol."

"Tá muid i gcónaí ar an gcéad cheann a fhágáil."

"Mar sin atá muid."

"Bhuel, tá muid beagnach an ceann deireanach anocht," a dúirt duine de na fir go caointeach. "D'fhág an cheolfhoireann leathuair an chloig ó shin."

In ainneoin gur aontaigh na mná céile go raibh an fíreannacht sin thar inchreidteacht, tháinig deireadh leis an aighneas i gcoimhlint ghearr, agus cuireadh deireadh leis an dá bhean chéile, ag ciceáil, isteach san oíche.

Agus mé ag fanacht le mo hata sa halla d'oscail doras na leabharlainne agus tháinig Jordan Baker agus Gatsby amach le chéile. Bhí sé ag rá focal deireanach éigin léi, ach ghéaraigh an díocas ina bhealach go tobann i bhfoirmiúlacht agus roinnt daoine ag druidim leis chun slán a fhágáil.
Bhí páirtí Jordan ag glaoch go mífhoighneach uirthi ón bpóirse, ach d'lingered sí ar feadh nóiméad chun lámha a chroitheadh.

"Chuala mé an rud is iontach," a dúirt sí. "Cá fhad a bhí muid ann?"

"Cén fáth, thart ar uair an chloig."

"Bhí sé... ach iontach," a dúirt sí arís agus arís eile go teibí. "Ach mhionnaigh mé nach n-inseodh mé é agus anseo tá mé ag tantalizing tú." Yawned sí gracefully i mo aghaidh. "Tar agus féach orm... Leabhar teileafóin... Faoi ainm Mrs Sigourney Howard... M'aintín..." Bhí deifir uirthi agus í ag caint—chaith a lámh dhonn cúirtéis jaunty agus í ag leá isteach ina cóisir ag an doras.

Ina ionad sin náire gur fhan mé chomh déanach sin ar mo chéad chuma, chuaigh mé isteach sa duine deireanach d'aíonna Gatsby, a bhí cnuasaithe timpeall air. Bhí mé ag iarraidh a mhíniú gur mhaith liom fiach dó go luath sa tráthnóna agus leithscéal a ghabháil as gan aithne a bheith agam air sa ghairdín.

"Ná luaigh é," a dúirt sé liom go fonnmhar. "Ná tabhair smaoineamh eile dó, sean-spórt." Ní raibh cur amach níos mó ag an nath aithnidiúil ná an lámh a scuab mo ghualainn go suaimhneasach. "Agus ná déan dearmad go bhfuil muid ag dul suas sa hidreaplane maidin amárach, ag a naoi a chlog."

Ansin an buitléir, taobh thiar dá ghualainn:

"Philadelphia ba mhaith leat ar an bhfón, a dhuine uasail."

"Ceart go leor, i nóiméad. Abair leo go mbeidh mé ceart ansin… Oíche mhaith."

"Oíche mhaith."

"Oíche mhaith." Aoibh sé-agus go tobann bhí an chuma a bheith suntasach taitneamhach i bheith i measc an ceann deireanach le dul, amhail is dá mba mhian sé é an t-am ar fad. "Oíche mhaith, sean-spórt… Oíche mhaith."

Ach de réir mar a shiúil mé síos na céimeanna a chonaic mé nach raibh an tráthnóna thart go leor. Caoga troigh ón doras shoilsigh dosaen ceannsoilse radharc aisteach agus achrannach. Sa díog in aice an bhóthair, ar thaobh na láimhe deise suas, ach adharc fhoréigneach de roth amháin, quieuit coupé nua a d'fhág tiomáint Gatsby dhá nóiméad roimhe sin. B'ionann crúiscín géar balla agus díorma an rotha, a bhí ag fáil aird nach beag anois ó leathdhosaen chauffeurs aisteach. Mar sin féin, de réir mar a d'fhág siad a gcuid carranna ag blocáil an bhóthair, bhí gleo géar, discordant uathu siúd sa chúl inchloiste le tamall, agus chuir sé leis an mearbhall foréigneach a bhí ar an láthair cheana féin.

Bhí fear i duster fada dífheistithe as an raic agus anois sheas sé i lár an bhóthair, ag féachaint ón gcarr go dtí an bonn agus ón mbonn go dtí na breathnóirí ar bhealach taitneamhach, puzzled.

"Féach!" a mhínigh sé. "Chuaigh sé sa díog."

Ba é fírinne an scéil ná iontas a chur air, agus d'aithin mé ar dtús caighdeán neamhghnách an iontais, agus ansin an fear-bhí sé ina phátrún déanach ar leabharlann Gatsby.

"Conas a tharlódh sé?"

Shrugged sé a ghualainn.

"Níl a fhios agam rud ar bith faoi mheicnic," a dúirt sé go cinntitheach.

"Ach conas a tharla sé? Ar rith tú isteach sa bhalla?"

"Ná fiafraigh díom," arsa Súile Owl, ag ní a lámha ar an ábhar ar fad. "Is beag atá ar eolas agam faoi bheith ag tiomáint—in aice le rud ar bith. Tharla sé, agus sin uile atá ar eolas agam."

"Bhuel, más tiománaí bocht thú níor chóir duit triail a bhaint as tiomáint san oíche."

"Ach ní raibh mé fiú ag iarraidh," a mhínigh sé go neamhbhalbh, "ní raibh mé ag iarraidh fiú."

Thit hush awed ar an lucht féachana.

"Ar mhaith leat féinmharú a dhéanamh?"

"Tá an t-ádh ort nach raibh ann ach roth! Drochthiománaí agus gan a bheith *ag iarraidh fiú!*

"Ní thuigeann tú," a mhínigh an coirpeach. "Ní raibh mé ag tiomáint. Tá fear eile sa charr."

An turraing a lean an dearbhú fuair guth i marthanach "Ah-h-h!" mar an doras ar an coupé swung go mall oscailte. An slua—slua a bhí ann anois—sheas sé siar go neamhdheonach, agus nuair a d'oscail an doras leathan bhí sos taibhsiúil ann. Ansin, de réir a chéile, cuid ar chuid, sheas duine pale, dangling amach as an raic, ag lapaireacht go sealadach ar an talamh le bróg damhsa mór éiginnte.

Blinded ag an glare na headlights agus mearbhall ag an groaning incessant na adharca, sheas an apparition swaying ar feadh nóiméad sular bhraith sé an fear sa duster.

"Wha's matter?" a d'fhiafraigh sé go socair. "Ar rith muid gás outa?"

"Féach!"

Dhírigh leathdhosaen méar ar an roth amputated-Stán sé air ar feadh nóiméad, agus ansin d'fhéach sé aníos amhail is go raibh amhras air gur thit sé as an spéir.

"Tháinig sé amach," a mhínigh duine éigin.

Chlaon sé.

"Ar dtús, thug mé faoi deara gur mhaith linn stopadh."

Sos. Ansin, ag cur anáil fhada agus ag díriú a ghuaillí, dúirt sé i nguth diongbháilte:
"Wonder'ff inis dom cá bhfuil stáisiún gás'líne?"

Ar a laghad dosaen fear, cuid acu beagán níos fearr as ná mar a bhí sé, mhínigh dó nach raibh roth agus carr ceangailte a thuilleadh ag aon bhanna fisiciúil.

"Ar ais amach," a mhol sé tar éis nóiméad. "Cuir droim ar ais í."

"Ach tá an *roth* as!"

Bhí leisce air.

"Níl aon dochar ag iarraidh," a dúirt sé.

Bhí crescendo bainte amach ag na adharca lónadóireachta agus chas mé ar shiúl agus ghearr mé trasna na faiche i dtreo an bhaile. D'amharc mé siar uair amháin. Bhí wafer de ghealach ag taitneamh thar theach Gatsby, ag déanamh an oíche go breá mar a bhí roimhe seo, agus a mhaireann an gáire agus fuaim a ghairdín fós glowing. Bhí an chuma ar fholmhú tobann sreabhadh anois ó na fuinneoga agus na doirse móra, endowing le leithlisiú iomlán an figiúr an ósta, a sheas ar an póirse, a lámh suas i gesture foirmiúil slán.

Agus mé ag léamh ar an méid atá scríofa agam go dtí seo, feictear dom gur thug mé le tuiscint go raibh imeachtaí trí oíche roinnt seachtainí óna chéile ar fad a chuir isteach orm. A mhalairt ar fad, ní raibh iontu ach corrimeachtaí i samhradh plódaithe, agus, go dtí i bhfad ina dhiaidh sin, ghlac siad isteach mé gan teorainn níos lú ná mo ghnóthaí pearsanta.

An chuid is mó den am a d'oibrigh mé. Go moch ar maidin chaith an ghrian mo scáth siar agus mé ag cromadh síos chasms bán Nua-Eabhrac íochtarach go dtí an Probity Trust. Bhí aithne agam ar na cléirigh eile agus ar na díoltóirí óga bannaí faoina gcéad ainmneacha, agus lón leo i mbialanna dorcha, plódaithe ar ispíní beaga muc agus prátaí mashed agus caife. Bhí caidreamh gairid agam fiú le cailín a bhí ina cónaí i gCathair Jersey agus a d'oibrigh sa roinn chuntasaíochta, ach thosaigh a dearthair ag caitheamh breathnaíonn i mo threo, mar sin nuair a chuaigh sí ar a laethanta saoire i mí Iúil lig mé buille go ciúin ar shiúl.

Ghlac mé dinnéar de ghnáth ag an Yale Club-ar chúis éigin go raibh sé an ócáid gloomiest de mo lá-agus ansin chuaigh mé thuas staighre go dtí an leabharlann agus rinne mé staidéar ar infheistíochtaí agus urrúis ar feadh uair an chloig coinsiasach. Bhí cúpla círéibeoir thart de ghnáth, ach níor tháinig siad isteach sa leabharlann riamh, mar sin ba áit mhaith oibre é. Ina dhiaidh sin, má bhí an oíche mellow, strolled mé síos Madison Avenue thar an sean Murray Hill Hotel, agus os cionn 33rd Street go dtí an Stáisiún Pennsylvania.

Thosaigh mé cosúil le Nua-Eabhrac, an mothú racy, eachtrúil air san oíche, agus an sásamh a thugann flicker leanúnach na bhfear agus na mban agus na meaisíní don tsúil restless. Thaitin sé liom siúl suas Fifth Avenue agus mná rómánsúla a phiocadh amach ón slua agus a shamhlú go raibh mé chun dul isteach ina saol i gceann cúpla nóiméad, agus ní bheadh a fhios ag aon duine riamh nó nach mbeadh a fhios acu. Uaireanta, i m'intinn, lean mé iad go dtí a n-árasáin ar choirnéal na sráideanna i bhfolach, agus chas siad agus aoibh ar ais orm sula ndeachaigh siad trí dhoras isteach sa dorchadas te. Ag an Twilight cathrach enchanted Bhraith mé uaigneas haunting uaireanta, agus bhraith sé i gcásanna eile-cléirigh óga bochta a loitered os comhair fuinneoga ag fanacht go dtí go raibh sé in am le haghaidh dinnéar bialann solitary-cléirigh óga sa dusk, wasting na chuimhneacháin is poignant na hoíche agus an saol.

Arís ag a hocht a chlog, nuair a bhí lánaí dorcha na nDaichidí cúig dhoimhne le tacsaithe throbbing, ceangailte do cheantar na hamharclainne, mhothaigh mé go tóin poill i mo chroí. Chlaon foirmeacha le chéile sna tacsaithe agus iad ag fanacht, agus chan guthanna, agus bhí gáire ann ó scéalta grinn gan choinne, agus rinne toitíní éadroma ciorcail neamh-inléite taobh istigh. Ag samhlú go raibh mé, freisin, ag deifir i dtreo gaiety agus ag roinnt a gcuid sceitimíní pearsanta, ghuigh mé gach rath orthu.

Ar feadh tamaill chaill mé radharc ar Jordan Baker, agus ansin i lár an tsamhraidh fuair mé arís í. Ar dtús bhí mé flattered chun dul áiteanna léi, toisc go raibh sí ina curadh gailf, agus bhí a fhios ag gach duine a ainm.

Ansin bhí sé rud éigin níos mó. Ní raibh mé i ngrá i ndáiríre, ach mhothaigh mé saghas fiosracht tairisceana. An aghaidh leamh haughty gur chas sí ar an domhan cheilt rud éigin-an chuid is mó affectations cheilt rud éigin sa deireadh, cé nach bhfuil siad i dtús-agus lá amháin fuair mé cad a bhí sé. Nuair a bhí muid ar chóisir tí le chéile i Warwick, d'fhág sí carr a fuarthas ar iasacht amach sa bháisteach leis an mbarr anuas, agus ansin lied faoi-agus go tobann chuimhnigh mé ar an scéal fúithi a bhí eluded dom an oíche sin ag Daisy ar. Ag a céad chomórtas mór gailf bhí as a chéile a shroich na nuachtáin beagnach—moladh gur bhog sí a liathróid ó dhroch-bhréag sa bhabhta leathcheannais. Chuaigh an rud i ngleic le cion scannail—ansin fuair sé bás. Tharraing caddy siar a ráiteas, agus d'admhaigh an t-aon fhinné eile go mb'fhéidir go raibh dul amú air. D'fhan an eachtra agus an t-ainm le chéile i m'intinn.

Sheachain Jordan Baker fir chliste, shrewd, agus anois chonaic mé go raibh sé seo toisc gur mhothaigh sí níos sábháilte ar eitleán ina gceapfaí go mbeadh aon éagsúlacht ó chód dodhéanta. Bhí sí mí-ionraic. Ní raibh sí in ann maireachtáil a bheith faoi mhíbhuntáiste agus, mar gheall ar an neamhthoil seo, is dócha gur thosaigh sí ag déileáil i subterfuges nuair a bhí sí an-óg chun an aoibh gháire fionnuar, insolent sin a choinneáil iompaithe ar an domhan agus fós éilimh a colainne crua, jaunty a shásamh.

Ní dhearna sé aon difear domsa. Is mímhacántacht i bean rud riamh tú milleán go domhain-Bhí brón orm casually, agus ansin rinne mé dearmad. Ba ar an gcóisir tí chéanna sin a bhí comhrá aisteach againn faoi charr a thiomáint. Thosaigh sé toisc gur rith sí chomh gar do roinnt fir oibre gur flicked ár fender cnaipe ar cóta fear amháin.

"Is tiománaí lofa thú," a dúirt mé. "Ba chóir duit a bheith níos cúramaí, nó níor chóir duit tiomáint ar chor ar bith."

"Táim cúramach."

"Níl, níl tú."

"Bhuel, tá daoine eile," a dúirt sí go héadrom.

"Cad é a fuair sé sin a dhéanamh leis?"
"Coinneoidh siad amach as mo bhealach," a d'áitigh sí. "Tógann sé dhá cheann timpiste a dhéanamh."

"Cuir i gcás gur bhuail tú le duine éigin chomh míchúramach leat féin."

"Tá súil agam nach ndéanfaidh mé go deo," a d'fhreagair sí. "Is fuath liom daoine míchúramacha. Sin an fáth go dtaitníonn tú liom.

Stán a súile liatha, grian-strained díreach chun tosaigh, ach bhí sí tar éis ár gcaidreamh a athrú d'aon ghnó, agus ar feadh nóiméad shíl mé go raibh grá agam di. Ach tá mé mall-smaoineamh agus lán de rialacha taobh istigh a fheidhmíonn mar coscáin ar mo mhianta, agus bhí a fhios agam go raibh mé féin a fháil cinnte as an tangle ar ais sa bhaile. Bhí mé ag scríobh litreacha uair sa tseachtain agus á síniú: "Love, Nick," agus gach a raibh mé in ann smaoineamh ar conas, nuair a d'imir an cailín áirithe leadóg, bhí moustache faint de perspiration le feiceáil ar a liopa uachtarach. Mar sin féin bhí tuiscint doiléir ann go gcaithfí a bheith briste amach go slachtmhar sula raibh mé saor.

Tá amhras ar gach duine faoi cheann amháin ar a laghad de na buanna cairdinéal, agus is liomsa é seo: tá mé ar dhuine den bheagán daoine macánta a raibh aithne agam orthu riamh.

IV

Maidin Dé Domhnaigh agus cloigíní an tséipéil ag bualadh sna sráidbhailte cois cladaigh, d'fhill an domhan agus a máistreás ar theach Gatsby agus d'imigh sé go hilariously ar a fhaiche.

"Tá sé ina bootlegger," a dúirt na mná óga, ag bogadh áit éigin idir a mhanglaim agus a bláthanna. "Uair amháin mharaigh sé fear a fuair amach go raibh sé ina nia le Von Hindenburg agus an dara col ceathrar leis an diabhal. Reach dom rós, mil, agus doirt dom titim dheireanach isteach go bhfuil gloine criostail. "

Nuair a scríobh mé síos ar na spásanna folmha de chlár ama ainmneacha na ndaoine a tháinig go teach Gatsby an samhradh sin. Is sean-amchlár anois é, ag díscaoileadh ag a folds, agus i gceannas "An sceideal seo i bhfeidhm 5 Iúil, 1922." Ach is féidir liom na hainmneacha liatha a léamh fós, agus tabharfaidh siad tuiscint níos fearr duit ná mo chuid ginearáil orthu siúd a ghlac le fáilteachas Gatsby agus a thug an t-ómós caolchúiseach dó gan aon rud a bheith ar eolas acu faoi.

Ó East Egg, ansin, tháinig na Chester Beckers agus na Leeches, agus fear darb ainm Bunsen, a raibh aithne agam air ag Yale, agus an Dochtúir Webster Civet, a bádh an samhradh seo caite i Maine. Agus na Hornbeams agus na Willie Voltaires, agus clann iomlán darb ainm Blackbuck, a bhailigh i gcónaí i gcúinne agus a d'eitil suas a srón cosúil le gabhair ag gidh bé a tháinig in aice. Agus na Ismays agus na Chrysties (nó in áit Hubert Auerbach agus bean chéile an Uasail Chrystie), agus Edgar Beaver, a bhfuil a chuid gruaige, a deir siad, iompaithe cadás-bán tráthnóna gheimhridh amháin ar aon chúis mhaith ar chor ar bith.

B'as East Egg do Clarence Endive, mar is cuimhin liom. Níor tháinig sé ach aon uair amháin, i knickerbockers bán, agus bhí troid le bum ainmnithe Etty sa ghairdín. Ó níos faide amach ar an Oileán tháinig na Cheadles agus an O. R. P. Schraeders, agus an Stonewall Jackson Abrams na Georgia, agus na Fishguards agus na Snells Ripley. Bhí Snell ann trí lá sula ndeachaigh sé go dtí an penitentiary, chomh meisce amach ar an tiomáint gairbhéil gur rith gluaisteán Mrs Ulysses Swett thar a lámh dheas. Tháinig na Dantais, freisin, agus S. B. Whitebait, a bhí go maith os cionn seasca, agus Maurice A. Flink, agus na Hammerheads, agus Beluga an t-allmhaireoir tobac, agus cailíní Beluga.

Ó West Egg tháinig na Polannaigh agus na Mulreadys agus Cecil Roebuck agus Cecil Schoen agus Gulick an seanadóir Stáit agus Newton Magairlín, a rialaigh Films Par Excellence, agus Eckhaust agus Clyde Cohen agus Don S. Schwartz (an mac) agus Arthur McCarty, iad go léir bainteach leis na scannáin ar bhealach amháin nó ar bhealach eile. Agus na Catlips agus na Bembergs agus G. Earl Muldoon, dearthair leis an Muldoon sin a strangled ina dhiaidh sin a bhean chéile. Da Fontano tháinig an tionscnóir ann, agus Ed Legros agus James B. ("Rot-Gut") Ferret agus na De Jongs agus Ernest Lilly - tháinig siad chun gamble, agus nuair a wandered Ferret isteach sa ghairdín chiallaigh sé go raibh sé glanta amach agus bheadh Associated Traction a fluctuate brabúsach lá dár gcionn.

Bhí fear darbh ainm Klipspringer ann chomh minic sin gur tugadh "the boarder" air — tá amhras orm an raibh aon teach eile aige. As daoine amharclainne bhí Gus Waize agus Horace O'Donavan agus Lester Myer agus George Duckweed agus Francis Bull. Chomh maith leis sin ó Nua-Eabhrac bhí na Chromes agus na Backhyssons agus na Dennickers agus Russel Betty agus na Corrigans agus na Kellehers agus na Dewars agus na Scullys agus S. W. Belcher agus na Smirkes agus na Quinns óga, colscartha anois, agus Henry L. Palmetto, a mharaigh é féin trí léim os comhair traein subway i Times Square.

Tháinig Benny McClenahan i gcónaí le ceathrar cailíní. Ní raibh siad riamh go leor na cinn céanna i duine fisiciúil, ach bhí siad chomh comhionann le chéile go raibh an chuma air dosheachanta go raibh siad ann roimhe seo. Tá dearmad déanta agam ar a n-ainmneacha—Jaqueline, sílim, nó Consuela eile, nó Gloria nó Judy nó Meitheamh, agus ba iad na hainmneacha deireanacha a bhí orthu ná ainmneacha séiseacha na mbláthanna agus na míonna nó na cinn sterner de na caipitlithe móra Meiriceánacha a n-admhódh a gcol ceathracha, dá mbrúfaí iad, go n-admhódh siad iad féin a bheith.

Chomh maith leo seo go léir is féidir liom cuimhneamh gur tháinig Faustina O'Brien ann uair amháin ar a laghad agus na cailíní Baedeker agus Brewer óg, a raibh a shrón lámhaigh amach sa chogadh, agus an tUasal Albrucksburger agus Miss Haag, a fiancée, agus Ardita Fitz-Peters agus an tUasal P. Jewett, a bhí ina cheann ar an Léigiún Meiriceánach tráth, agus Miss Claudia Hip, le fear a bhfuil cáil air mar chauffeur, agus prionsa de rud éigin, ar a dtugamar Diúc, agus a bhfuil a ainm, má bhí a fhios agam riamh é, tá dearmad déanta agam.

Tháinig na daoine seo go léir go teach Gatsby i rith an tsamhraidh.

Ag a naoi a chlog, maidin amháin go déanach i mí Iúil, lurched carr taibhseach Gatsby suas an tiomáint creagach go dtí mo dhoras agus thug amach pléasctha séis as a adharc trí-nótáilte.

Ba é an chéad uair a d'iarr sé orm, cé go raibh mé imithe go dtí dhá cheann dá pháirtithe, suite ina hydroplane, agus, ar a chuireadh práinneach, bhain sé úsáid go minic as a thrá.

"Maidin mhaith, sean-spórt. Tá lón agat liom inniu agus shíl mé go mbeadh muid ag marcaíocht suas le chéile."

Bhí sé ag cothromú é féin ar phainéal a chairr leis an seiftiúlacht gluaiseachta sin atá chomh peculiarly Meiriceánach-a thagann, is dócha, leis an easpa oibre ardaithe i óige agus, fiú níos mó, leis an grásta formless ar ár neirbhíseach, cluichí sporadic. Bhí an caighdeán seo ag briseadh go leanúnach trína bhealach poncúil i gcruth restlessness. Ní raibh sé riamh go leor fós; bhí cos cnagtha in áit éigin i gcónaí nó oscailt agus dúnadh mífhoighneach láimhe.

Chonaic sé mé ag féachaint le meas ar a charr.

"Tá sé go deas, nach bhfuil sé, spórt d'aois?" Léim sé amach chun dearcadh níos fearr a thabhairt dom. "Nach bhfaca tú riamh cheana é?"

Ba mhaith liom é a fheiceáil. Bhí sé feicthe ag gach duine. Dath saibhir uachtar a bhí ann, geal le nicil, ata anseo is ansiúd ina fhad monstrous le hatboxes buacach agus boscaí suipéir agus boscaí uirlisí, agus sraithe le labyrinth de windshields a léirigh dosaen grian. Agus muid inár suí síos taobh thiar de go leor sraitheanna gloine i saghas grianán leathair glas, thosaigh muid ar an mbaile.

Labhair mé leis b'fhéidir leathdhosaen uair le mí anuas agus fuair mé amach, le mo dhíomá, nach raibh mórán le rá aige. Mar sin, mo chéad tuiscint, go raibh sé ina dhuine de roinnt iarmhairt undefined, bhí faded de réir a chéile agus bhí sé a bheith ach an dílseánach ar roadhouse ilchasta béal dorais.

Agus ansin tháinig an turas disconcerting. Ní raibh sráidbhaile West Egg sroichte againn sular thosaigh Gatsby ag fágáil a chuid abairtí galánta gan chríochnú agus é féin ag bualadh go neamhbhalbh ar ghlúin a chulaith caramal-daite.

"Féach anseo, sean-spórt," a bhris sé amach ionadh, "cad é do thuairim orm, ar bhealach ar bith?"

Beagán faoi léigear, thosaigh mé ar na himghabhála ginearálaithe atá tuillte ag an gceist sin.

"Bhuel, táim chun rud éigin a insint duit faoi mo shaol," a chuir sé isteach. "Níl mé ag iarraidh go bhfaighidh tú smaoineamh mícheart orm ó na scéalta seo go léir a chloiseann tú."

Mar sin, bhí sé ar an eolas faoi na líomhaintí aisteacha a bhlais an comhrá ina hallaí.

"Inseoidh mé fírinne Dé duit." D'ordaigh a lámh dheas go tobann retribution Dhiaga chun seasamh ag. "Is mac mé le roinnt daoine saibhre sa Mheán-Iarthar—iad go léir marbh anois. Tógadh i Meiriceá mé ach fuair mé a chuid oideachais in Oxford, mar tá oideachas curtha ar mo shinsir ar fad ansin le blianta fada. Is traidisiún teaghlaigh é."

D'fhéach sé orm sideways - agus bhí a fhios agam cén fáth gur chreid Jordan Baker go raibh sé ina luí. Chrom sé ar an bhfrása "educated at Oxford," nó shlog sé é, nó thacht sé air, amhail is gur chuir sé isteach air roimhe sin. Agus leis an amhras seo, thit a ráiteas ar fad go píosaí, agus wondered mé más rud é nach raibh rud éigin sinister beag mar gheall air, tar éis an tsaoil.

"Cén chuid den Mheán-Iarthar?" D'fhiosraigh mé go casually.

"San Francisco."

"Feicim."

"Fuair mo mhuintir go léir bás agus tháinig mé isteach i gcuid mhaith airgid."

Bhí a ghlór sollúnta, amhail is go raibh cuimhne an díothaithe tobann sin de chlann fós ciaptha air. Ar feadh nóiméad bhí amhras orm go raibh sé ag tarraingt mo chos, ach sracfhéachaint air cinnte dom a mhalairt.

"Tar éis sin bhí cónaí orm mar rajah óg i bpríomhchathracha uile na hEorpa-Páras, Veinéis, Róimh-seoda a bhailiú, rubies go príomha, fiach cluiche mór, péinteáil beag, rudaí dom féin amháin, agus ag iarraidh dearmad a dhéanamh ar rud éigin an-brónach a tharla dom i bhfad ó shin."

Le hiarracht d'éirigh liom srian a chur le mo gháire incredulous. Bhí na frásaí an-caite chomh threadbare gur léirigh siad aon íomhá ach amháin go bhfuil "carachtar" turbaned leaking sawdust ag gach pore agus é ag dul sa tóir tiger tríd an Bois de Boulogne.

"Ansin tháinig an cogadh, an sean-spórt. Ba mhór an faoiseamh é, agus rinne mé iarracht an-deacair bás a fháil, ach ba chosúil go raibh saol draíochtúil agam. Ghlac mé le coimisiún mar chéad leifteanant nuair a thosaigh sé. I bhForaois Argonne thóg mé iarsmaí mo chathláin mheaisínghunna chomh fada sin chun tosaigh go raibh bearna leathmhíle ar an dá thaobh dínn nach raibh na coisithe in ann dul chun cinn a dhéanamh. D'fhan muid ann dhá lá agus dhá oíche, céad tríocha fear le sé cinn déag de ghunnaí Lewis, agus nuair a tháinig na coisithe suas faoi dheireadh fuair siad an insignia de thrí roinn Ghearmánacha i measc chairn na marbh. Cuireadh chun cinn mé le bheith i mo mhaor, agus thug gach rialtas Comhghuaillithe maisiúchán dom-fiú Montainéagró, Montainéagró beag síos ar Mhuir Aidriad!

Montainéagró Beag! Thóg sé suas na focail agus chrom sé orthu—lena gháire. Thuig an meangadh gáire stair achrannach Mhontainéagró agus rinne sé comhbhrón le streachailtí cróga mhuintir Mhontainéagró. Ba mhór aici slabhra na gcúinsí náisiúnta a spreag an t-ómós seo ó chroí beag te Mhontainéagró. Bhí mo incredulity báite i fascination anois; bhí sé cosúil le sciobadh hastily trí dosaen irisí.

Shroich sé ina phóca, agus thit píosa miotail, slung ar ribín, isteach i mo pailme.

"Sin an ceann ó Mhontainéagró."

Le mo iontas, bhí cuma bharántúil ar an rud. Rith "Orderi di Danilo," an finscéal ciorclach, "Montainéagró, Nicolas Rex."

"Cas é."

"Major Jay Gatsby," a léigh mé, "Do Valour Extraordinary."

"Seo rud eile a iompraím i gcónaí. Cuimhneachán de laethanta Oxford. Tógadh é i gCearnóg na Tríonóide—is é Iarla Doncaster an fear ar thaobh mo láimhe clé anois."

Grianghraf de leathdhosaen fear óg a bhí ann agus iad ag builíniú in áirse a raibh scata spires le feiceáil tríd. Bhí Gatsby ann, ag féachaint beagán, ní i bhfad, níos óige—le slacán cruicéid ina láimh.

Ansin bhí sé fíor ar fad. Chonaic mé craicne tíogair ag bualadh ina phálás ar an gCanáil Mhór; Chonaic mé é ag oscailt cófra rubies chun éascaíocht, lena ndoimhneacht crimson-lighted, gnawings a chroí briste.
"Tá mé ag dul a dhéanamh ar iarratas mór de tú inniu," a dúirt sé, pocketing a cuimhneacháin le sástacht, "mar sin shíl mé gur chóir duit a fhios rud éigin mar gheall orm. Ní raibh mé ag iarraidh go gceapfá nach raibh ionam ach duine ar bith. Feiceann tú, is iondúil go bhfaighim mé féin i measc strainséirí mar go n-imím anseo agus ansiúd ag iarraidh dearmad a dhéanamh ar na rudaí brónacha a tharla dom. Bhí leisce air. "Cloisfidh tú faoi tráthnóna."

"Ag am lóin?"

"Níl, tráthnóna inniu. Tharla mé a fháil amach go bhfuil tú ag cur Miss Baker chun tae.

"An gciallaíonn tú go bhfuil tú i ngrá le Miss Baker?"

"Níl, sean-spórt, níl mé. Ach thoiligh Miss Baker labhairt leat faoin ábhar seo.

Ní raibh mé an smaoineamh faintest cad "an t-ábhar seo" a bhí, ach bhí mé níos annoyed ná suim acu. Níor iarr mé ar Jordan tae a dhéanamh chun an tUasal Jay Gatsby a phlé. Bhí mé cinnte go mbeadh an t-iarratas rud éigin utterly iontach, agus ar feadh nóiméad bhí brón orm gur mhaith liom a leagtar cos riamh ar a lawn overpopulated.

Ní déarfadh sé focal eile. D'fhás a chruinneas air agus muid in aice leis an gcathair. Chuaigh muid thar Port Roosevelt, áit a raibh spléachadh ar longa farraige dearg-criosaithe, agus sped feadh sluma cobbled lined leis na saloons dorcha, undeserted an faded-gilt naoi gcéad déag. Ansin d'oscail an gleann luaithreach amach ar an dá thaobh de dúinn, agus bhí mé léargas ar Mrs Wilson straining ag an caidéil ghaáiste le beogacht panting mar a chuaigh muid ag.

Le fenders leathadh cosúil le sciatháin scaipthe againn solas trí leath Astoria-ach leath, le haghaidh mar twisted muid i measc na piléir an ardaithe Chuala mé an eolas "jug-jug-spat!" de gluaisrothar, agus póilín frantic rode in éineacht.

"Ceart go leor, sean-spórt," ar a dtugtar Gatsby. Mhoilligh muid síos. Ag tabhairt cárta bán as a sparán, chaith sé é os comhair shúile an fhir.
"Ceart go bhfuil tú," a d'aontaigh an póilín, tipping a chaipín. "Bíodh aithne agat an chéad uair eile, an tUasal Gatsby. Gabh mo leithscéal!

"Cad é sin?" D'fhiosraigh mé. "An pictiúr de Oxford?"

"Bhí mé in ann fabhar a dhéanamh don choimisinéir uair amháin, agus cuireann sé cárta Nollag chugam gach bliain."

Thar an droichead mór, agus solas na gréine trí na girders ag déanamh flicker leanúnach ar na gluaisteáin ag gluaiseacht, agus an chathair ag ardú suas trasna na habhann i gcarn bán agus cnapáin siúcra tógtha go léir le mian as airgead nonolfactory. Is í an chathair a fheictear ó Dhroichead Queensboro an chathair a fheictear den chéad uair riamh, ina chéad gheallúint fhiáin den mhistéir agus den áilleacht ar fud an domhain.

Rith fear marbh linn i gcarn hearse le blátha, agus dhá charráiste ina dhiaidh sin le dallóga tarraingthe, agus carráistí níos áthasaí do chairde. D'fhéach na cairde amach orainn leis na súile tragóideacha agus na liopaí gearra uachtaracha in oirdheisceart na hEorpa, agus bhí áthas orm go raibh radharc charr álainn Gatsby san áireamh ina saoire sombre. Agus muid ag dul trasna Oileán an Tobair Dhuibh rith limisín linn, tiomáinte ag chauffeur bán, inar shuigh trí negroes modish, dhá bucks agus cailín. Rinne mé gáire os ard agus buíocáin a gcuid eyeballs ag rolladh inár dtreo in iomaíocht mhúinte.

"Is féidir le rud ar bith tarlú anois go bhfuil muid slid thar an droichead seo," shíl mé; "aon rud ar chor ar bith..."

D'fhéadfadh fiú Gatsby tarlú, gan aon iontas ar leith.

Roaring meán lae. I siléar maith Daichead-dara Sráid bhuail mé le Gatsby le haghaidh lóin. Ag caochadh gile na sráide taobh amuigh, phioc mo shúile amach go doiléir é sa seomra ante, ag caint le fear eile.

"An tUasal Carraway, is é seo mo chara an tUasal Wolfshiem."

D'ardaigh Giúdach beag cothrom-nosed a cheann mór agus mheas mé le dhá fhás fíneáil gruaige a luxuriated i gceachtar nostril. Tar éis nóiméad d'aimsigh mé a shúile beaga bídeacha sa leathdhorchadas.

"-Mar sin, ghlac mé breathnú amháin air," a dúirt an tUasal Wolfshiem, chroitheadh mo lámh earnestly, "agus cad a cheapann tú a rinne mé?"

"Cad é?" D'fhiosraigh mé go béasach.

Ach is léir nach raibh sé ag tabhairt aghaidh orm, mar thit sé mo lámh agus chlúdaigh sé Gatsby lena shrón sainráiteach.

"Thug mé an t-airgead do Katspaugh agus dúirt mé: 'Ceart go leor, Katspaugh, ná íoc pingin leis go dtí go ndúnann sé a bhéal.' Dhún sé ansin agus ansiúd é."

Ghlac Gatsby lámh de gach duine againn agus bhog sé ar aghaidh isteach sa bhialann, agus air sin shlog an tUasal Wolfshiem abairt nua a bhí sé ag tosú agus imithe i léig ina astarraingt somnambulatory.

"Highballs?" D'iarr an freastalaí ceann.

"Is bialann deas é seo anseo," a dúirt an tUasal Wolfshiem, ag féachaint ar na nymphs preispitéireach ar an tsíleáil. "Ach is maith liom trasna na sráide níos fearr!"

"Sea, highballs," d'aontaigh Gatsby, agus ansin go dtí an tUasal Wolfshiem: "Tá sé ró-the thall ansin."

"Te agus beag-tá," a dúirt an tUasal Wolfshiem, "ach lán de chuimhní cinn."

"Cén áit é sin?" D'iarr mé.

"An sean Metropole."

"An Metropole d'aois," brooded an tUasal Wolfshiem gloomily. "Líon le haghaidheanna marbh agus imithe. Líonta le cairde imithe anois go deo. Ní féidir liom dearmad a dhéanamh chomh fada agus a mhairim an oíche ar scaoil siad Rosy Rosenthal ann. Bhí seisear againn ag an mbord, agus bhí Rosy ag ithe agus ag ól go leor an tráthnóna ar fad. Nuair a bhí sé beagnach maidin tháinig an freastalaí suas chuige le cuma greannmhar agus deir sé go bhfuil duine éigin ag iarraidh labhairt leis taobh amuigh. 'Ceart go leor,' a deir Rosy, agus tosaíonn sé ag éirí, agus tharraing mé anuas ina chathaoir é.

" "Lig do na bastards teacht isteach anseo más mian leo tú, Rosy, ach nach bhfuil tú, mar sin cabhrú liom, bogadh taobh amuigh den seomra seo.'

"Bhí sé a ceathair a chlog ar maidin ansin, agus dá n-ardódh muid na dallóga bheadh solas an lae feicthe againn."

"An ndeachaigh sé?" D'iarr mé neamhchiontach.

"Cinnte chuaigh sé." Bhí srón an Uasail Wolfshiem splanctha orm go neamhbhalbh. "Chas sé timpeall sa doras agus deir: 'Ná lig don fhreastalaí sin mo chaife a thógáil uaim!' Ansin chuaigh sé amach ar an sidewalk, agus lámhaigh siad air trí huaire ina bolg iomlán agus thiomáin sé ar shiúl. "

"Bhí electrocuted ceithre cinn acu," a dúirt mé, ag cuimhneamh.

"Cúig, le Becker." D'iompaigh a chuid nostrils chugam ar bhealach suimiúil. "Tuigim go bhfuil tú ag lorg gonnegtion gnó."

Baineadh geit as an dá ráiteas sin. D'fhreagair Gatsby dom:

"Ó, ní hea," ar seisean, "ní hé seo an fear."

"Níl?" Ba chosúil go raibh díomá ar an Uasal Wolfshiem.

"Níl anseo ach cara. Dúirt mé leat gur mhaith linn labhairt faoi sin am éigin eile.

"Impigh mé do logh," a dúirt an tUasal Wolfshiem, "Bhí mé fear mícheart."

A hash succulent tháinig, agus an tUasal Wolfshiem, forgetting an t-atmaisféar níos sentimental an Metropole d'aois, thosaigh a ithe le delicacy ferocious. A shúile, idir an dá linn, roved an-mhall ar fud an tseomra-chríochnaigh sé an stua ag casadh chun iniúchadh a dhéanamh ar na daoine díreach taobh thiar. Sílim, ach amháin i gcás mo láithreacht, go mbeadh sé tar éis sracfhéachaint ghearr amháin a dhéanamh faoi bhun ár mbord féin.

"Féach anseo, sean-spórt," arsa Gatsby, ag claonadh i dtreo dom, "Tá eagla orm go ndearna mé fearg bheag ort ar maidin sa charr."

Bhí an aoibh gháire arís, ach an uair seo choinnigh mé amach ina choinne.

"Ní maith liom rúndiamhra," a d'fhreagair mé, "agus ní thuigim cén fáth nach dtiocfaidh tú amach go neamhbhalbh agus inis dom cad ba mhaith leat. Cén fáth go bhfuil sé ar fad le teacht trí Miss Baker?

"Ó, níl aon rud faoi láimh," a dhearbhaigh sé dom. "Bean mhór spóirt í Miss Baker, tá a fhios agat, agus ní dhéanfadh sí aon rud nach raibh ceart go leor."

Go tobann d'fhéach sé ar a faire, léim suas, agus hurried as an seomra, ag fágáil dom leis an Uasal Wolfshiem ag an mbord.

"Caithfidh sé teileafón," a dúirt an tUasal Wolfshiem, tar éis dó lena shúile. "Fear breá, nach ea? Dathúil le breathnú air agus fear uasal foirfe."

"Tá."

"Is fear Oggsford é."

"Ó!"

"Chuaigh sé go Coláiste Oggsford i Sasana. Tá aithne agat ar Choláiste Oggsford?

"Chuala mé é."

"Tá sé ar cheann de na coláistí is cáiliúla ar domhan."

"An bhfuil aithne agat ar Gatsby le fada an lá?" D'fhiosraigh mé.

"Roinnt blianta," fhreagair sé ar bhealach gratified. "Bhain mé sásamh as a lucht aitheantais díreach i ndiaidh an chogaidh. Ach bhí a fhios agam gur aimsigh mé fear de phórú breá tar éis dom labhairt leis uair an chloig. Dúirt mé liom féin: 'Tá an cineál fear ar mhaith leat a thabhairt abhaile agus a chur in aithne do do mháthair agus do dheirfiúr.' " Shos sé. "Feicim go bhfuil tú ag féachaint ar mo chnaipí cufa."

Ní raibh mé ag féachaint orthu, ach rinne mé anois. Bhí siad comhdhéanta de phíosaí eabhair a raibh cur amach aisteach orthu.

"Na heiseamail is fearr de mholars daonna," a dúirt sé liom.

"Bhuel!" Rinne mé iniúchadh orthu. "Is smaoineamh an-suimiúil é sin."

"Tá." Shleamhnaigh sé a mhuinchillí suas faoina chóta. "Sea, tá Gatsby an-chúramach faoi mhná. Ní bheadh sé an oiread sin agus breathnú ar bhean charad. "

Nuair a d'fhill an t-ábhar an iontaobhais instinctive ar an tábla agus shuigh síos an tUasal Wolfshiem ól a caife le jerk agus fuair a chosa.

"Bhain mé taitneamh as mo lón," a dúirt sé, "agus tá mé chun rith amach uait beirt fhear óg sula gcuirfidh mé fáilte romham."

"Ná déan deifir le Meyer," arsa Gatsby, gan díograis. D'ardaigh an tUasal Wolfshiem a lámh i saghas benediction.

"Tá tú an-bhéasach, ach is le glúin eile mé," a d'fhógair sé go sollúnta. "Suíonn tú anseo agus pléigh do chuid spóirt agus do mhná óga agus do—" Chuir sé ainmfhocal samhailteach ar fáil le tonn eile dá lámh. "Maidir liomsa, tá mé caoga bliain d'aois, agus ní chuirfidh mé mé féin ort a thuilleadh."

Agus é ag croitheadh lámh agus ag iompú uaidh bhí a shrón tragóideach ag crith. N'fheadar an ndúirt mé tada chun é a chiontú.

"Éiríonn sé an-sentimental uaireanta," a mhínigh Gatsby. "Seo ceann de na laethanta maoithneacha atá aige. Is carachtar é timpeall Nua-Eabhrac - denizen de Broadway.

"Cé hé, ar aon chaoi, aisteoir?"

"Níl."

"Fiaclóir?"

"Meyer Wolfshiem? Níl, tá sé ina gambler. " Bhí leisce ar Gatsby, ansin dúirt sé, go fuarchúiseach: "Is é an fear a shocraigh Sraith an Domhain ar ais i 1919."

"Socraigh Sraith an Domhain?" Arís agus arís eile.

Chuir an smaoineamh iontas orm. Chuimhnigh mé, ar ndóigh, go raibh Sraith an Domhain socraithe i 1919, ach dá mba rud é gur smaoinigh mé air ar chor ar bith ba mhaith liom smaoineamh air mar rud nár *tharla ach*, deireadh slabhra dosheachanta éigin. Níor tharla sé riamh dom go bhféadfadh fear amháin tosú ag imirt le creideamh caoga milliún duine-le haon-mindedness buirgléir ag séideadh sábháilte.

"Conas a tharla sé sin a dhéanamh?" D'iarr mé tar éis nóiméad.

"Ní fhaca sé ach an deis."

"Cén fáth nach bhfuil sé sa phríosún?"

"Ní féidir leo é a fháil, sean-spórt. Is fear cliste é."

D'áitigh mé ar an seic a íoc. De réir mar a thug an freastalaí m'athrú rug mé radharc ar Tom Buchanan trasna an tseomra plódaithe.

"Tar liom ar feadh nóiméid," a dúirt mé; "Caithfidh mé hello a rá le duine éigin."

Nuair a chonaic sé muid léim Tomás suas agus thóg sé leathdhosaen céim inár dtreo.

"Cá raibh tú?" a d'éiligh sé go fonnmhar. "Tá Daisy ar buile toisc nár ghlaoigh tú suas."

"Is é seo an tUasal Gatsby, an tUasal Buchanan."

Chroith siad lámha go hachomair, agus tháinig cuma bhrúite, neamhchoitianta ar an náire ar aghaidh Gatsby.

"Cén chaoi a raibh tú, pé scéal é?" a d'éiligh Tomás orm. "Cén chaoi a dtarlódh tú chun teacht suas seo i bhfad a ithe?"

"Tá lón agam leis an Uasal Gatsby."

Chas mé i dtreo an Uasail Gatsby, ach ní raibh sé ann a thuilleadh.

Lá Amháin Deireadh Fómhair i naoi déag a seacht déag—

(dúirt Jordan Baker an tráthnóna sin, ina suí suas an-díreach ar chathaoir dhíreach sa ghairdín tae ag Óstán an Plaza)

—Bhí mé ag siúl in éineacht ó áit amháin go háit eile, leath ar na sidewalks agus leath ar na plásóga. Bhí mé níos sona ar na plásóga mar bhí mé ar bhróga ó Shasana le knobs rubair ar na boinn a giota isteach sa talamh bog. Bhí mé ar sciorta plaid nua freisin a shéid beagán sa ghaoth, agus aon uair a tharla sé seo na meirgí dearg, bán, agus gorm os comhair na dtithe go léir sínte amach righin agus dúirt *tut-tut-tut-tut-tut,* ar bhealach disapproving.

Ba le teach Daisy Fay an ceann is mó de na meirgí agus an ceann is mó de na plásóga. Ní raibh sí ach ocht mbliana déag, dhá bhliain níos sine ná mise, agus an ceann is mó tóir ar na cailíní óga go léir i Louisville. Ghléas sí go bán, agus bhí ródaí beag bán aici, agus an lá ar fad ghlaoigh an teileafón ina teach agus d'éiligh oifigigh óga corraitheacha ó Camp Taylor an phribhléid í a mhonaplú an oíche sin. "Ar aon nós, ar feadh uair an chloig!"

Nuair a tháinig mé os comhair a tí an mhaidin sin bhí a ródaí bán in aice leis an cholbha, agus bhí sí ina suí ann le leifteanant nach bhfaca mé riamh cheana. Bhí siad chomh engrossed i ngach ceann eile nach bhfaca sí mé go dtí go raibh mé cúig troigh ar shiúl.

"Dia duit, an Iordáin," a d'iarr sí gan choinne. "Tar anseo le do thoil."
Bhí mé flattered go raibh sí ag iarraidh a labhairt liom, mar gheall ar na cailíní níos sine meas mé í an chuid is mó. D'fhiafraigh sí díom an raibh mé

ag dul go dtí an Chrois Dhearg chun bindealáin a dhéanamh. Bhí mé. Bhuel, ansin, an ndéarfainn leo nach bhféadfadh sí teacht an lá sin? D'fhéach an t-oifigeach ar Daisy agus í ag labhairt, ar bhealach gur mhaith le gach cailín óg breathnú air am éigin, agus toisc go raibh an chuma air go raibh sé rómánsúil dom chuimhnigh mé ar an eachtra ó shin. Jay Gatsby an t-ainm a bhí air, agus níor leag mé súile air arís le breis agus ceithre bliana —fiú tar éis dom bualadh leis ar Long Island níor thuig mé gurbh é an fear céanna é.

B'shin naoi mbliana déag d'aois. Faoin mbliain dár gcionn bhí cúpla beaux agam féin, agus thosaigh mé ag imirt i gcomórtais, mar sin ní fhaca mé Daisy go minic. Chuaigh sí le slua beagán níos sine-nuair a chuaigh sí le duine ar bith ar chor ar bith. Bhí ráflaí fiáine á scaipeadh fúithi—an chaoi a bhfuair a máthair a mála á phacáil oíche gheimhridh amháin le dul go Nua-Eabhrac agus slán a fhágáil ag saighdiúir a bhí ag dul thar sáile. Cuireadh cosc éifeachtach uirthi, ach ní raibh sí ar théarmaí cainte lena teaghlach ar feadh roinnt seachtainí. Ina dhiaidh sin ní raibh sí ag imirt timpeall leis na saighdiúirí níos mó, ach amháin le cúpla fear óg cothrom-footed, shortsighted sa bhaile, nach raibh in ann dul isteach san arm ar chor ar bith.

Faoin bhfómhar dár gcionn bhí sí aerach arís, aerach mar a bhí riamh. Bhí début aici tar éis an tsosa cogaidh, agus i mí Feabhra bhí sí gafa le fear as New Orleans. I mí an Mheithimh phós sí Tom Buchanan as Chicago, le níos mó pomp agus imthoisc ná mar a bhí a fhios ag Louisville riamh roimhe seo. Tháinig sé anuas le céad duine i gceithre charr príobháideach, agus d'fhostaigh sé urlár iomlán d'Óstán Muhlbach, agus an lá roimh an mbainis thug sé sreangán péarlaí di a raibh luach trí chéad caoga míle dollar orthu.

Bhí mé i mo bridesmaid. Tháinig mé isteach ina seomra leathuair an chloig roimh an dinnéar bridal, agus fuair sí ina luí ar a leaba chomh hálainn leis an oíche Meitheamh ina gúna flowered-agus chomh meisce le moncaí. Bhí buidéal Sauterne aici i lámh amháin agus litir sa lámh eile.

" 'Gratulate me," ar sise. "Ní raibh deoch agam riamh roimhe seo, ach oh how I do enjoy it."

"Cad é an t-ábhar, Nóinín?"

I was scared, is féidir liom a rá leat; Ní fhaca mé cailín mar sin riamh roimhe seo.
"Anseo, a dhaoithe." Groped sí timpeall i wastebasket a bhí sí léi ar an leaba agus tharraing amach an teaghrán péarlaí. "Tóg 'em thíos staighre agus tabhair 'em ar ais do cibé duine lena mbaineann siad. Abair 'em all Daisy's change' a mianach. Abair: 'Daisy's change' a mianach!' "

Thosaigh sí ag caoineadh—chaoin sí agus chaoin sí. Theith mé amach agus fuair mé maid a máthar, agus chuir muid an doras faoi ghlas agus fuair muid isteach i bhfolcadán fuar í. Ní ligfeadh sí an litir. Thóg sí isteach sa tobán léi é agus bhrúigh sí suas i liathróid fhliuch é, agus níor lig sí dom é a fhágáil sa mhias gallúnach nuair a chonaic sí go raibh sé ag teacht chun píosaí cosúil le sneachta.

Ach níor dhúirt sí focal eile. Thugamar biotáillí amóinia di agus chuireamar oighear ar a forehead agus chuir muid ar ais ina gúna í, agus leathuair an chloig ina dhiaidh sin, nuair a shiúil muid amach as an seomra, bhí na péarlaí thart ar a muineál agus bhí an eachtra thart. An lá dár gcionn ag a cúig a chlog phós sí Tom Buchanan gan oiread agus cac, agus thosaigh sí amach ar thuras trí mhí go dtí na Farraigí Theas.

Chonaic mé iad i Santa Barbara nuair a tháinig siad ar ais, agus shíl mé nach bhfaca mé cailín chomh buile faoina fear céile. Má d'fhág sé an seomra ar feadh nóiméid ba mhaith léi breathnú timpeall uneasily, agus a rá: "Cá bhfuil Tom imithe?" agus a chaitheamh ar an abairt is teibí go dtí go bhfaca sí é ag teacht sa doras. Ba ghnách léi suí ar an ngaineamh lena cheann ina lap faoin uair an chloig, ag cuimilt a méara thar a shúile agus ag féachaint air le gliondar mífhabhrach. Bhí sé touching chun iad a fheiceáil le chéile-rinne sé tú ag gáire ar bhealach hushed, fascinated. B'shin i mí

Lúnasa. Seachtain tar éis dom Santa Barbara Tom a fhágáil rith sé isteach i vaigín ar bhóthar Ventura oíche amháin, agus sracadh roth tosaigh as a charr. Chuaigh an cailín a bhí leis isteach sna páipéir freisin, toisc go raibh a lámh briste-bhí sí ar cheann de na chambermaids in Óstán Santa Barbara.

An Aibreán dár gcionn bhí a cailín beag ag Daisy, agus chuaigh siad go dtí an Fhrainc ar feadh bliana. Chonaic mé iad earrach amháin i Cannes, agus ina dhiaidh sin i Deauville, agus ansin tháinig siad ar ais go Chicago chun socrú síos. Bhí tóir ar Daisy i Chicago, mar is eol duit. Bhog siad le slua tapa, iad go léir óg agus saibhir agus fiáin, ach tháinig sí amach le cáil go hiomlán foirfe. B'fhéidir toisc nach n-ólann sí. Is buntáiste mór é gan a bheith ag ól i measc daoine atá ag ól go crua. Is féidir leat a shealbhú do theanga agus, ina theannta sin, is féidir leat am ar bith neamhrialtacht beag de do chuid féin ionas go mbeidh gach duine eile chomh dall nach bhfuil siad a fheiceáil nó cúram. B'fhéidir nach ndeachaigh Daisy isteach le haghaidh amour ar chor ar bith-agus fós tá rud éigin sa ghlór sin dá cuid...

Bhuel, thart ar shé seachtaine ó shin, chuala sí an t-ainm Gatsby den chéad uair le blianta. Is nuair a d'fhiafraigh mé díot—an cuimhin leat?—dá mbeadh aithne agat ar Gatsby in West Egg. Tar éis duit dul abhaile tháinig sí isteach i mo sheomra agus dhúisigh mé, agus dúirt: "Cad Gatsby?" agus nuair a chuir mé síos air-bhí mé leath i mo chodladh-dúirt sí sa ghlór aisteach go gcaithfidh sé a bheith ar an fear a bhíodh sí a fhios. Ní go dtí sin a cheangail mé an Gatsby seo leis an oifigeach ina carr bán.

Nuair a bhí Jordan Baker críochnaithe ag insint seo ar fad bhí an Plaza fágtha againn ar feadh leathuair an chloig agus bhí muid ag tiomáint i victoria trí Central Park. Bhí an ghrian imithe síos taobh thiar de na hárasáin arda de réaltaí an scannáin sna Caogaidí Thiar, agus d'ardaigh guthanna soiléire na bpáistí, a bhí bailithe cheana féin cosúil le cruicéid ar an bhféar, tríd an Twilight te:

"Tá mé an Sheik de Araby.Baineann do ghrá liom. San oíche nuair a bhíonn tú i do chodladhInto your tent beidh mé creep-"

"Comhtharlúint aisteach a bhí ann," a dúirt mé.

"Ach ní comhtharlú a bhí ann ar chor ar bith."

"Cén fáth nach bhfuil?"

"Cheannaigh Gatsby an teach sin ionas go mbeadh Daisy díreach trasna an bhá."

Ansin, ní raibh ann ach na réaltaí a raibh dúil aige iontu an oíche mheitheamh sin. Tháinig sé beo chugam, a sheachadadh go tobann ó bhroinn a splendour purposeless.

"Ba mhaith leis a fháil amach," arsa Jordan, "má thugann tú cuireadh do Nóinín chuig do theach tráthnóna éigin agus ansin lig dó teacht anall."

Chroith móid an éilimh mé. D'fhan sé cúig bliana agus cheannaigh sé teach mór inar scaoil sé solas na réalta le leamhain ócáideacha - ionas go bhféadfadh sé "teacht anonn" tráthnóna éigin chuig gairdín strainséir.

"An raibh a fhios agam seo go léir sula bhféadfadh sé a leithéid de rud beag a iarraidh?"

"Tá eagla air, tá sé ag fanacht chomh fada sin. Shíl sé go mb'fhéidir go mbeadh cion agat ort. Feiceann tú, tá sé diana go rialta faoi go léir.

Chuir rud éigin imní orm.

"Cén fáth nár iarr sé ort cruinniú a shocrú?"

"Tá sé ag iarraidh uirthi a theach a fheiceáil," a mhínigh sí. "Agus tá do theach ceart béal dorais."

"Ó!"

"Sílim go raibh sé leath ag súil go rachadh sí isteach i gceann dá pháirtithe, oíche éigin," a dúirt sé ar an Iordáin, "ach ní dhearna sí riamh. Ansin thosaigh sé ag iarraidh ar dhaoine casually má bhí a fhios acu di, agus bhí mé an chéad cheann a fuair sé. Ba é an oíche sin a chuir sé chugam ag a rince, agus ba chóir duit a bheith chuala an bealach ilchasta d'oibrigh sé suas go dtí é. Ar ndóigh, mhol mé lón láithreach i Nua-Eabhrac—agus shíl mé go rachadh sé as a mheabhair:

" 'Níl mé ag iarraidh aon rud a dhéanamh as an mbealach!' choinnigh sé ag rá. 'Ba mhaith liom í a fheiceáil díreach béal dorais.'

"Nuair a dúirt mé gur cara ar leith le Tomás thú, thosaigh sé ag tréigean an smaoinimh ar fad. Níl mórán eolais aige faoi Tom, cé go ndeir sé go bhfuil páipéar Chicago léite aige ar feadh na mblianta díreach ar an seans go bhfaighidh sé léargas ar ainm Daisy.

Bhí sé dorcha anois, agus agus muid ag tumadh faoi dhroichead beag chuir mé mo lámh timpeall ar ghualainn órga Jordan agus tharraing mé i dtreo mé agus d'iarr mé uirthi dinnéar a dhéanamh. Go tobann ní raibh mé ag smaoineamh ar Daisy agus Gatsby níos mó, ach ar an duine glan, crua, teoranta seo, a dhéileáil le sceipteachas uilíoch, agus a chlaon ar ais go jauntily díreach laistigh de chiorcal mo lámh. Thosaigh frása ag bualadh i mo chluasa le saghas sceitimíní heady: "Níl ach an saothrú, an leanúint, an gnóthach, agus an tuirseach."

"Agus ba chóir go mbeadh rud éigin ina saol ag Daisy," murmured Jordan dom.

"An bhfuil sí ag iarraidh Gatsby a fheiceáil?"

"Níl a fhios aici faoi. Níl Gatsby ag iarraidh go mbeadh a fhios aici. Tá tú díreach ceaptha cuireadh a thabhairt di chun tae.

Ritheamar bacainn de chrainn dhorcha, agus ansin éadan Caoga-Naoú Sráid, bloc de sholas pale íogair, bhíomar síos sa pháirc. Murab ionann agus Gatsby agus Tom Buchanan, ní raibh aon chailín agam a raibh a aghaidh disembodied snámh ar feadh na cornices dorcha agus comharthaí dalladh, agus mar sin tharraing mé suas an cailín in aice liom, tightening mo airm. Rinne a wan, a béal scornful aoibh, agus mar sin tharraing mé suas arís níos gaire di, an uair seo le m'aghaidh.

V

Nuair a tháinig mé abhaile go West Egg an oíche sin bhí eagla orm ar feadh nóiméid go raibh mo theach trí thine. Bhí a dó a chlog agus cúinne iomlán na leithinse ag blazing le solas, a thit neamhréadúil ar an tor agus a rinne glints tanaí fadaithe ar na sreanga cois bóthair. Ag casadh cúinne, chonaic mé gur teach Gatsby a bhí ann, ar lasadh ó thúr go siléar.

Ar dtús, shíl mé gur páirtí eile a bhí ann, ród fiáin a réitigh é féin i "hide-and-go-seek" nó "sairdíní-sa-bhosca" leis an teach go léir a caitheadh ar oscailt don chluiche. Ach ní raibh fuaim ann. Ach gaoth sna crainn, a shéid na sreanga agus a rinne na soilse dul amach agus ar aghaidh arís amhail is dá mbeadh winked an teach isteach sa dorchadas. Agus mo thacsaí ag gobadh amach chonaic mé Gatsby ag siúl i dtreo mé trasna a fhaiche.

"Tá cuma Aonach an Domhain ar d'áit," a dúirt mé.

"An bhfuil sé?" Chas sé a shúile ina threo as láthair. "Bhí mé ag glancing isteach i gcuid de na seomraí. Téimis go Coney Island, sean-spórt. I mo charr."

"Tá sé ródhéanach."

"Bhuel, is dócha go dtógann muid plunge sa linn snámha? Níor bhain mé úsáid as an samhradh ar fad.

"Caithfidh mé dul a luí."

"Ceart go leor."

D'fhan sé, ag féachaint orm le cíocras faoi chois.

"Labhair mé le Miss Baker," a dúirt mé tar éis nóiméad. "Tá mé chun glaoch suas Daisy amárach agus cuireadh a thabhairt di thall anseo chun tae."

"Ó, tá sin ceart go leor," a dúirt sé go míchúramach. "Níl mé ag iarraidh aon trioblóid a chur ort."

"Cén lá a d'oirfeadh duit?"

"Cén lá a d'oirfeadh *duit*?" cheartaigh sé mé go gasta. "Níl mé ag iarraidh tú a chur ar aon trioblóid, feiceann tú."

"Cad mar gheall ar an lá tar éis an lae amárach?"

Mheas sé ar feadh nóiméid. Ansin, le drogall: "Ba mhaith liom an féar a ghearradh," a dúirt sé.

D'fhéachamar beirt síos ar an bhféar—bhí líne ghéar ann inar tháinig deireadh le mo fhaiche ragged agus an fairsinge níos dorcha, dea-choimeádta dá thosaigh. Bhí amhras orm gur chiallaigh sé mo fhéar.

"Tá rud beag eile ann," a dúirt sé go neamhchinnte, agus leisce air.

"Arbh fhearr leat é a chur amach ar feadh cúpla lá?" D'iarr mé.

"Ó, níl sé faoi sin. Ar a laghad-" Fumbled sé le sraith de tús. "Cén fáth, shíl mé-cén fáth, féach anseo, sean-spórt, ní dhéanann tú mórán airgid, an ndéanann tú?"

"Níl mórán."

Ba chosúil gur chuir sé sin ar a suaimhneas é agus lean sé ar aghaidh níos muiníní.

"Shíl mé nach raibh tú, má beidh tú logh mo-a fheiceann tú, a dhéanamh mé ar ghnó beag ar an taobh, saghas taobhlíne, tuigeann tú. Agus shíl mé mura ndéanann tú mórán—Tá tú ag díol bannaí, nach bhfuil tú, sean-spórt?

"Ag iarraidh."
"Bhuel, chuirfeadh sé seo suim ionat. Ní thógfadh sé mórán de do chuid ama agus d'fhéadfá giota deas airgid a phiocadh suas. Tarlaíonn sé gur saghas rud sách rúnda é."

Tuigim anois go mb'fhéidir go raibh an comhrá sin ar cheann de ghéarchéimeanna mo shaoil faoi chúinsí éagsúla. Ach, toisc go raibh an tairiscint ar ndóigh agus tactlessly do sheirbhís a dhéanamh, ní raibh aon rogha agam ach é a ghearradh amach ansin.

"Tá mo lámha lán agam," a dúirt mé. "Tá dualgas mór orm ach ní fhéadfainn níos mó oibre a dhéanamh."

"Ní bheadh ort aon ghnó a dhéanamh le Wolfshiem." Is léir gur shíl sé go raibh mé ag cúthail ar shiúl ón "gonnegtion" a luaitear ag am lóin, ach dhearbhaigh mé dó go raibh sé mícheart. D'fhan sé nóiméad níos faide, ag súil gur mhaith liom tús a chur le comhrá, ach bhí mé ró-ionsúite a bheith sofhreagrach, mar sin chuaigh sé unwillingly abhaile.

Bhí an tráthnóna tar éis solas agus áthas a chur orm; Sílim gur shiúil mé isteach i gcodladh domhain agus mé ag dul isteach i mo dhoras tosaigh. Mar sin, níl a fhios agam an ndeachaigh Gatsby go Coney Island nó nach ndeachaigh, nó cé mhéad uair an chloig a thug sé "spléachadh isteach i seomraí" agus a theach ag blazed gaudily ar. Ghlaoigh mé suas Daisy ón oifig an mhaidin dár gcionn, agus thug mé cuireadh di teacht chun tae.

"Ná tabhair Tomás," a thug mé rabhadh di.

"Cad é?"

"Ná tabhair Tomás."

"Cé hé 'Tom'?" a d'fhiafraigh sí go neamhurchóideach.

Bhí an lá a aontaíodh ag stealladh báistí. Ag a haon déag a chlog fear i gcóta báistí, ag tarraingt lomaire faiche, tapped ag mo dhoras tosaigh agus dúirt sé gur chuir an tUasal Gatsby air chun mo chuid féir a ghearradh. Chuir sé seo i gcuimhne dom go raibh dearmad déanta agam a rá le mo Finn teacht ar ais, agus mar sin thiomáin mé isteach i West Egg Village chun í a chuardach i measc alleys whitewashed soggy agus roinnt cupáin agus líomóidí agus bláthanna a cheannach.

Ní raibh gá leis na bláthanna, óir ag a dó a chlog tháinig teach gloine ó Gatsby's, le gabhdáin innumerable chun é a choinneáil. Uair an chloig ina dhiaidh sin d'oscail an doras tosaigh go neirbhíseach, agus Gatsby i gculaith bhán flannel, léine airgid, agus carbhat daite óir, hurried isteach. Bhí sé pale, agus bhí comharthaí dorcha de sleeplessness faoi bhun a shúile.

"An bhfuil gach rud ceart go leor?" a d'fhiafraigh sé láithreach.

"Tá cuma bhreá ar an bhfear, más é sin atá i gceist agat."

"Cén féar?" a d'fhiafraigh sé go bán. "Ó, an féar sa chlós." D'fhéach sé amach an fhuinneog air, ach, judging as a léiriú, Ní chreidim go bhfaca sé rud.

"Breathnaíonn an-mhaith," a dúirt sé go doiléir. "Dúirt duine de na páipéir gur shíl siad go stopfadh an bháisteach thart ar cheathrar. Sílim gurbh é *The Journal* a bhí ann. An bhfuair tú gach rud atá uait i gcruth tae?

Thug mé isteach sa pantry é, áit ar fhéach sé beagáinín go rábach ar an bhFionlainn. Le chéile scrúdaíomar an dá cháca líomóide déag ón siopa delicatessen.

"An ndéanfaidh siad?" D'iarr mé.

"Ar ndóigh, ar ndóigh! Tá siad go breá!" agus dúirt sé go lag, "... sean-spórt."

D'fhuaraigh an bháisteach thart ar leathuair tar éis a trí go ceo taise, trína dtiteann tanaí ó am go chéile ag snámh cosúil le drúcht. D'fhéach Gatsby le súile folmha trí chóip d'Eacnamaíocht Clay, ag tosú ag an tread Fionlannach a chroith urlár na cistine, agus ag peering i dtreo na fuinneoga bleared ó am go ham amhail is dá mbeadh sraith de tarlú dofheicthe ach scanrúil ar siúl taobh amuigh. Ar deireadh d'éirigh sé agus chuir sé in iúl dom, i nguth éiginnte, go raibh sé ag dul abhaile.
"Cén fáth go bhfuil?"

"Níl aon duine ag teacht chun tae. Tá sé ródhéanach! D'fhéach sé ar a uaireadóir amhail is go raibh éileamh práinneach éigin ar a chuid ama in áiteanna eile. "Ní féidir liom fanacht an lá ar fad."

"Ná bí amaideach; níl sé ach dhá nóiméad go dtí a ceathair."

Shuigh sé síos go truamhéalach, amhail is gur bhrúigh mé é, agus ag an am céanna bhí fuaim mhótair ag casadh isteach i mo lána. Léim an bheirt againn suas, agus, beagán harrowed mé féin, chuaigh mé amach sa chlós.

Faoi na crainn loma lilac-sileadh bhí carr mór oscailte ag teacht suas an tiomáint. Stop sé. D'fhéach aghaidh Daisy, tipped sideways faoi hata lavender trí choirnéal, amach orm le gáire geal ecstatic.

"An é seo go hiomlán san áit a bhfuil cónaí ort, mo cheann dearest?"

Tonic fhiáin sa bháisteach ab ea círéib spleodrach a gutha. Bhí orm fuaim an scéil a leanúint ar feadh nóiméid, suas agus síos, le mo chluas féin, sular tháinig aon fhocal tríd. Bhí stríoc taise gruaige cosúil le fleasc de phéint ghorm trasna a leicne, agus bhí a lámh fliuch le titeann glistening mar a thóg mé é chun cabhrú léi ón gcarr.

"An bhfuil tú i ngrá liom," a dúirt sí go híseal i mo chluas, "nó cén fáth go raibh orm teacht i m'aonar?"

"Sin rún Castle Rackrent. Abair le do chauffeur dul i bhfad ar shiúl agus uair an chloig a chaitheamh.

"Tar ar ais in uair an chloig, Ferdie." Ansin i murmur uaigh: "Ferdie is ainm dó."

"An dtéann an gásailín i bhfeidhm ar a shrón?"

"Ní dóigh liom é sin," a dúirt sí go neamhurchóideach. "Cén fáth?" Chuamar isteach. Chun mo iontas mór a bhí tréigthe an seomra suí-.

"Bhuel, tá sé sin greannmhar," exclaimed mé.

"Cad atá greannmhar?"

Chas sí a ceann mar go raibh solas díniteach ag cnagadh ar an doras tosaigh. Chuaigh mé amach agus d'oscail mé é. Bhí Gatsby, pale mar bhás, agus a lámha plunged cosúil le meáchain ina phócaí cóta, ina sheasamh i puddle uisce glaring tragóideach isteach i mo shúile.

Lena lámha fós ina phócaí cóta stalked sé liom isteach sa halla, iompú géar amhail is dá mbeadh sé ar sreang, agus imithe isteach sa seomra suí-. Ní raibh sé rud beag greannmhar. Agus mé ar an eolas faoi bhualadh ard mo chroí féin tharraing mé an doras in aghaidh na báistí a bhí ag dul i méid.

Ar feadh leath nóiméid ní raibh fuaim ann. Ansin ón seomra suí chuala mé saghas murmur tachtadh agus cuid de gáire, agus guth Daisy ina dhiaidh sin ar nóta saorga soiléir:

"Is cinnte go bhfuil mé millteanach sásta tú a fheiceáil arís."

Sos; d'fhulaing sé go horribly. Ní raibh aon rud le déanamh agam sa halla, mar sin chuaigh mé isteach sa seomra.

Bhí Gatsby, a lámha fós ina phócaí, ag cúlú i gcoinne an mantelpiece i góchumadh strained de éascaíocht foirfe, fiú de boredom. Chlaon a cheann ar ais chomh fada sin go raibh sé i gcoinne aghaidh clog mantelpiece defunct, agus as an seasamh seo stán a shúile distraught síos ag Daisy, a bhí ina suí, scanraithe ach graceful, ar imeall cathaoir righin.

"Bhuaileamar le chéile roimhe seo," arsa Gatsby. D'amharc a shúile go momentarily orm, agus a liopaí parted le iarracht abortive ag gáire. Ar ámharaí an tsaoil thóg an clog an nóiméad seo chun tilt contúirteach ag brú a chinn, agus air sin chas sé agus ghabh sé é le méara crith, agus leag sé ar ais i bhfeidhm é. Ansin shuigh sé síos, go docht, a uillinn ar lámh an tolg agus a smig ina láimh.

"Tá brón orm faoin gclog," a dúirt sé.

Bhí m'aghaidh féin tar éis glacadh le sruthán domhain trópaiceach anois. Ní raibh mé in ann aon áit choitianta amháin a chur suas as an míle i mo cheann.
"Sean-chlog atá ann," a dúirt mé leo go díomhaoin.

Sílim gur chreid muid ar fad ar feadh nóiméid gur bhris sé i bpíosaí ar an urlár.

"Níor bhuail muid le blianta fada," a dúirt Daisy, a guth mar ábhar-de-fact mar a d'fhéadfadh sé a bheith riamh.

"Cúig bliana i mí na Samhna seo chugainn."

Chuir caighdeán uathoibríoch fhreagra Gatsby ar ais muid go léir nóiméad eile ar a laghad. Bhí an bheirt acu ar a gcosa leis an moladh éadóchasach go gcabhraíonn siad liom tae a dhéanamh sa chistin nuair a thug an demoniac Finn isteach ar thráidire é.

I measc an mearbhall fáilte cupáin agus cácaí a bunaíodh cuibheas fisiciúil áirithe é féin. Fuair Gatsby é féin faoi scáth agus, cé gur labhair Daisy agus mé, d'fhéach sé go coinsiasach ó dhuine go duine eile againn le súile aimsir, míshásta. Mar sin féin, toisc nach raibh deireadh leis an suaimhneas ann féin, rinne mé leithscéal ag an gcéad nóiméad is féidir, agus fuair mé mo chosa.

"Cá bhfuil tú ag dul?" a d'éiligh Gatsby in aláram láithreach.

"Beidh mé ar ais."

"Caithfidh mé labhairt leat faoi rud éigin sula dtéann tú."

Lean sé mé go fiáin isteach sa chistin, dhún sé an doras, agus dúirt sé: "Ó, a Dhia!" ar bhealach olc.

"Cad é an t-ábhar?"

"Is botún uafásach é seo," a dúirt sé, ag croitheadh a chinn ó thaobh go taobh, "botún uafásach, uafásach."

"Tá náire ort, sin uile," agus ar ámharaí an tsaoil dúirt mé: "Tá náire ar Daisy freisin."

"Tá náire uirthi?" a dúirt sé arís agus arís eile go neamhbhalbh.

"An oiread agus atá tú."

"Ná labhair chomh hard sin."

"Tá tú ag gníomhú mar bhuachaill beag," bhris mé amach go mífhoighneach. "Ní hamháin sin, ach tá tú drochbhéasach. Tá Daisy ina suí ann go léir ina n-aonar.

D'ardaigh sé a lámh chun stop a chur le mo chuid focal, d'fhéach sé orm le reproach unforgettable, agus, ag oscailt an doras go cúramach, chuaigh sé ar ais isteach sa seomra eile.

Shiúil mé amach an bealach cúil—díreach mar a bhí ag Gatsby nuair a bhí a chiorcad neirbhíseach den teach déanta aige leathuair an chloig roimhe sin—agus rith sé ar chrann mór snaidhmthe dubh, a ndearna a dhuilleoga maise fabraic in aghaidh na fearthainne. Uair amháin eile bhí sé ag stealladh, agus mo lawn neamhrialta, dea-shaved ag garraíodóir Gatsby, abounded i swamps muddy beag agus riasca réamhstairiúil. Ní raibh aon rud le breathnú air ón gcrann ach amháin teach ollmhór Gatsby, agus mar sin bhreathnaigh mé air, cosúil le Kant ag a steeple séipéal, ar feadh leathuair an chloig. Bhí grúdaire tar éis é a thógáil go luath sa chliabhán "tréimhse", deich mbliana roimhe sin, agus bhí scéal ann go n-aontódh sé cánacha cúig bliana a íoc ar na teachíní in aice láimhe dá mbeadh a gcuid díonta tuí le tuí ag na húinéirí. B'fhéidir gur thóg a ndiúltú an croí as a phlean chun Teaghlach a Bhunú—chuaigh sé i léig láithreach. Dhíol a pháistí a theach agus an bláthfhleasc dubh fós ar an doras. Meiriceánaigh, cé go toilteanach, fiú fonn, a bheith serfs, bhí i gcónaí obstinate faoi a bheith peasantry.

Tar éis leathuair an chloig, scairt an ghrian arís, agus chruinnigh gluaisteán an grósaera tiomáint Gatsby leis an amhábhar do dhinnéar a sheirbhíseach—mhothaigh mé cinnte nach n-íosfadh sé spúnóg. Thosaigh maide ag oscailt fuinneoga uachtaracha a thí, bhí an chuma air go raibh sé i ngach ceann acu, agus, ag claonadh ón mbá mór lárnach, spat meditatively isteach sa ghairdín. Bhí sé in am agam dul ar ais. Cé gur lean an bháisteach bhí an chuma air go raibh murmur a nguthanna, ag ardú agus ag at beagán anois agus ansin le séideáin mhothúcháin. Ach sa chiúnas nua mhothaigh mé go raibh an tost tite istigh sa teach freisin.

Chuaigh mé isteach—tar éis gach torann is féidir a dhéanamh sa chistin, gan a bheith ag brú thar an sorn—ach ní chreidim gur chuala siad fuaim. Bhí siad ina suí ag ceachtar deireadh an tolg, ag féachaint ar a chéile amhail is dá mbeadh ceist éigin curtha, nó a bhí san aer, agus bhí gach vestige de náire imithe. Bhí aghaidh Daisy smeartha le deora, agus nuair a tháinig mé isteach léim sí suas agus thosaigh sí ag wiping air lena ciarsúr roimh scáthán. Ach bhí athrú ar Gatsby nach raibh ann ach mearbhall. Glowed sé literally; gan focal ná comhartha deoraíochta a radaíodh folláine nua uaidh agus líon sé an seomra beag.

"Ó, dia duit, sean-spórt," a dúirt sé, amhail is nach bhfaca sé mé ar feadh na mblianta. Shíl mé ar feadh nóiméad go raibh sé chun lámha a chroitheadh.

"Tá sé stoptha ag cur báistí."

"An bhfuil?" Nuair a thuig sé cad a bhí mé ag caint faoi, go raibh twinkle-bells de solas na gréine sa seomra, aoibh sé cosúil le fear aimsire, cosúil le pátrún ecstatic de solas athfhillteach, agus arís agus arís eile ar an nuacht a Daisy. "Cad é do bharúil de sin? Tá sé stoptha ag cur báistí."

"Tá áthas orm, Jay." A scornach, lán de aching, áilleacht grieving, d'inis ach amháin ar a áthas gan choinne.

"Ba mhaith liom go dtiocfadh tú féin agus Nóinín anonn go dtí mo theach," a dúirt sé, "ba mhaith liom í a thaispeáint timpeall."

"Tá tú cinnte go bhfuil tú ag iarraidh orm teacht?"
"Cinnte, sean-spórt."

Chuaigh Daisy thuas staighre chun a aghaidh a ní—ródhéanach shíl mé le náiriú mo thuáillí—agus Gatsby agus mé ag fanacht ar an bhfaiche.

"Tá cuma mhaith ar mo theach, nach ea?" a d'éiligh sé. "Féach ar an gcaoi a ngabhann an tosach iomlán an solas."

D'aontaigh mé go raibh sé splendid.

"Tá." His eyes went over it, chuaigh a shúile os a chionn, gach doras droimneach agus túr cearnógach. "Níor thóg sé ach trí bliana orm an t-airgead a cheannaigh é a thuilleamh."

"Shíl mé go bhfuair tú do chuid airgid le hoidhreacht."

"Rinne mé, sean-spórt," a dúirt sé go huathoibríoch, "ach chaill mé an chuid is mó de sa scaoll mór-scaoll an chogaidh."

I mo thuairimse, bhí a fhios aige ar éigean cad a bhí á rá aige, le haghaidh nuair a d'iarr mé air cén gnó a bhí sé i fhreagair sé: "Sin é mo affair," sular thuig sé nach freagra cuí a bhí ann.

"Ó, bhí mé i roinnt rudaí," cheartaigh sé é féin. "Bhí mé i ngnó na ndrugaí agus ansin bhí mé i ngnó na hola. Ach níl mé i gceachtar ceann anois. D'fhéach sé orm le níos mó airde. "An gciallaíonn tú go raibh tú ag smaoineamh ar an méid a mhol mé an oíche eile?"

Sula raibh mé in ann freagra a thabhairt, tháinig Daisy amach as an teach agus dhá shraith de chnaipí práis ar a gúna gleamed i solas na gréine.

"An áit ollmhór sin *ann*?" adeir sí ag pointeáil.

"An maith leat é?"

"Is breá liom é, ach ní fheicim cén chaoi a bhfuil cónaí ort ann ar fad ina n-aonar."

"Coinním i gcónaí é lán de dhaoine suimiúla, oíche agus lá. Daoine a dhéanann rudaí suimiúla. Daoine ceiliúrtha."

In ionad an t-aicearra a thógáil ar feadh na Fuaime chuamar síos go dtí an bóthar agus isteach leis an bpóstaer mór. Le murmurs enchanting meas Daisy an ghné seo nó go bhfuil an scáthchruth feudal i gcoinne an spéir, admired na gairdíní, an boladh súilíneach de jonquils agus an boladh frothy de sceach gheal agus blossoms pluma agus an boladh óir pale póg-dom-ag-an-geata. Bhí sé aisteach na céimeanna marmair a bhaint amach agus gan aon chorraí de ghúnaí geala a fháil isteach agus amach an doras, agus gan aon fhuaim a chloisteáil ach guthanna éan sna crainn.

Agus taobh istigh, agus muid ag fánaíocht trí sheomraí ceoil Marie Antoinette agus Restoration Salons, mhothaigh mé go raibh aíonna folaithe taobh thiar de gach tolg agus bord, faoi orduithe a bheith gan anáil ciúin go dtí go ndeachaigh muid tríd. De réir mar a dhún Gatsby doras "Leabharlann Choláiste Merton" d'fhéadfainn a bheith faoi mhionn chuala mé an fear owl-eyed ag briseadh isteach gáire taibhsiúil.

Chuamar thuas staighre, trí sheomraí codlata tréimhse ag snámh i síoda róis agus lavender agus beoga le bláthanna nua, trí sheomraí feistis agus seomraí snámha, agus seomraí folctha le folcadáin bháite-intruding isteach i seomra amháin ina raibh fear dishevelled i pitseámaí ag déanamh cleachtaí ae ar an urlár. Ba é an tUasal Klipspringer, an "boarder." Chonaic mé é ag fánaíocht ocrach faoin trá an mhaidin sin. Ar deireadh tháinig muid go dtí árasán Gatsby féin, seomra leapa agus folctha, agus staidéar Adam, áit ar shuigh muid síos agus d'ól muid gloine de roinnt Chartreuse a thóg sé ó chófra sa bhalla.

Níor scoir sé uair amháin ag féachaint ar Daisy, agus sílim go ndearna sé athluacháil ar gach rud ina theach de réir an bhirt freagartha a tharraing sé óna súile dea-ghrá. Uaireanta freisin, Stán sé timpeall ar a sealúchais ar bhealach dazed, amhail is dá mba ina láithreacht iarbhír agus astounding aon cheann de a thuilleadh fíor. Chomh luath agus a toppled sé beagnach síos eitilt staighre.

Ba é a sheomra leapa an seomra is simplí ar fad—ach amháin nuair a bhí an drisiúr garnished le sraith leithris d'ór dull íon. Thóg Daisy an scuab le gliondar, agus smúitigh sí a cuid gruaige, agus air sin shuigh Gatsby síos agus scáthaigh sé a shúile agus thosaigh sé ag gáire.
"Is é an rud is greannmhaire, an sean-spórt," a dúirt sé go hilariously. "Ní féidir liom-Nuair a dhéanaim iarracht—"

Bhí sé tar éis dul trí dhá stát agus bhí sé ag dul isteach ar an tríú ceann. Tar éis a náire agus a áthas unreasoning caitheadh é le hiontas ar a láthair. Bhí sé lán den smaoineamh chomh fada sin, shamhlaigh sé ceart go dtí an deireadh, d'fhan sé lena chuid fiacla a leagtar, mar a déarfá, ag páirc dhochreidte déine. Anois, san imoibriú, bhí sé ag rith síos cosúil le clog ró-chréachta.

Ag teacht chuige féin i nóiméad d'oscail sé dúinn dhá chaibinéad paitinne hulking a choinnigh a chuid cultacha massed agus feistis-gúnaí agus ceangail, agus a léinte, piled cosúil le brící i cruacha dosaen ard.

"Tá fear agam i Sasana a cheannaíonn éadaí dom. Cuireann sé thar rogha rudaí ag tús gach séasúir, earrach agus titim.
Thóg sé carn léinte amach agus thosaigh sé á gcaitheamh, ceann ar cheann, os ár gcomhair, léinte de línéadach fia agus síoda tiubh agus flannel mín, a chaill a bhfillteacha de réir mar a thit siad agus chlúdaigh siad an tábla i ndroch-chaoi. Cé go raibh meas againn thug sé níos mó agus an carn bog saibhir suite níos airde-léinte le stripes agus scrollaí agus plaids i choiréil agus úll-glas agus lavender agus oráiste faint, le monagram de gorm Indiach. Go tobann, le fuaim strained, chrom Daisy a ceann isteach sna léinte agus thosaigh sí ag caoineadh go stoirmiúil.

"Tá siad léinte álainn den sórt sin," sobbed sí, a guth muffled sna folds tiubh. "Cuireann sé brón orm mar ní fhaca mé a leithéid riamh —léinte áille den sórt sin roimhe seo."

Tar éis an tí, bhí muid a fheiceáil ar na tailte agus an linn snámha, agus an hydroplane, agus na bláthanna lár an tsamhraidh-ach taobh amuigh d'fhuinneog Gatsby thosaigh sé ag báisteach arís, mar sin sheas muid i ndiaidh a chéile ag féachaint ar dhromchla rocach na Fuaime.

"Murach an ceo d'fhéadfaimis do theach a fheiceáil trasna an bhá," arsa Gatsby. "Bíonn solas glas agat i gcónaí a dhónn an oíche ar fad ag deireadh do dhuga."

Chuir Daisy a lámh trína tobann, ach ba chosúil go raibh sé súite isteach sa mhéid a bhí díreach ráite aige. B'fhéidir gur tharla sé dó go raibh tábhacht chollaí an tsolais sin imithe anois go deo. I gcomparáid leis an achar mór a scar sé ó Daisy bhí an chuma air go raibh sé an-ghar di, beagnach ag baint léi. Bhí an chuma air go raibh sé chomh gar do réalta don ghealach. Anois, bhí sé arís solas glas ar dhuga. Bhí a líon rudaí draíochtúla laghdaithe ag ceann amháin.

Thosaigh mé ag siúl thart ar an seomra, ag scrúdú rudaí éiginnte éagsúla sa dorchadas leath. Mheall grianghraf mór d'fhear aosta i bhfeisteas luamhach mé, crochta ar an mballa thar a dheasc.

"Cé hé seo?"

"Sin? Sin é an tUasal Dan Cody, sean-spórt."

Bhí an t-ainm an-eolach.

"Tá sé marbh anois. Ba é an cara ab fhearr a bhí agam blianta ó shin.

Bhí pictiúr beag de Gatsby, i bhfeisteas luamhach freisin, ar an mbiúró—Gatsby agus a cheann caite siar defiantly-tógtha de réir dealraimh nuair a bhí sé thart ar ocht mbliana déag d'aois.

"Adhair mé é," exclaimed Daisy. "An pompadour! Níor dhúirt tú riamh liom go raibh pompadour agat—nó luamh."

"Féach air seo," arsa Gatsby go gasta. "Seo a lán clippings-mar gheall ort."

Sheas siad taobh le taobh á scrúdú. Bhí mé ag iarraidh na rubies a fheiceáil nuair a ghlaoigh an fón, agus ghlac Gatsby an glacadóir.
"Tá... Bhuel, ní féidir liom labhairt anois... Ní féidir liom labhairt anois, sean-spórt... Dúirt mé *baile beag*... Caithfidh go bhfuil a fhios aige cad is baile beag ann... Bhuel, níl aon úsáid aige dúinn más é Detroit an smaoineamh atá aige ar bhaile beag..."

Ghlaoigh sé amach.

"Tar anseo *go tapa*!" Adeir Daisy ag an bhfuinneog.

Bhí an bháisteach fós ag titim, ach bhí an dorchadas páirteach san iarthar, agus bhí billow bándearg agus órga de scamaill foamy os cionn na farraige.

"Féach air sin," a dúirt sí, agus ansin tar éis nóiméad: "Ba mhaith liom ceann de na scamaill bándearga sin a fháil agus tú a chur ann agus tú a bhrú timpeall."

Rinne mé iarracht dul ansin, ach ní chloisfidís é; b'fhéidir gur chuir mo láithreacht iad ag mothú níos sásúla ina n-aonar.

"Tá a fhios agam cad a dhéanfaimid," arsa Gatsby, "beidh Klipspringer againn ag seinm an phianó."

Chuaigh sé amach as an seomra ag glaoch "Ewing!" agus d'fhill sé i gceann cúpla nóiméad in éineacht le fear óg náire, beagán caite, le spéaclaí sliogán-rimmed agus gruaig fhionn scanty. Bhí éadach réasúnta air anois i "léine spóirt," oscailte ag an muineál, sneakers, agus bríste lacha de lí nebulous.

"Ar chuir muid isteach ar do chleachtadh?" a d'fhiafraigh Daisy go béasach.

"Bhí mé i mo chodladh," adeir an tUasal Klipspringer, i spasm náire. "Is é sin, bheinn *i mo* chodladh. Ansin d'éirigh mé..."

"Seinneann Klipspringer an pianó," arsa Gatsby, á ghearradh amach. "Nach tusa, Ewing, sean-spórt?"

"Ní imrím go maith. Ní imrím—ar éigean ar chor ar bith. Tá mé go léir as prac-"
"Rachaimid thíos staighre," arsa Gatsby. Shleamhnaigh sé lasc. D'imigh na fuinneoga liatha de réir mar a bhí an teach lán le solas.

Sa seomra ceoil chas Gatsby lampa solitary in aice leis an bpianó. Las sé toitín Daisy ó chluiche crith, agus shuigh sé síos léi ar tholg i bhfad trasna an tseomra, áit nach raibh aon solas ann ach an méid a phreab an t-urlár gleaming isteach ón halla.

Nuair a d'imir Klipspringer "The Love Nest" chas sé timpeall ar an mbinse agus chuardaigh sé go neamhbhalbh do Gatsby sa ghruaim.

"Tá mé go léir as cleachtadh, feiceann tú. Dúirt mé leat nach raibh mé in ann imirt. Tá mé go léir as prac-"

"Ná labhair an oiread sin, sean-spórt," a d'ordaigh Gatsby. "Seinn!"

"Ar maidin,Sa tráthnóna,Ain't fuair muid spraoi-"

Taobh amuigh bhí an ghaoth ard agus bhí sruth toirneach ar feadh na Fuaime. Bhí na soilse ar fad ar siúl in West Egg anois; bhí na traenacha leictreacha, fir ag iompar, ag treabhadh abhaile tríd an mbáisteach ó Nua-Eabhrac. Ba é uair an chloig d'athrú mór daonna, agus bhí sceitimíní ag giniúint ar an aer.

"Rud amháin cinnte agus rud ar bith surerAn saibhir a fháil níos saibhre agus na mbocht a fháil-leanaí. Idir an dá linn, Idir an dá linn—"

Agus mé ag dul anonn chun slán a fhágáil chonaic mé go raibh an léiriú bewilderment tagtha ar ais isteach in aghaidh Gatsby, amhail is gur tharla amhras faint dó maidir le caighdeán a sonas reatha. Beagnach cúig bliana! Caithfidh go raibh chuimhneacháin ann fiú an tráthnóna sin nuair a thit Daisy gearr ar a aisling - ní trína locht féin, ach mar gheall ar bheocht colosaigh a illusion. Bhí sé imithe thar a ceann, beyond everything. Bhí sé tar éis é féin a chaitheamh isteach ann le paisean cruthaitheach, ag cur leis an t-am ar fad, ag deic amach le gach cleite geal a d'imigh a bhealach. Ní féidir le haon mhéid tine nó úire dúshlán a thabhairt don mhéid is féidir le fear a stóráil ina chroí taibhsiúil.

De réir mar a bhreathnaigh mé air d'athraigh sé é féin beagán, feiceálach. Ghlac a lámh greim uirthi, agus mar a dúirt sí rud éigin íseal ina chluas chas sé i dtreo í le deifir mhothúcháin. Sílim gur choinnigh an guth sin an chuid is mó de, lena teas luaineach, fiabhrasach, toisc nach bhféadfadh sé a bheith ró-bhrionglóideach—amhrán gan bhás a bhí sa ghlór sin.

Bhí dearmad déanta acu orm, ach d'amharc Daisy suas agus choinnigh sí a lámh amach; Ní raibh aithne ag Gatsby orm anois ar chor ar bith. D'fhéach mé uair amháin eile orthu agus d'fhéach siad siar orm, go cianda, i seilbh an tsaoil dhian. Ansin chuaigh mé amach as an seomra agus síos na céimeanna marmair isteach sa bháisteach, ag fágáil iad ann le chéile.

VI

Thart ar an am seo tháinig tuairisceoir óg uaillmhianach as Nua-Eabhrac maidin amháin ag doras Gatsby agus d'fhiafraigh sé de an raibh aon rud le rá aige.

"Rud ar bith le rá faoi cad é?" a d'fhiafraigh Gatsby go béasach.

"Cén fáth—aon ráiteas a thabhairt amach."

Tháinig sé chun solais tar éis cúig nóiméad mearbhall gur chuala an fear ainm Gatsby timpeall a oifige i gceangal nach nochtfadh sé nó nár thuig sé go hiomlán. Ba é seo a lá saor agus le tionscnamh inmholta bhí hurried sé amach "a fheiceáil."

Lámhaigh randamach a bhí ann, agus fós bhí instinct an tuairisceora ceart. Bhí míshuaimhneas Gatsby, scaipthe thart ag na céadta a ghlac lena chuid fáilteachais agus mar sin a bheith ina n-údaráis ar a am atá caite, bhí méadú tagtha ar feadh an tsamhraidh go dtí gur thit sé ach gan a bheith nuacht. Cheangail finscéalta comhaimseartha ar nós an "phíblíne faoi thalamh go Ceanada" iad féin leis, agus bhí scéal leanúnach amháin ann nach raibh cónaí air i dteach ar chor ar bith, ach i mbád a raibh cuma tí uirthi agus a aistríodh go rúnda suas agus síos cladach an Oileáin Fhada. Díreach cén fáth go raibh na haireagáin seo ina bhfoinse sástachta do James Gatz ó Dakota Thuaidh, níl sé éasca a rá.

James Gatz - ba é sin a ainm i ndáiríre, nó ar a laghad go dlíthiúil. D'athraigh sé é nuair a bhí sé seacht mbliana déag d'aois agus ag an nóiméad ar leith a chonaic tús a ghairme—nuair a chonaic sé luamh Dan Cody ag titim ancaire thar an árasán ba mhíchlúití ar Loch Superior. Ba é James Gatz a bhí ag builíneacht ar an trá an tráthnóna sin i ngeansaí glas stróicthe agus péire brístí canbháis, ach cheana féin ba é Jay Gatsby a fuair bád rámhaíochta ar iasacht, a tharraing amach chuig an *Tuolomee*, agus a chuir in iúl do Cody go bhféadfadh gaoth breith air agus é a bhriseadh suas i gceann leathuaire.

Is dócha go mbeadh an t-ainm réidh aige ar feadh i bhfad, fiú ansin. Daoine feirme gan athrú agus nár éirigh lena thuismitheoirí—níor ghlac a shamhlaíocht leo riamh mar a thuismitheoirí ar chor ar bith. Ba í an fhírinne ná gur tháinig Jay Gatsby ó West Egg, Long Island, as a choincheap Platónach de féin. Mac Dé a bhí ann—frása a chiallaíonn, má chiallaíonn sé rud ar bith, ach sin—agus caithfidh sé a bheith faoi ghnó a Athar, seirbhís ollmhór, vulgar, agus áilleacht amháin. Mar sin, chum sé ach an saghas Jay Gatsby gur dócha go gceapfadh buachaill seacht mbliana déag d'aois, agus leis an gcoincheap seo bhí sé dílis don deireadh.

Ar feadh breis agus bliain bhí sé ag bualadh a bhealaigh feadh chladach theas Loch Superior mar chaltóir clam agus iascaire bradán nó in aon cháil eile a thug bia agus leaba dó. Mhair a chorp donn, cruaite go nádúrtha trí obair leath-fhíochmhar, leath-leisciúil na laethanta rásaíochta. Bhí aithne aige ar mhná go luath, agus ós rud é gur mhill siad air d'éirigh sé díspeagúil orthu, de mhaighdean óg toisc go raibh siad aineolach, de na daoine eile toisc go raibh siad hysterical faoi rudaí a ghlac sé ina féin-ionsú mór a ghlac sé le deonú.

Ach bhí a chroí i gcíréib shíoraí, chorrach. Na conceits is grotesque agus iontach haunted dó ina leaba san oíche. Chruinne de ghnúis ineffable sníofa féin amach ina inchinn agus an clog tic ar an níocháin agus an ghealach sáithithe le solas fliuch a chuid éadaí tangled ar an urlár. Gach oíche chuir sé le patrún a lucht leanúna go dtí gur dhún codlatacht síos ar radharc beoga éigin le glacadh oblivious. Ar feadh tamaill chuir na reveries seo asraon ar fáil dá shamhlaíocht; Leid shásúil ab ea iad ar mhíshuaimhneas na réaltachta, gealltanas gur bunaíodh carraig an domhain go daingean ar sciathán sióg.

Bhí instinct i dtreo a ghlóir amach anseo mar thoradh air, roinnt míonna roimhe sin, go dtí an Coláiste beag Liútarach Naomh Olaf i ndeisceart Minnesota. D'fhan sé ann coicís, díomá ar a neamhshuim fhíochmhar le drumaí a chinniúint, chun cinniúint féin, agus ag éadóchas obair an janitor lena raibh sé chun a bhealach a dhéanamh tríd. Ansin d'imigh sé ar ais go Loch Superior, agus bhí sé fós ag cuardach rud éigin le déanamh an lá ar thit luamh Dan Cody ancaire sna éadomhain cois cladaigh.

Bhí Cody caoga bliain d'aois ansin, táirge de réimsí airgid Nevada, den Yukon, de gach rush do mhiotal ó seachtó a cúig. Na hidirbhearta i copar Montana a rinne sé go minic millionaire fuair sé láidir go fisiciúil ach ar an imeall bog-mindedness, agus, drochamhras seo, rinne líon gan teorainn de na mná iarracht é a scaradh óna chuid airgid. Ba mhaoin choitianta na hiriseoireachta turgid i 1902 iad na ramhraithe ró-shaibhre a d'imir Ella Kaye, bean an nuachtáin, Madame de Maintenon lena laige agus a chuir chun farraige é i luamh. Bhí sé ag cósta ar feadh na gcladach go léir a bhí ró-hospitable ar feadh cúig bliana nuair a d'iompaigh sé suas mar chinniúint James Gatz i gCuan an Chailín Bhig.

Do Gatz óg, ag luí ar a chuid oars agus ag féachaint suas ar an deic ráille, léirigh an luamh sin an áilleacht agus an glamour go léir ar fud an domhain. Is dócha gur aoibh sé ar Cody—is dócha go bhfuair sé amach gur thaitin daoine leis nuair a rinne sé aoibh. Ar aon chuma, chuir Cody cúpla ceist air (d'aithris duine acu an t-ainm úrnua) agus fuair sé amach go raibh sé tapa agus thar a bheith uaillmhianach. Cúpla lá ina dhiaidh sin thug sé go Duluth é agus cheannaigh sé cóta gorm dó, sé phéire bríste lachan bán, agus caipín luamhachta. Agus nuair a *d'fhág an Tuolomee* do na hIndiacha Thiar agus don Chósta Barbary, d'fhág Gatsby freisin.

Bhí sé fostaithe i gcáil phearsanta doiléir—cé gur fhan sé le Cody bhí sé ina mhaor, ina chomhghleacaí, ina scipéir, ina rúnaí, agus fiú sa phríosún, mar bhí a fhios ag Dan Cody sober cad iad na rudaí a d'fhéadfadh a bheith ar meisce Dan Cody go luath, agus rinne sé soláthar do theagmhais den sórt sin trí níos mó muiníne a athshealbhú i Gatsby. Mhair an socrú cúig bliana, agus chuaigh an bád trí huaire timpeall na Mór-Roinne. B'fhéidir gur mhair sé ar feadh tréimhse éiginnte ach amháin gur tháinig Ella Kaye ar bord oíche amháin i mBostún agus seachtain ina dhiaidh sin fuair Dan Cody bás.

Is cuimhin liom an phortráid de suas i seomra leapa Gatsby, fear liath, florid le aghaidh chrua, fholamh—an debauchee ceannródaí, a thug ar ais go dtí bord farraige an Oirthir foréigean savage an drúthlann teorann agus an salúin le linn céim amháin de shaol Mheiriceá. Ba go hindíreach mar gheall ar Cody a d'ól Gatsby chomh beag sin. Uaireanta le linn cóisirí aeracha bhíodh mná ag cuimilt champagne isteach ina chuid gruaige; dó féin bhí sé de nós aige deoch a ligean leis féin.

Agus ba ó Cody a fuair sé airgead le hoidhreacht—oidhreacht cúig mhíle dollar is fiche. Ní bhfuair sé é. Níor thuig sé riamh an gléas dlí a úsáideadh ina choinne, ach chuaigh an méid a d'fhan de na milliúin slán le Ella Kaye. Fágadh é leis an oideachas cuí a bhí air; bhí comhrian doiléir Jay Gatsby líonta amach go substaintiúil fear.

D'inis sé seo go léir dom i bhfad níos déanaí, ach chuir mé síos anseo é leis an smaoineamh na chéad ráflaí fiáine sin a phléascadh faoina réamhinsintí, rud nach raibh fíor fiú. Thairis sin d'inis sé dom é ag am mearbhall, nuair a bhí bainte amach agam an pointe a chreidiúint gach rud agus rud ar bith mar gheall air. Mar sin, bainim leas as an stad gearr seo, agus ghabh Gatsby, mar a déarfá, a anáil, chun an tsraith míthuiscintí seo a ghlanadh ar shiúl.

Bhí sé ina stad, freisin, i mo bhaint lena ghnóthaí. Ar feadh roinnt seachtainí ní fhaca mé é ná níor chuala mé a ghuth ar an bhfón—bhí mé i Nua-Eabhrac den chuid is mó, ag trotting timpeall leis an Iordáin agus ag iarraidh mé féin a ghríosú lena haintín senile-ach ar deireadh chuaigh mé anonn go dtí a theach tráthnóna Domhnaigh amháin. Ní raibh mé ann dhá nóiméad nuair a thug duine éigin Tom Buchanan isteach le haghaidh deoch. Baineadh geit asam, ar ndóigh, ach ba é an rud ba mhó a chuir iontas orm nár tharla sé roimhe seo.

Cóisir de thriúr ar mhuin capaill a bhí iontu—Tomás agus fear darbh ainm Sloane agus bean bhreá i nós marcaíochta donn, a bhí ann roimhe sin.

"Tá an-áthas orm tú a fheiceáil," arsa Gatsby, agus é ina sheasamh ar a phóirse. "Tá áthas orm gur thit tú isteach."

Amhail is gur thug siad aire!

"Suigh díreach síos. Bíodh toitín nó todóg agat." Shiúil sé timpeall an tseomra go gasta, ag bualadh cloigíní. "Beidh rud éigin le n-ól agam duit i gceann nóiméid."

Chuaigh sé i bhfeidhm go mór air toisc go raibh Tomás ann. Ach bheadh sé míshuaimhneach ar bhealach ar bith go dtí gur thug sé rud éigin dóibh, agus thuig sé ar bhealach doiléir gurbh é sin go léir a tháinig siad. Ní raibh an tUasal Sloane ag iarraidh rud ar bith. Líomanáid? Ní hea, go raibh maith agat. Champagne beag? Ní dhéanfaidh aon ní ar chor ar bith, go raibh maith agat... Tá brón orm—

"An raibh turas deas agat?"

"Bóithre an-mhaith thart anseo."

"Is dócha na gluaisteán-"

"Tá."

Bhog sé le impulse irresistible, d'iompaigh Gatsby chuig Tom, a ghlac leis an réamhrá mar strainséir.

"Creidim gur bhuail muid áit éigin roimhe seo, an tUasal Buchanan."

"Ó, sea," arsa Tomás, go gruama béasach, ach is léir nach cuimhin leis. "Mar sin a rinne muid. Is cuimhin liom go han-mhaith.

"Thart ar choicís ó shin."

"Tá sé sin ceart. Bhí tú le Nick anseo.

"Tá aithne agam ar do bhean chéile," arsa Gatsby, beagnach ionsaitheach.

"Sin mar sin?"
Chas Tomás chugam.

"Tá cónaí ort in aice anseo, Nick?"

"Béal dorais."

"Sin mar sin?"

Ní raibh an tUasal Sloane dul isteach sa chomhrá, ach lounged ar ais haughtily ina chathaoirleach; ní dúirt an bhean faic ach an oiread—go dtí gan choinne, tar éis dhá ardbhaile, d'éirigh sí cordial.

"Tiocfaidh muid ar fad chuig do chéad pháirtí eile, an tUasal Gatsby," a mhol sí. "Cad a deir tú?"

"Cinnte; Bheinn thar a bheith sásta go bhfuil sibh agat.

"Bí ver 'deas," a dúirt an tUasal Sloane, gan buíochas. "Bhuel-smaoineamh ba chóir a bheith ag tosú sa bhaile."

"Ná déan deifir le do thoil," a d'áitigh Gatsby orthu. Bhí smacht aige air féin anois, agus theastaigh uaidh níos mó de Thomás a fheiceáil. "Cén fáth nach bhfuil tú-cén fáth nach bhfanann tú le haghaidh suipéar? Ní bheadh iontas orm dá dtitfeadh roinnt daoine eile isteach as Nua-Eabhrac."

"Tagann tú chun suipéir liom," arsa an bhean go fonnmhar. "An bheirt agaibh."

Áiríodh leis seo mé. Fuair an tUasal Sloane a chosa.

"Tar leat," a dúirt sé—ach léi amháin.

"Ciallaíonn mé é," áitigh sí. "Ba bhreá liom tú a bheith agam. Go leor seomra."

D'fhéach Gatsby orm go ceisteach. Bhí sé ag iarraidh dul agus ní fhaca sé go raibh an tUasal Sloane tar éis a chinneadh nár chóir dó.

"Tá eagla orm nach mbeidh mé in ann," a dúirt mé.
"Bhuel, tagann tú," a d'áitigh sí, ag díriú ar Gatsby.

An tUasal Sloane murmured rud éigin gar dá chluas.

"Ní bheidh muid déanach má thosaíonn muid anois," a d'áitigh sí os ard.

"Ní bhfuair mé capall," arsa Gatsby. "Bhíodh mé ag marcaíocht san arm, ach níor cheannaigh mé capall riamh. Beidh orm tú a leanúint i mo charr. Gabh mo leithscéal ar feadh nóiméid.

Shiúil an chuid eile againn amach ar an bpóirse, áit ar thosaigh Sloane agus an bhean comhrá míshásúil ar leataobh.

"Mo Dhia, creidim go bhfuil an fear ag teacht," arsa Tomás. "Nach bhfuil a fhios aige nach bhfuil sí ag iarraidh air?"

"Deir sí go bhfuil sí ag iarraidh air."

"Tá cóisir mhór dinnéir aici agus ní bheidh a fhios aige anam ann." Chroith sé. "N'fheadar cá háit sa diabhal ar bhuail sé le Daisy. Ag Dia, b'fhéidir go bhfuil mé seanfhaiseanta i mo chuid smaointe, ach ritheann mná timpeall an iomarca na laethanta seo chun freastal orm. Buaileann siad le gach cineál éisc craiceáilte."

Go tobann shiúil an tUasal Sloane agus an bhean síos na céimeanna agus suite a gcapaill.

"Tar ar," a dúirt an tUasal Sloane le Tom, "táimid déanach. Caithfimid dul." Agus ansin dom: "Inis dó nach bhféadfaimis fanacht, an mbeidh?"

Chroith Tom agus mé lámha, mhalartaigh an chuid eile againn nod fionnuar, agus trotted siad go tapa síos an tiomáint, ag imeacht faoi duilliúr Lúnasa díreach mar a tháinig Gatsby, le hata agus cóta éadrom ar láimh, amach an doras tosaigh.

Ba léir go raibh Tom suite ag rith Daisy timpeall ina aonar, mar gheall ar an oíche Dé Sathairn dár gcionn tháinig sé léi chuig cóisir Gatsby. B'fhéidir gur thug a láithreacht an tráthnóna a chaighdeán aisteach leatromach-seasann sé amach i mo chuimhne ó pháirtithe eile Gatsby an samhradh sin. Bhí na daoine céanna, nó ar a laghad an cineál céanna daoine, an profusion céanna de Champagne, an commotion céanna go leor-daite, go leor-keyed, ach bhraith mé unpleasantness san aer, harshness pervading nach raibh ann roimhe seo. Nó b'fhéidir nár fhás mé ach i dtaithí air, d'fhás mé chun glacadh le West Egg mar dhomhan iomlán ann féin, lena chaighdeáin féin agus a phearsana móra féin, sa dara háit toisc nach raibh aon chomhfhios agam go raibh sé amhlaidh, agus anois bhí mé ag féachaint air arís, trí shúile Daisy. Tá sé brónach i gcónaí breathnú trí shúile nua ar rudaí ar chaith tú do chumhachtaí coigeartaithe féin orthu.

Tháinig siad ar Twilight, agus, agus muid ag spaisteoireacht amach i measc na gcéadta súilíneach, bhí guth Daisy ag imirt cleasanna murmurous ina scornach.

"Spreagann na rudaí seo mé *mar sin*," a dúirt sí. "Más mian leat póg dom am ar bith i rith an tráthnóna, Nick, ach in iúl dom agus beidh mé sásta é a shocrú ar do shon. Ní gá ach m'ainm a lua. Nó cárta glas a chur i láthair. Tá glas á thabhairt amach agam—"

"Féach thart," a mhol Gatsby.

"Táim ag féachaint timpeall. Tá iontas orm—"

"Caithfidh tú aghaidheanna go leor daoine a chuala tú faoi a fheiceáil."

Bhí súile sotalacha Tom ag fánaíocht ar an slua.

"Ní théann muid timpeall go mór," a dúirt sé; "Déanta na fírinne, ní raibh mé ach ag smaoineamh nach bhfuil a fhios agam anam anseo."

"B'fhéidir go bhfuil aithne agat ar an mbean sin." Léirigh Gatsby magairlín taibhseach, gann daonna de bhean a shuigh i stát faoi chrann bán-pluma. Bhreathnaigh Tom agus Daisy, leis an mothú neamhréadúil sin a ghabhann le haitheantas a thabhairt do dhuine mór le rá de na scannáin.

"Tá sí go hálainn," arsa Nóinín.

"Is é an fear atá ag lúbadh os a cionn a stiúrthóir."

Thóg sé iad go deasghnách ó ghrúpa go grúpa:

"Bean Uí Buchanan... agus an tUasal Buchanan -" Tar éis leisce an toirt dúirt sé: "an t-imreoir polo."

"Ó níl," arsa Tomás go gasta, "ní mise."

Ach ba léir go raibh fuaim na fuaime sásta le Gatsby do Tom d'fhan "an t-imreoir polo" don chuid eile den tráthnóna.

"Níor bhuail mé leis an oiread sin daoine cáiliúla riamh," arsa Daisy. "Thaitin an fear sin liom—cén t-ainm a bhí air?—leis an saghas srón ghorm."

D'aithin Gatsby é, ag cur leis gur léiritheoir beag a bhí ann.

"Bhuel, thaitin sé liom ar bhealach ar bith."

"B'fhearr liom nach é an t-imreoir polo é," arsa Tomás go taitneamhach, "b'fhearr liom breathnú ar na daoine cáiliúla seo ar fad—in oblivion."

Bhí Daisy agus Gatsby ag damhsa. Is cuimhin liom a bheith ionadh ag a foxtrot graceful, coimeádach-Ní fhaca mé riamh é ag damhsa roimhe seo. Ansin shantaigh siad anonn go dtí mo theach agus shuigh siad ar na céimeanna ar feadh leathuair an chloig, agus ar iarratas uaithi d'fhan mé go faireach sa ghairdín. "Ar fhaitíos go mbeadh tine nó tuile ann," a mhínigh sí, "nó aon ghníomh Dé."

Bhí Tomás le feiceáil óna oblivion agus muid inár suí síos chun suipéar a dhéanamh le chéile. "An miste leat má ithim le roinnt daoine thall anseo?" a dúirt sé. "Tá duine eile ag éirí as rudaí greannmhara."

"Téigh ar aghaidh," a d'fhreagair Daisy go genially, "agus más mian leat aon seoltaí a thógáil síos anseo is é mo pheann luaidhe beag óir é." ... D'fhéach sí timpeall tar éis nóiméad agus dúirt sí liom go raibh an cailín "coitianta ach go leor," agus bhí a fhios agam nach raibh sí ina haonar le

Gatsby ach amháin ar feadh na leathuaire a bhí sí ina haonar le Gatsby nach raibh am maith aici.

Bhíomar ag bord leideanna go háirithe. B'shin an locht a bhí orm—glaodh Gatsby ar an bhfón, agus níor thaitin na daoine céanna liom ach coicís roimhe sin. Ach cad a bhí amused dom ansin iompú seipteach ar an aer anois.

"Conas a mhothaíonn tú, Iníon Baedeker?"

Bhí an cailín a raibh aghaidh uirthi ag iarraidh, nár éirigh léi, slump a dhéanamh in aghaidh mo ghualainne. Ag an bhfiosrúchán seo shuigh sí suas agus d'oscail sí a súile.

"Wha'?"

Labhair bean ollmhór leimhe, a bhí ag impí ar Daisy galf a imirt léi sa chlub áitiúil amárach, i gcosaint Miss Baedeker:

"Ó, tá sí ceart go leor anois. Nuair a bhíonn cúig nó sé mhanglaim aici tosaíonn sí i gcónaí ag screadaíl mar sin. Deirim léi gur chóir di é a fhágáil ina haonar.

"Fágaim liom féin é," a dhearbhaigh an cúisí go lag.

"Chuala muid tú ag yelling, mar sin dúirt mé le Doc Civet anseo: 'Tá duine éigin ann a dteastaíonn do chabhair uaidh, a Doc.' "

"Tá dualgas mór uirthi, tá mé cinnte," arsa cara eile, gan bhuíochas, "ach fuair tú a gúna fliuch ar fad nuair a ghreamaigh tú a ceann sa linn snámha."

"Rud ar bith is fuath liom ná mo cheann a chur i bhfostú i linn snámha," arsa Miss Baedeker. "Is beag nár bháigh siad mé uair amháin thall i New Jersey."

"Ansin ba chóir duit é a fhágáil ina n-aonar," countered Dochtúir Civet. "Labhair ar do shon féin!" Adeir Iníon Baedeker foirtil. "Croitheann do lámh. Ní ligfinn duit oibriú orm!

Bhí sé mar sin. Beagnach an rud deireanach is cuimhin liom a bhí ina sheasamh le Daisy agus ag breathnú ar an stiúrthóir pictiúr ag gluaiseacht agus a Star. Bhí siad fós faoin gcrann bán-pluma agus bhí a n-aghaidh ag tadhall ach amháin i gcás ga pale, tanaí de sholas na gealaí idir. Tharla sé dom go raibh sé ag lúbadh go han-mhall i dtreo di an tráthnóna ar fad chun an gar seo a bhaint amach, agus fiú nuair a bhreathnaigh mé chonaic mé é ag stoop céim amháin deiridh agus póg ar a leiceann.

"Is maith liom í," arsa Nóinín, "sílim go bhfuil sí go hálainn."

Ach chiontaigh an chuid eile í—agus d'fhéadfaí a rá nach comhartha a bhí ann ach mothúchán. Chuir West Egg uafás uirthi, an "áit" gan fasach seo a bhí ag Broadway ar shráidbhaile iascaireachta Long Island-uafás ag a fuinneamh amh a chafed faoi na sean-euphemisms agus ag an gcinniúint ró-obtrusive a thréig a áitritheoirí ar feadh aicearra ó rud ar bith. Chonaic sí rud uafásach sa simplíocht an-theip uirthi a thuiscint.

Shuigh mé ar na céimeanna tosaigh leo agus iad ag fanacht lena gcarr. Bhí sé dorcha anseo os comhair; níor chuir ach an doras geal deich dtroithe cearnacha solais ag gobadh amach ar maidin bhog dhubh. Uaireanta bhog scáth i gcoinne dall seomra feistis thuas, thug sé bealach do scáth eile, mórshiúl éiginnte scáthanna, a rouged agus púdraithe i ngloine dofheicthe.

"Cé hé an Gatsby seo ar aon chaoi?" a d'éiligh Tom go tobann. "Roinnt bootlegger mór?"

"Cá gcloisfeá é sin?" D'fhiosraigh mé.

"Níor chuala mé é. Shamhlaigh mé é. Tá a lán de na daoine nua-shaibhir ach bootleggers mór, tá a fhios agat. "

"Ní Gatsby," a dúirt mé go gairid.
Bhí sé ina thost ar feadh nóiméid. Na púróga an tiomáint crunched faoina chosa.

"Bhuel, is cinnte go gcaithfidh sé brú a chur air féin an menagerie seo a chur le chéile."

A breeze stirred an haze liath de collar fionnaidh Daisy ar.

"Ar a laghad tá siad níos suimiúla ná na daoine a bhfuil aithne againn orthu," a dúirt sí le hiarracht.

"Ní raibh an oiread sin suime agat ann."

"Bhuel, bhí mé."

Rinne Tomás gáire agus chas sé liom.

"Ar thug tú aghaidh Daisy faoi deara nuair a d'iarr an cailín sin uirthi í a chur faoi chithfholcadh fuar?"

Thosaigh Daisy ag canadh leis an gceol i gcogar husky, rithimeach, ag tabhairt amach brí i ngach focal nach raibh aige riamh roimhe seo agus nach mbeadh arís. Nuair a d'ardaigh an tséis bhris a guth suas go binn, á leanúint, ar bhealach tá guthanna contralto, agus gach athrú tipped amach beagán dá draíocht te daonna ar an aer.

"Tagann go leor daoine nár tugadh cuireadh dóibh," a dúirt sí go tobann. "Níor tugadh cuireadh don chailín sin. Níl le déanamh acu ach a mbealach a dhéanamh isteach agus tá sé róbhéasach le cur ina choinne."

"Ba mhaith liom a fháil amach cé hé féin agus cad a dhéanann sé," a d'áitigh Tomás. "Agus sílim go ndéanfaidh mé pointe a fháil amach."

"Is féidir liom a rá leat anois," a d'fhreagair sí. "Bhí roinnt siopaí drugaí aige, a lán drugstores. Thóg sé suas iad féin.

Tháinig an limisín dilatory rollta suas an tiomáint.

"Oíche mhaith, Nick," a dúirt Daisy.

D'fhág a sracfhéachaint mé agus d'iarr sí barr éadrom na gcéimeanna, áit a raibh "Three O'Clock in the Morning," waltz beag néata, brónach na bliana sin, ag imeacht amach an doras oscailte. Tar éis an tsaoil, i dtaisme pháirtí Gatsby bhí féidearthachtaí rómánsúla as láthair go hiomlán óna saol. Cad a bhí ar bun ansin san amhrán a raibh an chuma air go raibh sí ag glaoch ar ais taobh istigh? Cad a tharlódh anois sna huaireanta dim, incalculable? B'fhéidir go dtiocfadh aoi dochreidte éigin, duine gan teorainn annamh agus a bheith iontach ag, roinnt cailín óg barántúla radiant a bhfuil sracfhéachaint úr amháin ar Gatsby, nóiméad amháin de teagmháil draíochta, bheadh blot amach na cúig bliana de devotion unwavering.

D'fhan mé déanach an oíche sin. D'iarr Gatsby orm fanacht go dtí go raibh sé saor, agus lingered mé sa ghairdín go dtí go raibh an páirtí snámha dosheachanta ar siúl suas, fuaraithe agus exalted, ón trá dubh, go dtí go raibh na soilse múchta sna seomraí aíochta lastuas. Nuair a tháinig sé anuas na céimeanna ar deireadh tarraingíodh an craiceann súdaireachta neamhghnách teann ar a aghaidh, agus bhí a shúile geal agus tuirseach.

"Níor thaitin sé léi," a dúirt sé láithreach.

"Ar ndóigh, rinne sí."

"Níor thaitin sé léi," a d'áitigh sé. "Ní raibh am maith aici."

Bhí sé ciúin, agus buille faoi thuairim mé ar a dúlagar unutterable.

"Braithim i bhfad uaithi," a dúirt sé. "Tá sé deacair í a thuiscint."

"Ciallaíonn tú mar gheall ar an damhsa?"

"An damhsa?" Ruaig sé na damhsaí ar fad a thug sé le snap dá mhéara. "Sean-spórt, níl tábhacht ar bith leis an damhsa."

Bhí sé ag iarraidh rud ar bith níos lú de Daisy ná gur chóir di dul go dtí Tom agus a rá: "Ní raibh grá agam duit riamh." Tar éis di ceithre bliana a chaitheamh leis an bpianbhreith sin, d'fhéadfaidís cinneadh a dhéanamh faoi na bearta níos praiticiúla a bhí le déanamh. Ceann acu ná, tar éis di a bheith saor, go raibh siad le dul ar ais go Louisville agus a bheith pósta óna teach-díreach amhail is dá mbeadh sé cúig bliana ó shin.

"Agus ní thuigeann sí," a dúirt sé. "Bhíodh sí in ann a thuiscint. Ba mhaith linn suí ar feadh uaireanta an chloig—"

Bhris sé amach agus thosaigh sé ag siúl suas agus síos cosán desolate de rinds torthaí agus i leataobh favours agus bláthanna brúite.

"Ní iarrfainn an iomarca di," a dúirt mé. "Ní féidir leat an t-am atá caite a athdhéanamh."

"Ní féidir an t-am atá caite a athdhéanamh?" Adeir sé incredulously. "Cén fáth, ar ndóigh, is féidir leat!"

D'fhéach sé timpeall air go fiáin, amhail is dá mbeadh an t-am atá caite lurking anseo faoi scáth a theach, díreach as teacht ar a lámh.

"Tá mé ag dul a shocrú gach rud díreach ar an mbealach a bhí sé roimh," a dúirt sé, nodding diongbháilte. "Feicfidh sí."

Labhair sé go leor mar gheall ar an am atá caite, agus bhailigh mé go raibh sé ag iarraidh rud éigin a ghnóthú, smaoineamh éigin de féin b'fhéidir, a bhí imithe i nóinín grámhar. Bhí mearbhall agus mí-ord ar a shaol ó shin, ach dá bhféadfadh sé filleadh ar áit thosaigh áirithe agus dul thairis go mall, d'fhéadfadh sé a fháil amach cad é an rud sin...

... Oíche fhómhair amháin, cúig bliana roimhe sin, bhí siad ag siúl síos an tsráid nuair a bhí na duilleoga ag titim, agus tháinig siad go dtí áit nach raibh aon chrainn ann agus bhí an sidewalk bán le solas na gealaí. Stop siad anseo agus chas siad i dtreo a chéile. Anois bhí sé ina oíche fionnuar leis an excitement mistéireach ann a thagann ag an dá athrú na bliana. Bhí na soilse ciúine sna tithe ag cromadh amach sa dorchadas agus bhí corraíl agus fuadar i measc na réaltaí. Amach as cúinne a shúl chonaic Gatsby gur chruthaigh bloic na sidewalks dréimire i ndáiríre agus suite go dtí áit rúnda os cionn na gcrann-d'fhéadfadh sé dreapadh air, dá dhreap sé ina aonar, agus nuair a bhí sé ann d'fhéadfadh sé tarraing ar phápa na beatha, gulp síos bainne dosháraithe an iontais.

Bhuail a chroí níos tapúla de réir mar a tháinig aghaidh bhán Daisy suas go dtí a chuid féin. Bhí a fhios aige nuair a phóg sé an cailín seo, agus go deo wed a físeanna unutterable di anáil perishable, ní bheadh a intinn romp arís cosúil leis an aigne Dé. Mar sin, d'fhan sé, ag éisteacht ar feadh nóiméad níos faide leis an tiúnadh-forc a bhí buailte ar réalta. Ansin phóg sé í. Ag teagmháil a liopaí bhláthaigh sí dó mar a bheadh bláth ann agus bhí an t-incarnation críochnaithe.

Tríd an méid a dúirt sé, fiú trína mheon uafásach, cuireadh rud éigin i gcuimhne dom—rithim elusive, blúire d'fhocail chaillte, a chuala mé áit éigin i bhfad ó shin. Ar feadh nóiméad rinne frása iarracht cruth a ghlacadh i mo bhéal agus scar mo bheola mar a bheadh fear balbh ann, amhail is go raibh níos mó ag streachailt orthu ná wisp d'aer geit. Ach ní dhearna siad aon fhuaim, agus bhí an méid a chuimhnigh mé beagnach neamhchoitianta go deo.

VII

Ba nuair a bhí fiosracht faoi Gatsby i mbarr a réime gur theip ar na soilse ina theach dul oíche Shathairn amháin—agus, chomh doiléir agus a bhí tús curtha leis, bhí a shlí bheatha mar Trimalchio thart. Ach de réir a chéile tháinig mé ar an eolas gur fhan na gluaisteáin a d'iompaigh ag súil lena thiomáint ar feadh nóiméad amháin agus ansin thiomáin sé sulkily ar shiúl. Ag fiafraí an raibh sé tinn chuaigh mé anonn chun a fháil amach—buitléir gan aithne le héadan villainous squinted ag dom amhrasach ón doras.

"An bhfuil an tUasal Gatsby tinn?"

"Nope." Tar éis sos chuir sé "a dhuine uasail" ar bhealach dilatory, grudging.

"Ní fhaca mé timpeall é, agus bhí mé sách buartha. Abair leis gur tháinig an tUasal Carraway anall.

"Cé?" a d'éiligh sé go drochbhéasach.

"Carraway."

"Carraway. Ceart go leor, inseoidh mé dó.

Go tobann slammed sé an doras.

Chuir m'Fhinn in iúl dom gur bhris Gatsby gach seirbhíseach ina theach seachtain ó shin agus gur chuir sé leathdhosaen eile ina n-áit, nach ndeachaigh isteach i sráidbhaile West Egg riamh le bribed ag na ceardaithe, ach d'ordaigh sé soláthairtí measartha ar an teileafón. Thuairiscigh an buachaill grósaera go raibh cuma mhuc ar an gcistineach, agus ba é an tuairim ghinearálta sa sráidbhaile nach raibh na daoine nua ina seirbhísigh ar chor ar bith.

An lá dár gcionn ghlaoigh Gatsby orm ar an bhfón.

"Ag imeacht?" D'fhiosraigh mé.

"Níl, sean-spórt."

"Cloisim tú fired go léir do sheirbhísigh."

"Bhí mé ag iarraidh duine éigin nach mbeadh gossip. Tagann Nóinín anonn minic go leor—san iarnóin."

Mar sin, bhí an carbhán ar fad tar éis titim isteach mar a bheadh teach cártaí ag an míshásamh ina súile.

"Is daoine iad a raibh Wolfshiem ag iarraidh rud éigin a dhéanamh dóibh. Is deartháireacha agus deirfiúracha iad go léir. Bhíodh óstán beag á reáchtáil acu."

"Feicim."

Bhí sé ag glaoch suas ar iarratas Daisy—an dtiocfainn chun lóin ina teach amárach? Bheadh Miss Baker ann. Leathuair an chloig ina dhiaidh sin ghlaoigh Daisy í féin agus ba chosúil go raibh faoiseamh uirthi go raibh mé ag teacht. Bhí rud éigin ar bun. Agus fós ní fhéadfainn a chreidiúint go roghnódh siad an ócáid seo do radharc—go háirithe don radharc sách bearrtha a bhí leagtha amach ag Gatsby sa ghairdín.

An lá dár gcionn bhí broiling, beagnach an ceann deireanach, cinnte an teo, an tsamhraidh. De réir mar a d'éirigh mo thraein as an tollán isteach i solas na gréine, níor bhris ach feadóga te an National Biscuit Company an hush simmering ag meán lae. Bhí suíocháin tuí an chairr ar imeall an dócháin; An bhean in aice liom perspired delicately ar feadh tamaill isteach ina shirtwaist bán, agus ansin, mar a dampened a nuachtán faoina mhéara, léig despairingly isteach teas domhain le caoin desolate. Shleamhnaigh a leabhar póca go dtí an t-urlár.

"Ó, mo!" Gasped sí.

Phioc mé suas é le lúb traochta agus thug mé ar ais di é, agus é á choinneáil ar neamhthuilleamaí agus ag barr mhór na gcúinní chun a chur in iúl nach raibh aon dearaí agam air-ach bhí amhras ar gach duine in aice leis, an bhean san áireamh, go raibh mé díreach mar an gcéanna.

"Te!" A dúirt an seoltóir le aghaidheanna eolach. "Roinnt aimsire... Te... Te... Te... An bhfuil sé te go leor duit? An bhfuil sé te? An bhfuil sé...?"

Tháinig mo thicéad comaitéireachta ar ais chugam le smál dorcha óna láimh. Gur chóir do dhuine ar bith aire a thabhairt sa teas seo a bhfuil a liopaí flushed phóg sé, a bhfuil a cheann a rinne taise an póca pyjama thar a chroí!

... Trí halla theach na Buchanans shéid gaoth faint, ag iompar fuaim an chloigín teileafóin amach go Gatsby agus mise agus muid ag fanacht ag an doras.

"Corp an mháistir?" arsa an Buitléarach isteach sa bhéalóg. "Tá brón orm, a madame, ach ní féidir linn é a chur ar fáil—tá sé i bhfad róthe teagmháil a dhéanamh leis an meán lae seo!"

An rud a dúirt sé i ndáiríre ná: "Sea... Tá... Feicfidh mé.

Leag sé síos an glacadóir agus tháinig sé inár dtreo, ag glioscarnach beagán, chun ár hataí tuí righin a thógáil.

"Madame ag súil leat sa salon!" Adeir sé, needlessly léiríonn an treo. Sa teas seo bhí gach comhartha breise ar thús cadhnaíochta i stór coiteann an tsaoil.

Bhí an seomra, scáthaithe go maith le díonbhrait, dorcha agus fionnuar. Luigh Daisy agus Jordan ar tholg ollmhór, cosúil le idols airgid ag meá síos a gcuid gúnaí bána féin i gcoinne breeze amhránaíochta an lucht leanúna.

"Ní féidir linn bogadh," a dúirt siad le chéile.

Méara Jordan, púdraithe bán thar a tan, quieuit ar feadh nóiméad i mianach.

"Agus an tUasal Thomas Buchanan, an lúthchleasaí?" D'fhiosraigh mé.

Ag an am céanna chuala mé a ghuth, gruff, muffled, husky, ag teileafón an halla.

Sheas Gatsby i lár an chairpéid chreimnigh agus gazed timpeall le súile fascinated. Bhreathnaigh Daisy air agus rinne gáire, a gáire milis, spreagúil; D'ardaigh séideán beag bídeach púdair óna bosom isteach san aer.

"Is é an ráfla," whispered Jordan, "go bhfuil cailín Tom ar an teileafón."

Bhíomar inár dtost. D'ardaigh an guth sa halla go hard le crá: "Go hanmhaith, ansin, ní dhíolfaidh mé an carr leat ar chor ar bith... Níl aon dualgas orm duit ar chor ar bith... agus maidir le do bhacadh liom faoi ag am lóin, ní sheasfaidh mé é sin ar chor ar bith!

"Ag coinneáil síos an glacadóir," a dúirt Daisy cynically.

"Níl, níl sé," a dhearbhaigh mé di. "Is margadh bona fide é. Tarlaíonn go bhfuil a fhios agam faoi.

Tom flung oscailt an doras, bac amach a spás ar feadh nóiméad lena chorp tiubh, agus hurried isteach sa seomra.

"An tUasal Gatsby!" Chuir sé a lámh leathan, chothrom amach le drochmheas dea-cheilte. "Tá áthas orm tú a fheiceáil, a dhuine uasail ... Leasainm..."

"Déan deoch fhuar dúinn," adeir Nóinín.

Nuair a d'fhág sé an seomra arís d'éirigh sí agus chuaigh sí anonn go Gatsby agus tharraing sé a aghaidh síos, á phógadh ar an mbéal.

"Tá a fhios agat go bhfuil grá agam duit," murmured sí.

"Déanann tú dearmad go bhfuil bean i láthair," arsa Jordan.

D'fhéach Nóinín timpeall go amhrasach.

"Póg tú Nick freisin."

"Cad cailín íseal, vulgar!"

"Is cuma liom!" Adeir Daisy, agus thosaigh sé ag clog ar an teallach bríce. Ansin chuimhnigh sí ar an teas agus shuigh sí síos go ciontach ar an tolg díreach mar a tháinig altra úr sciúrtha i gceannas ar chailín beag isteach sa seomra.

"Bles-sed pre-cious," crooned sí, ag coinneáil amach a cuid arm. "Tar chuig do mháthair féin a bhfuil grá agat di."

An leanbh, relinquished ag an altra, rushed ar fud an tseomra agus fréamhaithe cúthail isteach gúna a máthar.

"An bles-sed réamh-cious! An bhfuair máthair púdar ar do shean-ghruaig bhuí? Seas suas anois, agus abair-How-de-do."

Chlaon Gatsby agus mé féin síos agus thóg mé an lámh bheag drogallach. Ina dhiaidh sin choinnigh sé ag féachaint ar an leanbh le hiontas. Ní dóigh liom gur chreid sé riamh go raibh sé ann roimhe seo.

"D'éirigh mé gléasta roimh lón," arsa an páiste, ag casadh go fonnmhar ar Nóinín.

"Sin toisc go raibh do mháthair ag iarraidh tú a thaispeáint." Chrom a héadan isteach i roic aonair an mhuiníl bhig bháin. "Brionglóid tú, tú. Brionglóid bheag amach is amach thú."

"Sea," a d'admhaigh an leanbh go socair. "Fuair Aintín Jordan gúna bán freisin."

"Cén chaoi a dtaitníonn cairde na máthar leat?" Chas Daisy timpeall uirthi ionas gur thug sí aghaidh ar Gatsby. "An gceapann tú go bhfuil siad go deas?"

"Cá bhfuil Daidí?"
"Níl cuma a hathar uirthi," a mhínigh Daisy. "Tá sí cosúil liomsa. Fuair sí mo chuid gruaige agus cruth an duine."

Shuigh Nóinín siar ar an tolg. Thóg an t-altra céim chun tosaigh agus choinnigh sí a lámh amach.

"Tar, a Pammy."

"Slán, a leannán!"

Le sracfhéachaint drogallach siar choinnigh an leanbh dea-smachtaithe lámh a haltra agus tarraingíodh amach an doras é, díreach mar a tháinig Tomás ar ais, roimh cheithre rickey gin a chliceáil lán le leac oighir.

Chuaigh Gatsby i mbun a dheoch.

"Is cinnte go bhfuil cuma fhionnuar orthu," a dúirt sé, le teannas infheicthe.

D'ólamar i bhfáinleoga fada, greedy.

"Léigh mé áit éigin go bhfuil an ghrian ag éirí níos teo gach bliain," a dúirt Tom go genially. "Dealraíonn sé go luath go leor an domhain ag dul chun titim isteach sa ghrian-nó fanacht nóiméad-tá sé ach an os coinne-an ghrian ag éirí níos fuaire gach bliain.

"Tar taobh amuigh," a mhol sé do Gatsby, "Ba mhaith liom go mbeadh tú ag féachaint ar an áit."

Chuaigh mé leo amach go dtí an veranda. Ar an bhFuaim ghlas, marbhánta sa teas, crawled seol beag amháin go mall i dtreo na farraige níos úire. Lean súile Gatsby é go momentarily; D'ardaigh sé a lámh agus dhírigh sé trasna an bhá.

"Tá mé díreach trasna uait."

"Mar sin, tá tú."

Ár súile lifted thar an ardaigh-leapacha agus an lawn te agus an diúltú fiailí na madra-laethanta feadh an chladaigh. Go mall bhog sciatháin bhána an bháid i gcoinne theorainn fhuar ghorm na spéire. Ahead leagan an aigéan scalloped agus na hoileáin bheannaithe abounding.

"Tá spórt ann duit," arsa Tomás, nodding. "Ba mhaith liom a bheith amuigh ansin leis ar feadh thart ar uair an chloig."

Bhí lón againn sa seomra bia-, dhorchaigh muid freisin i gcoinne an teasa, agus d'ól muid gaiety neirbhíseach leis an leann fuar.

"Cad a dhéanfaimid linn féin tráthnóna?" adeir Nóinín, "agus an lá ina dhiaidh sin, agus an chéad tríocha bliain eile?"

"Ná bí morbid," a dúirt Jordan. "Tosaíonn an saol ar fad arís nuair a éiríonn sé briosc sa titim."

"Ach tá sé chomh te," a d'áitigh Daisy, ar imeall na ndeor, "agus tá gach rud chomh mearbhall. Téimis go léir chun an bhaile!

Bhí a guth ag streachailt tríd an teas, ag bualadh ina choinne, ag múnlú a céadfaí i bhfoirmeacha.

"Chuala mé garáiste a dhéanamh as stábla," a bhí Tom ag rá le Gatsby, "ach is mise an chéad fhear a rinne stábla riamh as garáiste."

"Cé atá ag iarraidh dul chun an bhaile?" a d'éiligh Daisy go diongbháilte. Shnámh súile Gatsby ina dtreo. "Ah," adeir sí, "tá cuma chomh fionnuar ort."

Bhuail a súile, agus stán siad le chéile ar a chéile, ina n-aonar sa spás. Le hiarracht spléach sí síos ag an mbord.

"Breathnaíonn tú i gcónaí chomh fionnuar," a dúirt sí arís agus arís eile.

D'inis sí dó go raibh grá aici dó, agus chonaic Tom Buchanan. Bhí sé astounded. D'oscail a bhéal beagán, agus d'fhéach sé ar Gatsby, agus ansin ar ais ag Daisy amhail is dá mbeadh sé díreach tar éis í a aithint mar dhuine a raibh aithne aige air i bhfad ó shin.

"Tá tú cosúil le fógra an fhir," a dúirt sí go neamhurchóideach. "Tá a fhios agat fógra an fhir—"

"Ceart go leor," bhris i Tom go tapa, "Tá mé breá sásta dul go dtí an baile. Tar ar aghaidh—táimid go léir ag dul go dtí an baile mór."

D'éirigh sé, a shúile fós ag splancadh idir Gatsby agus a bhean chéile. Níor bhog éinne.

"Tar ar!" Scáinte a temper beagán. "Cad é an t-ábhar, ar aon chaoi? Má táimid ag dul chun an bhaile, tosaímis."

His hand, trembling with his effort at self-control, rug sé ar a liopaí an ceann deireanach dá ghloine leann. Fuair guth Daisy muid go dtí ár gcosa agus amach ar aghaidh go dtí an tiomáint gairbhéil blazing.

"An bhfuil muid díreach chun dul?" agóid sí. "Mar seo? Nach bhfuil muid chun ligean d'aon duine toitín a chaitheamh ar dtús?

"Chaith gach duine tobac ar fad tríd an lón."

"Ó, déanaimis spraoi," a d'impigh sí air. "Tá sé ró-the le fuss."

Níor fhreagair sé.

"Bíodh sé ar do bhealach féin," a dúirt sí. "Tar ar, an Iordáin."
Chuaigh siad suas staighre chun a bheith réidh agus sheas triúr fear ansin ag croitheadh na bpúróga te lenár gcosa. Bhí cuar airgid na gealaí le feiceáil sa spéir thiar cheana féin. Thosaigh Gatsby ag labhairt, d'athraigh sé a intinn, ach ní sular rothaigh Tom agus thug sé aghaidh air ag súil leis.

"An bhfuair tú do stáblaí anseo?" a d'fhiafraigh Gatsby le hiarracht.

"Thart ar cheathrú míle síos an bóthar."

"Ó."

Sos.

"Ní fheicim an smaoineamh dul chun an bhaile," a bhris Tom amach go brónach. "Faigheann mná na nóisin seo ina gceann—"

"An dtógfaidh muid aon rud le n-ól?" ar a dtugtar Daisy ó fhuinneog uachtarach.

"Gheobhaidh mé roinnt uisce beatha," a d'fhreagair Tomás. Chuaigh sé istigh.

D'iompaigh Gatsby chugam go docht:

"Ní féidir liom aon rud a rá ina theach, sean-spórt."

"Tá guth indiscreet aici," a dúirt mé. "Tá sé lán de—" leisce orm.

"Tá a guth lán le hairgead," a dúirt sé go tobann.

B'shin é. Níor thuig mé riamh cheana. Bhí sé lán d'airgead — ba é sin an charm inexhaustible a d'ardaigh agus a thit ann, an jingle de, an t-amhrán cymbals 'de... Go hard i bpálás bán iníon an rí, an cailín órga...

Tháinig Tom amach as an teach ag timfhilleadh buidéal ceathrún i dtuáille, agus ina dhiaidh sin bhí Daisy agus Jordan ag caitheamh hataí beaga teann d'éadach miotalach agus ag iompar capes solais thar a n-arm.

"An rachaimid go léir i mo charr?" arsa Gatsby. Bhraith sé leathar te, glas an tsuíocháin. "Ba chóir dom é a fhágáil sa scáth."

"An athrú caighdeánach é?" a d'éiligh Tomás.

"Tá."

"Bhuel, tógann tú mo coupé agus lig dom do charr a thiomáint chun an bhaile."
Bhí an moladh míshásta le Gatsby.

"Ní dóigh liom go bhfuil mórán gáis ann," a dúirt sé.

"Neart gáis," arsa Tomás go boisterously. D'fhéach sé ar an tomhsaire. "Agus má ritheann sé amach is féidir liom stopadh ag siopa drugaí. Is féidir leat aon rud a cheannach ag siopa drugaí sa lá atá inniu ann."

Lean sos an ráiteas gan dealramh seo. D'fhéach Daisy ar Tom frowning, agus léiriú indefinable, ag an am céanna cinnte unfamiliar agus vaguely aitheanta, amhail is dá mba chuala mé ach cur síos air i bhfocail, rith thar aghaidh Gatsby.

"Tar ar aghaidh, a Nóinín," arsa Tomás, agus é ag brú a láimhe i dtreo charr Gatsby. "Tógfaidh mé tú sa vaigín sorcais seo."

D'oscail sé an doras, ach bhog sí amach as ciorcal a láimhe.

"Glacann tú Nick agus Jordan. Leanfaidh muid thú sa coupé."

Shiúil sí gar do Gatsby, ag baint a cóta lena lámh.

Jordan agus Tom agus chuaigh mé isteach sa suíochán tosaigh de charr Gatsby, bhrúigh Tom na giaranna neamhchoitianta go sealadach, agus lámhaigh muid amach sa teas leatromach, rud a d'fhág as radharc iad taobh thiar de.

"An bhfaca tú é sin?" a d'éiligh Tomás.

"Féach cad é?"

D'fhéach sé orm go fonnmhar, agus thuig sé go gcaithfidh an Iordáin agus mé a bheith ar an eolas ar fad chomh maith.

"Síleann tú go bhfuil mé balbh go leor, nach bhfuil tú?" a mhol sé. "B'fhéidir go bhfuil mé, ach tá an dara radharc agam, uaireanta, a insíonn dom cad atá le déanamh. B'fhéidir nach gcreideann tú é sin, ach eolaíocht-"

Shos sé. The immediate contingency overtook him, tharraing sé siar ó imeall an duibheagáin theoiriciúil é.

"Tá imscrúdú beag déanta agam ar an gcomhluadar seo," ar seisean. "D'fhéadfainn a bheith imithe níos doimhne dá mbeadh a fhios agam—"

"An gciallaíonn tú go raibh tú ar mheán?" a d'fhiafraigh Jordan go greannmhar.

"Cad é?" Mearbhall, bhreathnaigh sé orainn agus muid ag gáire. "Meán?"

"Maidir le Gatsby."

"Maidir le Gatsby! Níl sé déanta agam. Dúirt mé go mbeinn ag déanamh imscrúdú beag ar a stair."

"Agus fuair tú amach gur fear Oxford a bhí ann," a dúirt Jordan go cabhrach.

"Fear Oxford!" Bhí sé incredulous. "Cosúil le ifreann tá sé! Caitheann sé culaith bhándearg."

"Mar sin féin is fear Oxford é."

"Oxford, Nua-Mheicsiceo," snorted Tom contemptuously, "nó rud éigin mar sin."

"Éist, a Thomáis. Má tá tú den sórt sin a snob, cén fáth ar thug tú cuireadh dó chun lóin?" D'éiligh Jordan crossly.

"Thug Nóinín cuireadh dó; bhí aithne aici air sula raibh muid pósta—tá a fhios ag Dia cá háit!

Bhí muid go léir irritable anois leis an ale fading, agus ar an eolas faoi thiomáin muid ar feadh tamaill i tost. Ansin nuair a tháinig súile fadaithe an Dochtúra T. J. Eckleburg i radharc síos an bóthar, chuimhnigh mé ar rabhadh Gatsby faoi ghásailín.

"Tá ár ndóthain againn chun muid a chur chun an bhaile," arsa Tomás.
"Ach tá garáiste anseo," a dúirt an Iordáin. "Níl mé ag iarraidh stop a chur leis an teas bácála seo."

Chaith Tom ar an dá choscán go mífhoighneach, agus shleamhnaigh muid go stad tobann dusty faoi chomhartha Wilson. Tar éis nóiméad tháinig an dílseánach as an taobh istigh dá bhunú agus gazed log-eyed ag an gcarr.

"Bíodh gás éigin againn!" adeir Tomás go garbh. "Cad a cheapann tú stop muid le haghaidh-a admire an dearcadh?"

"Tá mé tinn," arsa Wilson gan bogadh. "Bhí sé tinn an lá ar fad."

"Cad é an t-ábhar?"

"Tá mé ag rith síos ar fad."

"Bhuel, an gcabhróidh mé liom féin?" D'éiligh Tomás. "Bhí tú sách maith ar an bhfón."

Le hiarracht d'fhág Wilson scáth agus tacaíocht an dorais agus, ag análú go crua, tharraing sé caipín an umair. I solas na gréine bhí a aghaidh glas.

"Ní raibh sé i gceist agam cur isteach ar do lón," a dúirt sé. "Ach teastaíonn airgead uaim go dona, agus bhí mé ag smaoineamh ar an méid a bhí tú ag dul a dhéanamh le do sheancharr."

"Cén chaoi a dtaitníonn an ceann seo leat?" a d'fhiafraigh Tomás. "Cheannaigh mé é an tseachtain seo caite."

"Is ceann deas buí é," arsa Wilson, agus é ag brú ar an hanla.

"Ar mhaith leat é a cheannach?"

"Seans mór," aoibh Wilson faintly. "Níl, ach d'fhéadfainn roinnt airgid a dhéanamh ar an gceann eile."

"Cad chuige a bhfuil airgead uait, go tobann?"

"Tá mé anseo rófhada. Ba mhaith liom éirí as. Ba mhaith liom féin agus mo bhean chéile dul Siar."

"Déanann do bhean chéile," exclaimed Tom, geit.

"Tá sí ag caint faoi le deich mbliana." He rested for a moment against the pump, chroith sé a shúile. "Agus anois tá sí ag dul cibé an bhfuil sí ag iarraidh nó nach bhfuil. Táim chun í a fháil ar shiúl.

An coupé flashed ag dúinn le flurry deannaigh agus an splanc de lámh waving.

"Cad atá faoi chomaoin agam ort?" a d'éiligh Tomás go géar.

"D'éirigh mé críonna le rud éigin greannmhar an dá lá deireanach," arsa Wilson. "Sin an fáth go bhfuil mé ag iarraidh éirí as. Sin an fáth go raibh mé ag cur isteach ort faoin gcarr."

"Cad atá dlite agam duit?"

"Dollar fiche."

Bhí an teas beating gan staonadh ag tosú ag cur mearbhall orm agus bhí droch-nóiméad agam ansin sular thuig mé nach raibh a amhras tuirlingt ar Thomás go dtí seo. Fuair sé amach go raibh saol de chineál éigin ag Myrtle seachas é i saol eile, agus go raibh an turraing tar éis é a dhéanamh tinn go fisiciúil. Stán mé air agus ansin ag Tomás, a rinne fionnachtain chomhthreomhar níos lú ná uair an chloig roimhe sin—agus tharla sé dom nach raibh aon difríocht idir fir, i faisnéis nó cine, chomh mór leis an difríocht idir na heasláin agus an tobar. Bhí Wilson chomh tinn sin gur fhéach sé ciontach, ciontach gan choinne - amhail is dá mbeadh sé díreach tar éis cailín bocht éigin a fháil le leanbh.

"Ligfidh mé duit an carr sin a bheith agat," arsa Tomás. "Cuirfidh mé thar tráthnóna amárach é."

Bhí an ceantar sin i gcónaí doiléir go maith, fiú i nglór leathan an tráthnóna, agus anois chas mé mo cheann amhail is gur tugadh rabhadh dom faoi rud éigin taobh thiar de. Thar na carnáin fuinseoige choinnigh súile ollmhóra an Dochtúra T. J. Eckleburg a n-airdeall, ach bhraith mé, tar éis nóiméad, go raibh súile eile maidir linn le déine aisteach ó níos lú ná fiche troigh ar shiúl.

I gceann de na fuinneoga os cionn an gharáiste bhí na cuirtíní bogtha ar leataobh beagán, agus bhí Myrtle Wilson ag bualadh síos sa charr. Mar sin, bhí engrossed sí nach raibh aon chonaic a bheith faoi deara, agus mothúchán amháin i ndiaidh crept eile isteach ina aghaidh cosúil le rudaí i pictiúr ag forbairt go mall. Bhí a léiriú aisteach ar an eolas - ba léiriú é a chonaic mé go minic ar aghaidheanna na mban, ach ar aghaidh Myrtle

Wilson bhí an chuma air go raibh sé gan chuspóir agus dosháraithe go dtí gur thuig mé go raibh a súile, leathan le sceimhle éad, socraithe ní ar Tom, ach ar Jordan Baker, a ghlac sí le bheith ina bhean chéile.

Níl aon mearbhall cosúil leis an mearbhall ar intinn shimplí, agus de réir mar a thiomáin muid ar shiúl bhí Tom ag mothú fuipeanna te scaoll. Bhí a bhean chéile agus a máistreás, go dtí uair an chloig ó shin slán agus dosháraithe, ag sleamhnú go frasach óna smacht. Instinct rinne sé céim ar an luasaire leis an gcuspóir dúbailte a scoitheadh Daisy agus ag fágáil Wilson taobh thiar, agus sped muid chomh maith i dtreo Astoria ag caoga míle uair an chloig, go dtí, i measc na girders spidery an ardaithe, tháinig muid i radharc ar an coupé gorm easygoing.

"Tá na scannáin mhóra sin timpeall Fiftieth Street fionnuar," a mhol Jordan. "Is breá liom Nua-Eabhrac tráthnóna samhraidh nuair a bhíonn gach duine ar shiúl. Tá rud éigin an-chiallmhar faoi-overripe, amhail is dá mbeadh gach cineál torthaí greannmhar ag titim isteach i do lámha. "

Bhí sé d'éifeacht ag an bhfocal "sensuous" a thuilleadh disquieting Tom, ach sula bhféadfadh sé a chumadh agóid tháinig an coupé chun stad, agus Daisy comhartha dúinn a tharraingt suas in éineacht.

"Cá bhfuil muid ag dul?" adeir sí.

"Cad mar gheall ar na scannáin?"

"Tá sé chomh te," a rinne sí gearán. "Téann tú. Beidh muid ag marcaíocht timpeall agus buailfidh muid leat ina dhiaidh sin." Le hiarracht d'ardaigh a wit faintly. "Buailfimid leat ar choirnéal éigin. Beidh mé ar an bhfear a chaitheann dhá thoitín.

"Ní féidir linn argóint a dhéanamh faoi anseo," a dúirt Tom go mífhoighneach, mar thug trucail feadóg mhallaithe amach taobh thiar dínn. "Leanann tú mé go dtí an taobh ó dheas de Central Park, os comhair an Plaza."

Arís agus arís eile chas sé a cheann agus d'fhéach sé ar ais le haghaidh a gcarr, agus má chuir an trácht moill orthu mhoilligh sé suas go dtí gur tháinig siad i radharc. Sílim go raibh eagla air go ndéanfaidís dart síos taobhshráid agus as a shaol go deo.

Ach ní raibh. Agus ghlac muid go léir an chéim níos lú explicable chun dul i ngleic leis an parlús de suite san Óstán Plaza.

An argóint fhada agus tumultuous a chríochnaigh ag tréadú dúinn isteach sa seomra sin eludes dom, cé go bhfuil cuimhne fhisiciúil géar agam gur choinnigh mo chuid fo-éadaí dreapadóireachta cosúil le nathair taise timpeall mo chosa agus coirníní breac allais raced fionnuar ar fud mo dhroim. Tháinig an coincheap le moladh Daisy go bhfostóimid cúig sheomra folctha agus go dtógfaimid folcadáin fhuara, agus ansin ghlac muid foirm níos inláimhsithe mar "áit chun julep mint a bheith againn." Dúirt gach duine againn thall gur "smaoineamh craiceáilte" a bhí ann —labhair muid ar fad ag an am céanna le cléireach baffled agus shíl muid, nó lig orainn smaoineamh, go raibh muid an-ghreannmhar...

Bhí an seomra mór agus stifling, agus, cé go raibh sé cheana féin a ceathair a chlog, d'oscail na fuinneoga ach séideán de toir te ón bPáirc. Chuaigh Daisy go dtí an scáthán agus sheas sí léi ar ais chugainn, ag socrú a cuid gruaige.

"Is swell suite é," a dúirt Jordan go measúil, agus rinne gach duine gáire. "Oscail fuinneog eile," a d'ordaigh Daisy, gan casadh timpeall.

"Níl a thuilleadh ann."

"Bhuel, b'fhearr dúinn teileafón a fháil le haghaidh tua—"

"Is é an rud atá le déanamh ná dearmad a dhéanamh ar an teas," arsa Tomás go mífhoighneach. "Déanann tú é deich n-uaire níos measa ag crabbing faoi."

D'éirigh sé as an mbuidéal uisce beatha ón tuáille agus chuir sé ar an mbord é.

"Cén fáth nach ligfí di féin, an sean-spórt?" arsa Gatsby. "Is tusa an duine a bhí ag iarraidh teacht chun an bhaile."

Bhí nóiméad ciúnais ann. Shleamhnaigh an leabhar teileafóin óna ingne agus splashed go dtí an t-urlár, agus air sin dúirt Jordan, "Gabh mo leithscéal"-ach an uair seo ní dhearna aon duine gáire.

"Piocfaidh mé suas é," a thairg mé.

"Tá sé agam." Scrúdaigh Gatsby an sreangán parted, muttered "Hum!" ar bhealach suimiúil, agus tossed an leabhar ar chathaoir.

"Sin léiriú iontach de do chuid, nach ea?" arsa Tomás go géar.

"Cad é?"

"An gnó 'sean-spórt' seo ar fad. Cá bpiocfá é sin suas?"

"Anois féach anseo, a Thomáis," arsa Nóinín, ag casadh timpeall ón scáthán, "má tá tú chun ráitis phearsanta a dhéanamh ní fhanfaidh mé anseo nóiméad. Glaoigh suas agus ordú roinnt oighir le haghaidh an julep mint."

De réir mar a chuaigh Tomás i mbun an ghlacadóra phléasc an teas comhbhrúite isteach sa bhfuaim agus bhíomar ag éisteacht le cordaí portentous Mhárta Bainise Mendelssohn ón mbálseomra thíos.

"Samhlaigh pósadh aon duine sa teas seo!" Adeir Jordan dismally.

"Fós—bhí mé pósta i lár mhí an Mheithimh," a chuimhnigh Daisy. "Louisville i mí an Mheithimh! Chuir duine éigin lagmhisneach air. Cé a bhí fainted sé, Tom? "

"Biloxi," a d'fhreagair sé go gairid.

"Fear darb ainm Biloxi. ' Bloic 'Biloxi, agus rinne sé boscaí - is fíric é sin - agus bhí sé ó Biloxi, Tennessee.

"Rinne siad é isteach i mo theach," arsa Jordan, "toisc nach raibh cónaí orainn ach dhá dhoras ón séipéal. Agus d'fhan sé trí seachtaine, go dtí go ndúirt Daidí leis go gcaithfeadh sé dul amach. An lá tar éis dó Daidí a fhágáil fuair sé bás. Tar éis nóiméad dúirt sí amhail is dá bhféadfadh sí a bheith sounded irreverent, "Ní raibh aon nasc."

"Bhíodh a fhios agam Bille Biloxi ó Memphis," a dúirt mé.

"Ba chol ceathrair leis é sin. Bhí stair a mhuintire ar fad ar eolas agam sular imigh sé. Thug sé putter alúmanaim dom a úsáidim inniu.

Bhí an ceol a fuair bás síos mar a thosaigh an searmanas agus anois cheer fada floated i ag an fhuinneog, ina dhiaidh sin cries breac de "yes-ea-ea!" agus ar deireadh ag pléasctha snagcheol mar a thosaigh an damhsa.

"Táimid ag dul in aois," arsa Nóinín. "Dá mbeadh muid óg d'éireodh muid agus bheadh muid ag damhsa."

"Cuimhnigh ar Biloxi," thug Jordan rabhadh di. "Cá mbeadh aithne agat air, a Thomáis?"

"Biloxi?" Dhírigh sé le hiarracht. "Ní raibh aithne agam air. Cara le Daisy a bhí ann."

"Ní raibh sé," shéan sí. "Ní fhaca mé riamh cheana é. Tháinig sé anuas sa charr príobháideach.

"Bhuel, dúirt sé go raibh aithne aige ort. Dúirt sé gur tógadh i Louisville é. Thug Asa Bird timpeall é ag an nóiméad deireanach agus d'fhiafraigh sé an raibh seomra againn dó.

Rinne Jordan aoibh.

"Is dócha go raibh sé ag bumming a bhealach abhaile. Dúirt sé liom go raibh sé ina uachtarán ar do rang ag Yale.

D'fhéach Tomás agus mé ar a chéile go bán.

"Biloxi?"

"An chéad áit, ní raibh uachtarán ar bith againn—"

Bhuail cos Gatsby tatú gearr, suaimhneach agus bhreathnaigh Tom air go tobann.

"Dála an scéil, an tUasal Gatsby, tuigim gur fear Oxford tú."

"Ní go díreach."

"Ó, sea, tuigim go ndeachaigh tú go Oxford."

"Sea—chuaigh mé ann."

Sos. Ansin guth Tom, incredulous agus insulting:

"Caithfidh go ndeachaigh tú ann faoin am a ndeachaigh Biloxi go New Haven."

Sos eile. Bhuail freastalaí agus tháinig sé isteach le miontas brúite agus oighear ach bhí an tost gan bhriseadh ag a "go raibh maith agat" agus dúnadh bog an dorais. Bhí an mionsonra ollmhór seo le glanadh suas faoi dheireadh.

"Dúirt mé leat go ndeachaigh mé ann," arsa Gatsby.

"Chuala mé tú, ach ba mhaith liom a fháil amach cathain."

"Bhí sé i naoi mbliana déag d'aois, níor fhan mé ach cúig mhí. Sin an fáth nach féidir liom fear Oxford a thabhairt orm féin i ndáiríre.

D'amharc Tomás thart féachaint an raibh scáthán againn ar a unbelief. Ach bhíomar go léir ag féachaint ar Gatsby.

"Deis a bhí ann a thug siad do chuid de na hoifigigh i ndiaidh an tsosa cogaidh," ar seisean. "D'fhéadfaimis dul chuig aon cheann de na hollscoileanna i Sasana nó sa Fhrainc."

Bhí mé ag iarraidh éirí agus slap a dhéanamh air ar chúl. Bhí ceann de na hathnuachana sin de chreideamh iomlán agam ann a raibh taithí agam air roimhe seo.
D'ardaigh Daisy, miongháire faintly, agus chuaigh sé go dtí an tábla.

"Oscail an t-uisce beatha, a Thomáis," a d'ordaigh sí, "agus déanfaidh mé miontas duit. Ansin ní bheidh tú cosúil chomh dúr leat féin ... Féach ar an miontas!

"Fan nóiméad," arsa Tom, "Ba mhaith liom ceist amháin eile a chur ar an Uasal Gatsby."

"Téigh ar aghaidh," a dúirt Gatsby go béasach.

"Cén sórt as a chéile atá tú ag iarraidh a chur faoi deara i mo theach ar aon chaoi?"

Bhí siad amuigh faoin spéir faoi dheireadh agus bhí Gatsby sásta.

"Níl sé ag cruthú as a chéile," d'fhéach Daisy go géar ó cheann go ceann eile. "Tá tú ag cruthú as a chéile. Bíodh beagán féinrialaithe agat le do thoil.

"Féin-rialú!" Arís agus arís eile Tom incredulously. "Is dócha gurb é an rud is déanaí ná suí siar agus ligean don Uasal Aon duine ó Nowhere grá a dhéanamh do do bhean chéile. Bhuel, más é sin an smaoineamh is féidir leat mé a chomhaireamh amach ... Sa lá atá inniu ann tosaíonn daoine ag sraothartach i saol an teaghlaigh agus in institiúidí teaghlaigh, agus ina dhiaidh sin caithfidh siad gach rud thar bord agus beidh idirphósadh acu idir dubh agus bán."

Flushed lena gibberish impassioned, chonaic sé é féin ina sheasamh ina n-aonar ar an bhac deireanach na sibhialtachta.

"Táimid go léir bán anseo," murmured Jordan.

"Tá a fhios agam nach bhfuil an-tóir orm. Ní thugaim cóisirí móra. Is dócha go bhfuil tú a dhéanamh do theach isteach i muca d'fhonn go mbeadh aon chairde-sa saol nua-aimseartha. "

Feargach mar a bhí mé, mar a bhí againn go léir, bhí cathú orm gáire a dhéanamh aon uair a d'oscail sé a bhéal. Bhí an t-aistriú ón tsaoirse go dtí an prig chomh hiomlán sin.

"Tá rud éigin le rá agam *leat*, sean-spórt—" a thosaigh Gatsby. Ach thug Daisy buille faoi thuairim ar a intinn.

"Ná déan!" a chuir sí isteach gan chabhair. "Le do thoil a ligean ar fad dul abhaile. Cén fáth nach dtéann muid ar fad abhaile?

"Sin smaoineamh maith," a d'éirigh mé. "Tar isteach, a Thomáis. Níl aon duine ag iarraidh deoch."

"Ba mhaith liom a fháil amach cad a chaithfidh an tUasal Gatsby a insint dom."

"Níl grá ag do bhean chéile duit," arsa Gatsby. "Ní raibh grá aici duit riamh. Tá grá aici dom.

"Caithfidh tú a bheith craiceáilte!" arsa Tomás go huathoibríoch.

Gatsby sprang to his feet, beoga le sceitimíní.

"Ní raibh grá aici duit riamh, an gcloiseann tú?" adeir sé. "Níor phós sí ach tú toisc go raibh mé bocht agus bhí sí tuirseach ag fanacht liom. Botún uafásach a bhí ann, ach ina croí ní raibh grá aici d'aon duine ach amháin mise!"

Ag an bpointe seo rinne Jordan agus mé iarracht dul, ach d'áitigh Tom agus Gatsby le daingne iomaíoch go bhfanfaimis-amhail is nach raibh aon rud le ceilt ag ceachtar acu agus gur pribhléid a bheadh ann a gcuid mothúchán a scaradh go fíochmhar.

"Suigh síos, a Nóinín," a dúirt guth Tom nár éirigh leis an nóta paternal. "Cad atá ar siúl? Ba mhaith liom gach rud a chloisteáil faoi.
"Dúirt mé leat cad atá ar siúl," arsa Gatsby. "Ag dul ar aghaidh ar feadh cúig bliana—agus ní raibh a fhios agat."

D'iompaigh Tom go géar ar Nóinín.

"Tá tú ag féachaint ar an gcomhluadar seo le cúig bliana?"

"Ní fhaca," arsa Gatsby. "Níl, ní raibh muid in ann bualadh le chéile. Ach bhí grá ag an mbeirt againn dá chéile an t-am sin, an sean-spórt, agus ní raibh a fhios agat. Ba ghnách liom gáire a dhéanamh uaireanta"—ach ní raibh gáire ar bith ina shúile—"to think that you didn't know."

"Ó—sin uile." Bhuail Tomás a mhéara tiubha le chéile mar a bheadh cléireach ann agus chrom sé siar ina chathaoir.

"Tá tú craiceáilte!" phléasc sé. "Ní féidir liom labhairt faoin méid a tharla cúig bliana ó shin, mar ní raibh aithne agam ar Daisy ansin-agus beidh mé damnaithe má fheicim conas a fuair tú laistigh de mhíle di mura dtabharfaidh tú na grósaera go dtí an doras cúil. Ach an chuid eile de sin bréag damanta Dia. Bhí grá ag Daisy dom nuair a phós sí mé agus tá grá aici dom anois.
"Níl," arsa Gatsby, ag croitheadh a chinn.

"Déanann sí, áfach. Is í an trioblóid ná go bhfaigheann sí smaointe amaideach ina ceann uaireanta agus nach bhfuil a fhios aici cad atá á dhéanamh aici." Chlaon sé go brónach. "Agus cad atá níos mó, is breá liom Daisy freisin. Uair amháin i gceann tamaill téim amach ar spree agus déanaim amadán díom féin, ach tagaim ar ais i gcónaí, agus i mo chroí is breá liom í an t-am ar fad.

"Tá tú ag éirí aníos," arsa Nóinín. Chas sí chugam, agus a guth, ag titim ochtach níos ísle, líon sí an seomra le scorn corraitheach: "An bhfuil a fhios agat cén fáth ar fhág muid Chicago? Cuireann sé iontas orm nár chaith siad leat le scéal an spree bhig sin.

Shiúil Gatsby anonn agus sheas sé in aice léi.

"Daisy, tá sé sin ar fad thart anois," a dúirt sé go dícheallach. "Is cuma níos mó. Just a insint dó an fhírinne-go bhfuil tú riamh grá dó-agus tá sé go léir wiped amach go deo. "

D'fhéach sí air go dall. "Cén fáth-conas a d'fhéadfainn grá a thabhairt dó-b'fhéidir?"

"Ní raibh grá agat dó riamh."

Bhí leisce uirthi. Thit a súile ar an Iordáin agus ormsa le saghas achomhairc, amhail is gur thuig sí ar deireadh cad a bhí á dhéanamh aici - agus amhail is nach raibh sé i gceist aici riamh, ar chor ar bith, aon rud a dhéanamh ar chor ar bith. Ach rinneadh anois é. Bhí sé ródhéanach.

"Ní raibh grá agam dó riamh," a dúirt sí, le drogall perceptible.

"Ní ag Kapiolani?" D'éiligh Tom go tobann.

"Níl."

Ón mbálseomra faoi bhun, bhí cordaí muffled agus suffocating ag sileadh suas ar thonnta te aeir.

"Nach an lá sin a rinne mé tú síos ón Punch Bowl chun do bhróga a choinneáil tirim?" Bhí tenderness husky ina ton ... "Nóinín?"

"Ná déan." Bhí a guth fuar, ach bhí an rancour imithe as. D'fhéach sí ar Gatsby. "Tá, Jay," a dúirt sí - ach bhí a lámh agus í ag iarraidh toitín a lasadh ag crith. Go tobann chaith sí an toitín agus an cluiche dóite ar an gcairpéad.

"Ó, ba mhaith leat an iomarca!" Adeir sí go Gatsby. "Is breá liom tú anois-nach leor sin? Ní féidir liom cabhrú leis an méid atá caite. Thosaigh sí ag sob gan chabhair. "Bhí grá agam dó uair amháin-ach bhí grá agam duit freisin."

D'oscail agus dhún súile Gatsby.

"Bhí grá agat dom *freisin*?" a dúirt sé arís agus arís eile.

"Fiú gur bréag é sin," arsa Tomás go brónach. "Ní raibh a fhios aici go raibh tú beo. Cén fáth-tá rudaí idir Daisy agus mise nach mbeidh a fhios agat go deo, rudaí nach féidir le ceachtar againn dearmad a dhéanamh orthu riamh.

Ba chosúil go raibh greim fisiciúil ag na focail ar Gatsby.

"Ba mhaith liom labhairt le Daisy ina n-aonar," a d'áitigh sé. "Tá sí ar bís ar fad anois—"

"Fiú amháin i m'aonar ní féidir liom a rá nach raibh grá agam riamh do Tom," a d'admhaigh sí i nguth truamhéalach. "Ní bheadh sé fíor."

"Ar ndóigh ní bheadh," a d'aontaigh Tomás.

Chas sí ar a fear céile.

"Amhail is dá mba cuma leat," a dúirt sí.

"Ar ndóigh, tá tábhacht leis. Táim chun aire níos fearr a thabhairt duit as seo amach.

"Ní thuigeann tú," arsa Gatsby, le scaoll. "Níl tú chun aire a thabhairt di níos mó."

"Níl mé?" D'oscail Tomás a shúile leathan agus rinne sé gáire. D'fhéadfadh sé é féin a smachtú anois. "Cén fáth go bhfuil?"

"Tá Nóinín ag imeacht uait."

"Nonsense."

"Tá mé, áfach," a dúirt sí le hiarracht infheicthe.

"Níl sí ag imeacht uaim!" Chlaon focail Tom síos go tobann thar Gatsby. "Cinnte ní le haghaidh swindler coitianta a bheadh a ghoid an fáinne a chuir sé ar a mhéar."

"Ní sheasfaidh mé é seo!" adeir Daisy. "Ó, le do thoil a ligean ar a fháil amach."

"Cé tusa, pé scéal é?" arsa Tomás. "Tá tú ar cheann de na bunch sin a chrochann timpeall le Meyer Wolfshiem - an méid sin a tharlaíonn dom a fhios. Tá imscrúdú beag déanta agam ar do ghnóthaí—agus déanfaidh mé níos faide amárach é."

"Is féidir leat tú féin a oireann faoi sin, sean-spórt," a dúirt Gatsby go seasta.

"Fuair mé amach cad iad na 'drugstores' a bhí agat." Chas sé linn agus labhair sé go gasta. "Cheannaigh sé féin agus an Wolfshiem seo a lán siopaí drugaí taobhshráide anseo agus i Chicago agus dhíol siad alcól gráin thar an gcuntar. Sin ceann de na cleasanna beaga atá aige. Phioc mé é le haghaidh bootlegger an chéad uair a chonaic mé é, agus ní raibh mé i bhfad mícheart.

"Cad mar gheall air?" arsa Gatsby go béasach. "Buille faoi thuairim mé nach raibh do chara Walter Chase róbhródúil teacht isteach air."

"Agus d'fhág tú sa lurch é, nach raibh? Lig tú dó dul chun príosúin ar feadh míosa thall i New Jersey. A Dhia! Ba chóir duit Walter a chloisteáil ar an ábhar agat.

"Tháinig sé chugainn bhris marbh. Bhí sé an-sásta roinnt airgid, seanspórt, a phiocadh suas."

"Nach dtugann tú 'sean-spórt' orm!" adeir Tomás. Ní dúirt Gatsby faic. "D'fhéadfadh Walter tú a bheith suas ar na dlíthe gealltóireachta freisin, ach chuir Wolfshiem eagla air a bhéal a dhúnadh."

Bhí an cuma neamhchoitianta sin fós ar ais arís in aghaidh Gatsby.
"Ní raibh sa ghnó drugstore sin ach athrú beag," arsa Tom go mall, "ach tá rud éigin agat anois go bhfuil eagla ar Walter a insint dom faoi."

Thug mé spléachadh ar Daisy, a bhí ag stánadh faitíos idir Gatsby agus a fear céile, agus ag Jordan, a bhí tosaithe ar rud dofheicthe ach ionsúite a chothromú ar bharr a smig. Ansin chas mé ar ais go Gatsby-agus baineadh geit as ag a léiriú. D'fhéach sé-agus tá sé seo sin i ngach díspeagadh as an clúmhilleadh babbled a ghairdín-amhail is dá mbeadh sé "mharaigh fear." Ar feadh nóiméad d'fhéadfaí cur síos a dhéanamh ar shraith a aghaidh ar an mbealach iontach sin.

Rith sé, agus thosaigh sé ag labhairt go corraitheach le Daisy, ag séanadh gach rud, ag cosaint a ainm i gcoinne líomhaintí nach raibh déanta. Ach le gach focal a bhí sí ag tarraingt níos faide agus níos faide isteach í féin, mar sin thug sé sin suas, agus níor throid ach an aisling marbh ar mar a shleamhnaigh an tráthnóna ar shiúl, ag iarraidh teagmháil a dhéanamh leis an méid a bhí inláimhsithe a thuilleadh, ag streachailt go unhappily, undespairingly, i dtreo an guth caillte ar fud an tseomra.

D'impigh an guth arís le dul.

"*Le do thoil*, a Thomáis! Ní féidir liom é seo a sheasamh níos mó."

Dúirt a súile scanraithe gur cinnte go raibh cibé rún, cibé misneach a bhí aici, imithe.

"Tosaíonn tú beirt sa bhaile, a Nóinín," arsa Tomás. "I gcarr an Uasail Gatsby."

D'fhéach sí ar Tomás, scanraithe anois, ach d'áitigh sé le scorn magnanimous.

"Téigh ar aghaidh. Ní chuirfidh sé as duit. Sílim go dtuigeann sé go bhfuil deireadh lena suirí beag réamhdhéanta.

Bhí siad imithe, gan focal, snapped amach, a rinneadh de thaisme, scoite amach, cosúil le taibhsí, fiú as ár trua.

Tar éis nóiméad d'éirigh Tomás agus thosaigh sé ag timfhilleadh an bhuidéil uisce beatha gan oscailt sa tuáille.

"Ar mhaith leat aon cheann de na rudaí seo? An Iordáin?... Leasainm?"

Níor fhreagair mé.

"Nick?" D'iarr sé arís.

"Cad é?"

"Ar mhaith leat aon?"

"Níl... Chuimhnigh mé ar mo bhreithlá inniu.

Bhí mé tríocha bliain d'aois. Sular shín mé an bóthar portentous, menacing de deich mbliana nua.

Bhí sé a seacht a chlog nuair a chuaigh muid isteach sa coupé leis agus thosaigh muid ar an Oileán Fada. Labhair Tom go neamhbhalbh, ag maslú agus ag gáire, ach bhí a ghuth chomh cianda ón Iordáin agus mise mar an clamour eachtrach ar an sidewalk nó an fothram an lasnairde ardaithe. Tá a theorainneacha ag comhbhrón an duine, agus bhíomar sásta ligean dá n-argóintí tragóideacha go léir dul i léig le soilse na cathrach taobh thiar de. Tríocha—gealltanas deich mbliana d'uaignas, liosta tanaithe d'fhir shingil a fhios, mála cáipéisí tanaithe díograise, gruaig tanaithe. Ach bhí Jordan in aice liom, a bhí, murab ionann agus Daisy, róchríonna riamh chun aislingí dea-dhearmadta a iompar ó aois go haois. Agus muid ag dul thar an droichead dorcha thit a héadan eala go leisciúil i gcoinne ghualainn mo chóta agus fuair stróc formidable tríocha bás ar shiúl le brú dearfach a láimhe.

Mar sin, thiomáin muid ar aghaidh i dtreo an bháis tríd an Twilight fuaraithe.

Ba é an Gréagach óg, Michaelis, a bhí i mbun an chaife in aice leis na carnáin fuinseoige an príomhfhinné ag an ionchoisne. Chodail sé tríd an teas go dtí tar éis a cúig, nuair a shiúil sé anonn go dtí an garáiste, agus fuair sé George Wilson tinn ina oifig - i ndáiríre tinn, pale mar a chuid gruaige pale féin agus croitheadh ar fud. Mhol Michaelis dó dul a luí, ach dhiúltaigh Wilson, ag rá go gcaillfeadh sé go leor gnó dá ndéanfadh sé. Nuair a bhí a chomharsa ag iarraidh a chur ina luí air bhris raicéad foréigneach amach os a chionn.

"Tá mo bhean chéile faoi ghlas ansin," a mhínigh Wilson go socair. "Tá sí chun fanacht ann go dtí an lá tar éis an lae amárach, agus ansin táimid chun bogadh ar shiúl."

Bhí iontas ar Mhicheál; bhí siad ina gcomharsana ar feadh ceithre bliana, agus ní raibh an chuma ar Wilson riamh go raibh sé in ann a leithéid de ráiteas a dhéanamh. Go ginearálta bhí sé ar dhuine de na fir caite amach seo: nuair nach raibh sé ag obair, shuigh sé ar chathaoir sa doras agus stán sé ar na daoine agus ar na gluaisteáin a rith feadh an bhóthair. Nuair a labhair duine ar bith leis rinne sé gáire i gcónaí ar bhealach comhaontaithe, gan dath. Fear a mhná céile a bhí ann agus ní leis féin é.

Mar sin, ar ndóigh, rinne Michaelis iarracht a fháil amach cad a tharla, ach ní déarfadh Wilson focal - ina ionad sin thosaigh sé ag caitheamh sracfhéachaint aisteach, amhrasach ar a chuairteoir agus ag fiafraí de cad a bhí á dhéanamh aige ag amanna áirithe ar laethanta áirithe. Díreach mar a bhí an dara ceann ag éirí míshuaimhneach, tháinig roinnt oibrithe thar an doras ag triall ar a bhialann, agus thapaigh Michaelis an deis éirí as, agus é ar intinn aige teacht ar ais níos déanaí. Ach ní raibh. He supposed he forgot to, sin uile. Nuair a tháinig sé taobh amuigh arís, beagán tar éis a seacht, cuireadh i gcuimhne dó an comhrá toisc gur chuala sé guth Mrs Wilson, os ard agus scolding, thíos staighre sa gharáiste.

"Buille dom!" Chuala sé í caoin. "Caith síos mé agus buail mé, tú coward beag salach!"

Nóiméad ina dhiaidh sin rushed sí amach ar an dusk, waving a lámha agus shouting-sula bhféadfadh sé bogadh as a dhoras a bhí an gnó os a chionn.

Níor stop an "carr báis" mar a thug na nuachtáin air; Tháinig sé amach as an dorchadas a bhailiú, wavered tragically ar feadh nóiméad, agus ansin imithe ar fud an Bend eile. Ní raibh Mavro Michaelis cinnte fiú faoina dhath—dúirt sé leis an gcéad phóilín go raibh sé glas éadrom. Tháinig an carr eile, an ceann a bhí ag dul i dtreo Nua-Eabhrac, chun sosa céad slat ina dhiaidh sin, agus chuaigh a tiománaí ar ais go dtí an áit a raibh Myrtle Wilson, a saol múchta go foréigneach, cniotáilte sa bhóthar agus mingled a fuil tiubh dorcha leis an deannach.

Shroich Michaelis agus an fear seo í ar dtús, ach nuair a bhí stróicthe acu a léine a oscailt, fós taise le perspiration, chonaic siad go raibh a cíoch chlé ag luascadh scaoilte mar a bheadh flap ann, agus ní raibh aon ghá éisteacht leis an gcroí faoi bhun. Bhí an béal leathan oscailte agus sracadh beagán ag na coirnéil, amhail is go raibh sí tar éis beagán a thachtadh chun an bheocht ollmhór a bhí stóráilte aici chomh fada sin a thabhairt suas.

Chonaic muid an triúr nó an ceathrar gluaisteán agus an slua nuair a bhí muid fós achar éigin ar shiúl.

"Raic!" arsa Tomás. "Tá go maith. Beidh gnó beag ag Wilson faoi dheireadh.

Mhoilligh sé síos, ach fós gan aon rún stopadh, go dtí, mar a tháinig muid níos gaire, an hushed, aghaidheanna intinne na ndaoine ag doras an gharáiste a rinne sé a chur go huathoibríoch ar na coscáin.

"Féachfaimid," a dúirt sé go amhrasach, "ach féach."

Tháinig mé ar an eolas anois faoi fhuaim log, wailing a d'eisigh incessantly as an gharáiste, fuaim a mar a fuair muid amach as an coupé agus shiúil i dtreo an doras réiteach féin isteach na focail "Ó, mo Dhia!" Uttered thar agus os a chionn i moan gasping.

"Tá drochthrioblóid anseo," arsa Tomás go corraitheach.

Shroich sé suas ar tiptoes agus peered thar ciorcal de chinn isteach sa gharáiste, a bhí lit ach amháin ag solas buí i lasnairde ciseán miotail luascadh. Ansin rinne sé fuaim ghéar ina scornach, agus le gluaiseacht thrusting foréigneach a airm chumhachtach bhrúigh a bhealach a dhéanamh tríd.

Dhún an ciorcal suas arís le murmur reatha de expostulation; bhí sé nóiméad sula raibh mé in ann aon rud a fheiceáil ar chor ar bith. Ansin deranged arrivals nua an líne, agus Jordan agus bhí mé bhrú go tobann taobh istigh.

Bhí corp Myrtle Wilson, fillte i mblaincéad, agus ansin i mblaincéad eile, amhail is gur fhulaing sí fuarú san oíche the, leagan ar worktable ag an mballa, agus Tom, lena ais chugainn, bhí lúbthachta os a chionn, motionless. In aice leis sheas póilín gluaisrothar ag cur síos ainmneacha le go leor allais agus ceartúcháin i leabhar beag. Ar dtús ní raibh mé in ann teacht ar fhoinse na bhfocal ard, groaning a macalla clamorously tríd an gharáiste lom - ansin chonaic mé Wilson ina sheasamh ar thairseach ardaithe a oifige, ag luascadh anonn is anall agus ag coinneáil ar na doirse leis an dá lámh. Bhí fear éigin ag caint leis i nguth íseal agus ag iarraidh, ó am go ham, lámh a leagan ar a ghualainn, ach níor chuala Wilson ná ní fhaca sé. Bheadh a shúile titim go mall as an solas luascadh go dtí an tábla ualaithe ag an mballa, agus ansin jerk ar ais go dtí an solas arís, agus thug sé amach incessantly a ghlaoch ard, Uafásach:

"Ó, mo Ga-od! Ó, mo Ga-od! Ó, Ga-od! Ó, mo Ga-od!

Faoi láthair thóg Tom a cheann le jerk agus, tar éis dó stánadh timpeall an gharáiste le súile gloinithe, thug sé aghaidh ar ráiteas neamhbhalbh mumbled leis an bpóilín.

"*M-a-v–*" a bhí an póilín ag rá, "*–o–*"

"Níl, *r-*" ceartaigh an fear, "M-a-v-r-o-"

"Éist liom!" arsa Tomás go fíochmhar.

"*R–*" arsa an póilín, "*O–*"

"*g–*"

"*g–*" D'fhéach sé suas mar a thit lámh leathan Tom go géar ar a ghualainn. "Cad ba mhaith leat, fella?"

"Cad a tharla?-sin an rud ba mhaith liom a fháil amach."

"Bhuail Auto í. Ins'antly maraíodh.

"Maraíodh láithreach," arís agus arís eile Tom, ag stánadh.

"Rith sí amach ar an mbóthar. Níor stop mac-de-a-bitch carr fiú.

"Bhí dhá charr ann," arsa Michaelis, "comin amháin', goin amháin', féach?"

"Ag dul san áit?" a d'fhiafraigh an póilín go fonnmhar.

"Goin amháin 'gach bealach. Bhuel, d'ardaigh sí "—d'ardaigh a lámh i dtreo na blaincéad ach stop sé leath bealaigh agus thit sé ar a thaobh—"rith sí amach ansin 'an comin amháin' ó N'York cnag ceart isteach inti, goin 'tríocha nó daichead míle san uair."

"Cén t-ainm atá ar an áit seo anseo?" a d'éiligh an t-oifigeach.

"Ní bhfuair sé aon ainm."

Sheas negro pale dea-chóirithe in aice.

"Carr buí a bhí ann," a dúirt sé, "carr mór buí. Nua."

"Féach an timpiste?" A d'fhiafraigh an póilín.

"Níl, ach rith an carr liom síos an bóthar, ag dul níos tapúla'n daichead. Ag dul caoga, seasca."

"Tar anseo agus déanaimis d'ainm. Féach amach anois. Ba mhaith liom a ainm a fháil.

Caithfidh gur shroich roinnt focal den chomhrá seo Wilson, ag luascadh i ndoras na hoifige, le haghaidh téama nua a fuarthas go tobann i measc a chuid cries grasping:

"Ní gá duit a rá liom cén cineál carr a bhí ann! Tá a fhios agam cén cineál carr a bhí ann!

Ag breathnú ar Tom, chonaic mé an wad de muscle ar ais ar a ghualainn tighten faoina chóta. Shiúil sé go tapa anonn go Wilson agus, ina sheasamh os a chomhair, ghabh na hairm uachtaracha é go daingean.

"Caithfidh tú tú féin a tharraingt le chéile," a dúirt sé le gruffness soothing.

Thit súile Wilson ar Thomás; thosaigh sé suas ar a tiptoes agus ansin bheadh thit sé ar a ghlúine murach gur choinnigh Tomás ina sheasamh é.

"Éist," arsa Tomás, ag croitheadh beagán air. "Fuair mé anseo nóiméad ó shin, ó Nua-Eabhrac. Bhí mé ag tabhairt an coupé sin duit a raibh muid ag caint faoi. Ní liomsa an carr buí sin a bhí á thiomáint agam tráthnóna—an gcloiseann tú? Ní fhaca mé tráthnóna ar fad é.

Ní raibh ach an negro agus mé gar go leor chun an méid a dúirt sé a chloisteáil, ach ghabh an póilín rud éigin sa ton agus d'fhéach sé anonn le súile truculent.

"Cad é sin ar fad?" a d'éiligh sé.

"Is cara dá chuid mé." Chas Tom a cheann ach choinnigh sé a lámha daingean ar chorp Wilson. "Deir sé go bhfuil aithne aige ar an gcarr a rinne é... Carr buí a bhí ann."

Bhog roinnt impulse dim an póilín chun breathnú amhrasach ar Tom.

"Agus cén dath atá ar do charr?"

"Carr gorm atá ann, coupé."

"Táimid tagtha díreach ó Nua-Eabhrac," a dúirt mé.

Dheimhnigh duine éigin a bhí ag tiomáint beagáinín taobh thiar dínn é seo, agus d'iompaigh an póilín ar shiúl.

"Anois, má ligfidh tú dom an t-ainm sin a bheith ceart arís—"

Ag piocadh suas Wilson cosúil le doll, thug Tom isteach san oifig é, leag sé síos i gcathaoir é, agus tháinig sé ar ais.

"Má thagann duine éigin anseo agus suífidh sé leis," ar seisean go húdarásach. Bhreathnaigh sé agus an bheirt fhear ina seasamh is gaire spléachadh ar a chéile agus chuaigh siad go neamhthoilteanach isteach sa seomra. Ansin dhún Tomás an doras orthu agus tháinig sé anuas an t-aon chéim amháin, a shúile ag seachaint an bhoird. Mar a rith sé gar dom dúirt sé: "A ligean ar a fháil amach."

Féin-chomhfhiosach, agus a airm údarásacha ag briseadh an bhealaigh, bhrúigh muid tríd an slua a bhí fós ag bailiú, ag dul thar dhochtúir hurried, cás ar láimh, a bhí seolta le haghaidh i dóchas fiáin leath uair an chloig ó shin.

Thiomáin Tomás go mall go dtí go rabhamar níos faide ná an lúb—ansin tháinig a chos anuas go crua, agus rith an coupé tríd an oíche. I gceann tamaillín chuala mé sob íseal husky, agus chonaic mé go raibh na deora ag cur thar maoil síos a aghaidh.

"An Dia damned coward!" whimpered sé. "Níor stop sé a charr fiú."

Shnámh teach na Buchanans go tobann inár dtreo trí na crainn dhorcha mheirgeacha. Stop Tom in aice leis an bpóirse agus d'fhéach sé suas ar an dara hurlár, áit a raibh dhá fhuinneog faoi bhláth le solas i measc na bhfíniúnacha.

"Baile Nóinín," a dúirt sé. Nuair a d'éirigh muid as an gcarr d'amharc sé orm agus frowned beagán.

"Ba chóir dom a bheith thit tú i West Egg, Nick. Níl aon rud gur féidir linn a dhéanamh anocht."

Bhí athrú tagtha air, agus labhair sé go huafásach, agus le cinneadh. Agus muid ag siúl trasna gairbhéal sholas na gealaí go dtí an póirse chuir sé an scéal de láimh i gcúpla frása briosc.

"Cuirfidh mé glaoch teileafóin ar thacsaí chun tú a thabhairt abhaile, agus cé go bhfuil tú ag fanacht leat féin agus leis an Iordáin is fearr dul sa chistin agus gheobhaidh tú suipéar éigin duit - más mian leat aon cheann." D'oscail sé an doras. "Tar isteach."

"Níl, go raibh maith agat. Ach bheinn sásta dá n-ordófá an tacsaí dom. Fanfaidh mé taobh amuigh.

Chuir Jordan a lámh ar mo lámh.

"Nach dtiocfaidh tú isteach, a Nick?"

"Níl, go raibh maith agat."

Bhí mé ag mothú beagáinín tinn agus theastaigh uaim a bheith i m'aonar. Ach lingered Jordan ar feadh nóiméad níos mó.

"Níl sé ach leathuair tar éis a naoi," a dúirt sí.

Bheinn damnaithe dá rachainn isteach; Ba mhaith liom go raibh go leor acu ar fad ar feadh lá amháin, agus go tobann bhí an Iordáin san áireamh freisin. Caithfidh go bhfaca sí rud éigin de seo i mo léiriú, mar d'iompaigh sí go tobann ar shiúl agus rith sí suas na céimeanna póirse isteach sa teach.

Shuigh mé síos ar feadh cúpla nóiméad le mo cheann i mo lámha, go dtí gur chuala mé an fón tógtha suas istigh agus guth an bhuitléara ag glaoch tacsaí. Ansin shiúil mé go mall síos an tiomáint ar shiúl ón teach, agus é ar intinn agam fanacht ag an ngeata.

Ní raibh mé imithe fiche slat nuair a chuala mé m'ainm agus d'éirigh Gatsby as idir dhá sceach isteach sa chosán. Caithfidh gur mhothaigh mé aisteach go leor faoin am sin, mar ní raibh mé in ann smaoineamh ar rud ar bith ach amháin luminosity a chulaith bándearg faoin ngealach.

"Cad atá á dhéanamh agat?" D'fhiosraigh mé.

"Just standing here, sean-spórt."

Ar bhealach, ba chosúil gur slí bheatha suarach a bhí ann. Do bhí a fhios agam go léir go raibh sé chun an teach a robáil i nóiméad; Ní bheadh iontas orm aghaidheanna sinister a fheiceáil, aghaidheanna "muintir Wolfshiem," taobh thiar dó sa tor dorcha.

"An bhfaca tú aon trioblóid ar an mbóthar?" a d'fhiafraigh sé tar éis nóiméad.

"Tá."

Bhí leisce air.

"Ar maraíodh í?"

"Tá."

"Shíl mé mar sin; Dúirt mé le Daisy gur shíl mé amhlaidh. Tá sé níos fearr gur chóir go dtiocfadh an turraing ar fad ag an am céanna. Sheas sí go maith é.

Labhair sé amhail is dá mba é imoibriú Daisy an t-aon rud a bhí i gceist. "Chuaigh mé go West Egg le taobhbhóthar," ar seisean, "agus d'fhág mé an carr i mo gharáiste. Ní dóigh liom go bhfaca aon duine muid, ach ar ndóigh ní féidir liom a bheith cinnte.

Thaitin sé chomh mór sin liom faoin am seo nár ghá dom a rá leis go raibh sé mícheart.

"Cérbh í an bhean?" a d'fhiafraigh sé.

"Wilson an t-ainm a bhí uirthi. Is leis a fear céile an garáiste. Conas a tharla an diabhal?

"Bhuel, rinne mé iarracht an roth a luascadh -" Bhris sé amach, agus go tobann guessed mé ag an fhírinne.

"An raibh Daisy ag tiomáint?"

"Sea," a dúirt sé tar éis nóiméad, "ach ar ndóigh déarfaidh mé go raibh mé. Feiceann tú, nuair a d'fhág muid Nua-Eabhrac bhí sí an-neirbhíseach agus shíl sí go mbeadh sé seasta di a thiomáint-agus rushed an bhean amach ag dúinn díreach mar a bhí muid ag dul thar carr ag teacht ar an mbealach eile. Tharla sé ar fad i nóiméad, ach chonacthas dom go raibh sí ag iarraidh labhairt linn, shíl mé go raibh duine éigin a raibh aithne aici air. Bhuel, d'iompaigh Daisy ar dtús ón mbean i dtreo an chairr eile, agus ansin chaill sí a néaróg agus chas sí ar ais. Shroich an dara lámh an roth a mhothaigh mé an turraing—caithfidh gur mharaigh sé í ar an toirt."

"Shleamhnaigh sé ar oscailt í—"

"Ná habair liom, a shean-spórt." Bhuaigh sé. "Pé scéal é—sheas Nóinín air. Rinne mé iarracht í a stopadh, ach ní raibh sí in ann, mar sin tharraing mé ar an choscán éigeandála. Ansin thit sí anonn i mo lap agus thiomáin mé ar aghaidh.

"Beidh sí ceart go leor amárach," a dúirt sé faoi láthair. "Tá mé díreach chun fanacht anseo agus féachaint an ndéanann sé iarracht cur isteach uirthi faoin mítaitneamhacht sin tráthnóna. Tá sí faoi ghlas í féin isteach ina seomra, agus má dhéanann sé aon bhrúidiúlacht tá sí chun an solas a chasadh amach agus ar aghaidh arís."

"Ní leagfaidh sé lámh uirthi," a dúirt mé. "Níl sé ag smaoineamh uirthi."

"Níl muinín agam as, sean-spórt."

"Cá fhad a bheidh tú ag fanacht?"

"Gach oíche, más gá. Pé scéal é, go dtí go dtéann siad go léir a chodladh.

Tharla dearcadh nua dom. Cuir i gcás go bhfuair Tom amach go raibh Daisy ag tiomáint. B'fhéidir go gceapfadh sé go bhfaca sé ceangal ann— b'fhéidir go gceapfadh sé rud ar bith. D'fhéach mé ar an teach; bhí dhá nó trí fhuinneog gheala thíos staighre agus an luisne bándearg ó sheomra Daisy ar urlár na talún.

"Fanann tú anseo," a dúirt mé. "Feicfidh mé an bhfuil aon chomhartha de commotion ann."

Shiúil mé ar ais feadh theorainn na faiche, thrasnaigh mé an gairbhéal go bog, agus tiptoed suas na céimeanna veranda. Bhí na cuirtíní seomra líníochta ar oscailt, agus chonaic mé go raibh an seomra folamh. Agus mé ag trasnú an phóirse ina raibh bia againn an oíche sin i mí an Mheithimh trí mhí roimhe sin, tháinig mé ar dhronuilleog bheag solais a mheas mé a bhí an fhuinneog pantry. Tarraingíodh an dall, ach fuair mé rift ag an leac.

Bhí Nóinín agus Tomás ina suí os comhair a chéile ag bord na cistine, le pláta sicín fuar friochta eatarthu, agus dhá bhuidéal leann. Bhí sé ag caint go géar ar fud an tábla uirthi, agus ina earnestness bhí a lámh tar éis titim ar agus clúdaithe aici féin. Uair amháin i gceann tamaill d'fhéach sí suas air agus chrom sí ar chomhaontú.

Ní raibh siad sásta, agus níor leag ceachtar acu lámh ar an sicín ná ar an leann—agus fós ní raibh siad míshásta ach an oiread. Bhí aer dochreidte dlúthchaidrimh nádúrtha faoin bpictiúr, agus déarfadh duine ar bith go raibh siad ag comhcheilg le chéile.

Agus mé ag tiptoed ón bpóirse chuala mé mo thacsaí ag mothú a bhealaigh feadh an bhóthair dhorcha i dtreo an tí. Bhí Gatsby ag fanacht san áit ar fhág mé sa tiomáint é.

"An bhfuil sé go léir ciúin suas ann?" D'iarr sé go himníoch.

"Sea, tá sé ciúin ar fad." Bhí leisce orm. "B'fhearr duit teacht abhaile agus codladh éigin a fháil."

Chroith sé a cheann.

"Ba mhaith liom fanacht anseo go dtí go dtéann Daisy a chodladh. Oíche mhaith, sean-spórt."

Chuir sé a lámha ina phócaí cóta agus chas sé ar ais go fonnmhar lena ghrinnscrúdú ar an teach, amhail is gur mharaigh mo láithreacht naofacht an vigil. Mar sin, shiúil mé ar shiúl agus d'fhág mé ina sheasamh ansin i solas na gealaí-ag breathnú thar rud ar bith.

VIII

Ní raibh mé in ann codladh ar feadh na hoíche; bhí ceo groaning incessantly ar an Fuaim, agus tossed mé leath-tinn idir réaltacht grotesque agus savage, aisling scanrúil. I dtreo breacadh an lae chuala mé tacsaí ag dul suas tiomáint Gatsby, agus láithreach léim mé amach as an leaba agus thosaigh mé ag gléasadh-Bhraith mé go raibh rud éigin le rá agam leis, rud éigin le rabhadh a thabhairt dó faoi, agus go mbeadh maidin rómhall.

Ag trasnú a fhaiche, chonaic mé go raibh a dhoras tosaigh fós ar oscailt agus bhí sé ag claonadh i gcoinne boird sa halla, trom le dejection nó codladh.

"Níor tharla aon rud," a dúirt sé go wanly. "D'fhan mé, agus thart ar a ceathair a chlog tháinig sí go dtí an fhuinneog agus sheas sí ann ar feadh nóiméid agus ansin chas sí amach an solas."

Ní raibh an chuma ar a theach riamh chomh mór sin dom mar a rinne sé an oíche sin nuair a sheilg muid trí na seomraí móra le haghaidh toitíní. Bhrúigh muid cuirtíní ar leataobh a bhí cosúil le pailliúin, agus mhothaigh muid os cionn cosa innumerable de bhalla dorcha le haghaidh lasca solais leictreacha - nuair a tumbled mé le saghas splancscáileán ar eochracha pianó ghostly. Bhí méid inexplicable deannaigh i ngach áit, agus bhí na seomraí musty, mar cé nach raibh siad aired ar feadh laethanta fada. Fuair mé an humidor ar bhord neamhchoitianta, le dhá stale, toitíní tirim taobh istigh. Ag caitheamh fuinneoga na Fraince ar an líníocht-seomra a oscailt, shuigh muid ag caitheamh tobac amach sa dorchadas.

"Ba chóir duit imeacht," a dúirt mé. "Tá sé cinnte go leor go rianóidh siad do charr."

"Imigh leat *anois*, a shean-spórt?"

"Téigh go Atlantic City ar feadh seachtaine, nó suas go Montréal."

Ní mheasfadh sé é. Ní raibh sé in ann Daisy a fhágáil, b'fhéidir, go dtí go raibh a fhios aige cad a bhí sí ag dul a dhéanamh. Bhí sé ag clutching ag roinnt dóchas deireanach agus ní raibh mé in ann a iompróidh a chroitheadh air saor in aisce.

Ba í an oíche seo a d'inis sé scéal aisteach a óige dom le Dan Cody - d'inis sé dom é toisc go raibh "Jay Gatsby" briste suas cosúil le gloine i gcoinne mhailís chrua Tom, agus seinneadh an extravaganza rúnda fada amach. Sílim go mbeadh aon rud admhaithe aige anois, gan cúlchiste, ach theastaigh uaidh labhairt faoi Daisy.

Ba í an chéad chailín "deas" a bhí ar eolas aige riamh. I gcumais éagsúla unrevealed tháinig sé i dteagmháil le daoine den sórt sin, ach i gcónaí le sreang deilgneach indiscernible idir. Fuair sé amach go raibh sí spreagúil inmhianaithe. Chuaigh sé go dtí a teach, ar dtús le hoifigigh eile ó Camp Taylor, ansin ina n-aonar. Chuir sé iontas air—ní raibh sé riamh i dteach chomh hálainn roimhe sin. Ach an rud a thug aer de dhéine gan anáil dó, ná go raibh Daisy ina chónaí ann—bhí sé chomh corrach léi agus a phuball amuigh sa champa dó. Bhí rúndiamhair aibí faoi, leid de sheomraí codlata thuas staighre níos áille agus níos fionnuaire ná seomraí leapa eile, de ghníomhaíochtaí aeracha agus raidiceacha a bhí ar siúl trína chonairí, agus de rómánsaithe nach raibh musty agus leagtha amach cheana féin i lavender ach úr agus análaithe agus redolent na bliana seo motorcars shining agus na damhsaí a raibh a bláthanna withered scarcely. Chuir sé sceitimíní air, freisin, go raibh grá ag go leor fear do Daisy cheana féin - mhéadaigh sé a luach ina shúile. Bhraith sé go raibh siad i láthair ar fud an tí, ag luí ar an aer leis na dathanna agus macallaí de mhothúcháin atá fós bríomhar.

Ach bhí a fhios aige go raibh sé i dteach Daisy trí thimpiste colosaigh. Mar sin féin d'fhéadfadh glórmhar a thodhchaí mar Jay Gatsby, bhí sé faoi láthair ina fhear óg penniless gan am atá caite, agus ag am ar bith d'fhéadfadh an clóca dofheicthe a éide duillín as a ghualainn. Mar sin, rinne sé an chuid is mó dá chuid ama. Thóg sé an méid a d'fhéadfadh sé a fháil, ravenously agus unscrupulously - sa deireadh thóg sé Daisy amháin fós oíche Dheireadh Fómhair, thóg sí toisc nach raibh aon cheart fíor chun teagmháil a lámh.

He might have despised himself, óir is cinnte gur thóg sé í faoi dhúmas bréige. Ní chiallaíonn mé go raibh sé ag trádáil ar a milliúin phantom, ach thug sé tuiscint slándála do Daisy d'aon ghnó; Lig sé di a chreidiúint go raibh sé ina dhuine ó na strata céanna léi féin-go raibh sé go hiomlán in ann aire a thabhairt di. Go deimhin, ní raibh a leithéid d'áiseanna aige—ní raibh aon chlann chompordach ina sheasamh taobh thiar de, agus bhí sé faoi dhliteanas ag an whim de rialtas impersonal a blown áit ar bith mar gheall ar an domhan.

Ach níor ghríosaigh sé é féin agus níor iompaigh sé amach mar a shamhlaigh sé. Bhí sé i gceist aige, is dócha, an méid a d'fhéadfadh sé a ghlacadh agus dul-ach anois fuair sé amach go raibh sé tiomanta é féin don méid seo a leanas de grail. Bhí a fhios aige go raibh Daisy neamhghnách, ach níor thuig sé cé chomh neamhghnách is a d'fhéadfadh cailín "deas" a bheith. D'imigh sí isteach ina teach saibhir, isteach ina saol saibhir, iomlán, ag fágáil Gatsby-rud ar bith. Bhraith sé pósta léi, that was all.

Nuair a bhuail siad le chéile arís, dhá lá ina dhiaidh sin, ba é Gatsby a bhí gan anáil, a bhí, ar bhealach, feall. Bhí a póirse geal leis an só ceannaithe de réalta-shine; An tuige an settee squeaked faiseanta mar a chas sí i dtreo dó agus phóg sé a béal aisteach agus álainn. Bhí sí gafa fuar, agus rinne sé a huskier guth agus níos mó a fheictear ná riamh, agus bhí Gatsby mór ar an eolas faoi na hóige agus mystery go príosún saibhreas agus caomhnaíonn, ar an úire na héadaí go leor, agus de Daisy, gleaming cosúil le hairgead, sábháilte agus bródúil os cionn na struggles te na mbocht.

"Ní féidir liom cur síos a dhéanamh duit ar an iontas a bhí orm a fháil amach go raibh grá agam di, sean-spórt. Bhí súil agam fiú ar feadh tamaill go gcaithfeadh sí tharam mé, ach ní raibh sí, toisc go raibh sí i ngrá liom freisin. Shíl sí go raibh a fhios agam go leor mar bhí a fhios agam rudaí éagsúla uaithi … Bhuel, bhí mé, ar bhealach as mo uaillmhianta, ag éirí níos doimhne i ngrá gach nóiméad, agus go tobann ní raibh cúram orm. Cén úsáid a baineadh as rudaí iontacha a dhéanamh dá bhféadfainn am níos fearr a bheith agam ag insint di cad a bhí le déanamh agam?

An tráthnóna deireanach sula ndeachaigh sé thar lear, shuigh sé le Daisy ina ghéaga ar feadh i bhfad, ciúin. Lá fuar titime a bhí ann, le tine sa seomra agus a leicne lasta. Anois agus ansin bhog sí agus d'athraigh sé a lámh beagán, agus nuair a phóg sé a cuid gruaige dorcha shining. Bhí an tráthnóna tar éis iad a dhéanamh suaimhneach ar feadh tamaill, amhail is go dtabharfadh sé cuimhne dhomhain dóibh ar feadh an lae fhada a gealladh. Ní raibh siad riamh níos gaire i mí an ghrá, ná níor chuir siad in iúl níos mó as cuimse le chéile, ná nuair a scuab sí liopaí ciúine i gcoinne ghualainn a chóta nó nuair a leag sé lámh ar dheireadh a méara, go réidh, amhail is go raibh sí ina codladh.

Rinne sé go han-mhaith sa chogadh. Bhí sé ina chaptaen sula ndeachaigh sé chun tosaigh, agus tar éis chathanna Argonne fuair sé a thromlach agus ceannas na meaisínghunnaí roinne. Tar éis an tsosa cogaidh rinne sé iarracht dul abhaile, ach chuir deacracht nó míthuiscint éigin é go Oxford ina ionad. Bhí imní air anois—bhí caighdeán an éadóchais neirbhíseach i litreacha Daisy. Ní fhaca sí cén fáth nach bhféadfadh sé teacht. Bhí sí ag mothú brú an domhain taobh amuigh, agus theastaigh uaithi é a fheiceáil agus a láithreacht in aice léi a mhothú agus a bheith cinnte go raibh sí ag déanamh an rud ceart tar éis an tsaoil.

Do bhí Daisy óg agus bhí a saol saorga redolent de magairlíní agus taitneamhach, snobbery cheerful agus ceolfhoirne a leagtar ar an rithim na bliana, achoimre ar an brón agus moladh an tsaoil i foinn nua. Ar feadh na hoíche d'éirigh na sacsafóin as an trácht gan dóchas ar na "Beale Street Blues" agus chroith céad péire slipéir órga agus airgid an deannach lonrach. Ag an uair an chloig tae liath bhí seomraí i gcónaí a throbbed incessantly leis an fiabhras íseal, milis, agus aghaidheanna úra drifted anseo agus ansiúd cosúil le peitil ardaigh blown ag na adharca brónach ar fud an urláir.

Tríd an cruinne Twilight thosaigh Daisy ag bogadh arís leis an séasúr; Go tobann bhí sí ag coinneáil arís leath dosaen dátaí in aghaidh an lae le leath dosaen fear, agus codlatach ina chodladh ag breacadh an lae leis na coirníní agus chiffon de gúna tráthnóna tangled i measc magairlíní ag fáil bháis ar an urlár in aice lena leaba. Agus an t-am ar fad bhí rud éigin laistigh di ag caoineadh le haghaidh cinneadh. Bhí sí ag iarraidh a saol múnlaithe anois, láithreach-agus ní mór an cinneadh a dhéanamh ag fórsa éigin-an ghrá, an airgid, praiticiúlacht unquestionable-go raibh gar ar láimh.

Tháinig an fórsa sin i gcruth i lár an earraigh le teacht Tom Buchanan. Bhí bulkiness folláin mar gheall ar a dhuine agus a phost, agus bhí Daisy flattered. Gan dabht bhí streachailt áirithe agus faoiseamh áirithe ann. Shroich an litir Gatsby agus é fós in Oxford.

Bhí sé ag breacadh an lae anois ar An tOileán Fada agus chuamar ar tí an chuid eile de na fuinneoga a oscailt thíos staighre, ag líonadh an tí le solas liath-chasadh, ór-chasadh. Thit scáth crainn go tobann trasna na drúchta agus thosaigh éin taibhsiúla ag canadh i measc na nduilleog ghorm. Bhí gluaiseacht mhall, thaitneamhach san aer, gaoth gann, lá fionnuar, álainn geallta.

"Ní dóigh liom go raibh grá aici dó riamh." Chas Gatsby timpeall ó fhuinneog agus d'fhéach sé orm go dúshlánach. "Caithfidh tú cuimhneamh, sean-spórt, bhí sí ar bís tráthnóna. D'inis sé na rudaí sin di ar bhealach a chuir eagla uirthi—chuir sin cuma uirthi amhail is go raibh mé cineál éigin níos géire saor. Agus ba é an toradh a bhí uirthi ar éigean a fhios cad a bhí á rá aici. "

Shuigh sé síos go gruama.

"Ar ndóigh, d'fhéadfadh sí grá dó ach ar feadh nóiméid, nuair a bhí siad pósta ar dtús-agus grá dom níos mó fiú ansin, an bhfeiceann tú?"

Go tobann tháinig sé amach le ráiteas aisteach.

"Ar aon chuma," a dúirt sé, "ní raibh ann ach pearsanta."

Cad a d'fhéadfá a dhéanamh de sin, ach amháin a bheith in amhras ar roinnt déine ina conception an affair nach bhféadfaí a thomhas?

Tháinig sé ar ais ón bhFrainc nuair a bhí Tom agus Daisy fós ar a dturas bainise, agus rinne sé turas truamhéalach ach dochoiscthe go Louisville ar an gceann deireanach dá phá airm. D'fhan sé ann seachtain, ag siúl na sráideanna ina raibh a lorg cliceáilte le chéile trí oíche Samhna agus ag athchuairt ar na háiteanna lasmuigh den bhealach ar thiomáin siad ina carr bán iad. Díreach mar a bhí an chuma ar theach Daisy i gcónaí dó níos mistéireach agus aerach ná tithe eile, mar sin bhí a smaoineamh ar an gcathair féin, cé go raibh sí imithe as, pervaded le áilleacht melancholy.

D'fhág sé ag mothú dá mbeadh sé ag cuardach níos deacra, b'fhéidir go bhfuair sé í—go raibh sé ag imeacht ina dhiaidh. Bhí an cóiste lae—bhí sé penniless anois-te. Chuaigh sé amach go dtí an vestibule oscailte agus shuigh sé síos ar chathaoir fillte, agus slid an stáisiún ar shiúl agus ar chúl na bhfoirgneamh unfamiliar bhog ag. Ansin amach i bpáirceanna an earraigh, áit a raibh tralaí buí ag rásáil leo ar feadh nóiméid le daoine ann a d'fhéadfadh draíocht pale a héadain a fheiceáil ar feadh na corrshráide tráth.

An rian cuartha agus anois bhí sé ag dul amach as an ghrian, a, mar a chuaigh sé níos ísle, an chuma a scaipeadh féin i benediction thar an chathair vanishing áit a raibh tharraing sí a anáil. Shín sé a lámh amach go géar amhail is nach sciobfadh sé ach wisp aeir, chun blúire den spota a bhí déanta aici go hálainn dó a shábháil. Ach bhí sé ar fad ag dul róthapa anois dá shúile doiléire agus bhí a fhios aige gur chaill sé an chuid sin de, an ceann is úire agus is fearr, go deo.

Bhí sé a naoi a chlog nuair a chríochnaigh muid bricfeasta agus chuaigh muid amach ar an bpóirse. Bhí difríocht mhór déanta ag an oíche san aimsir agus bhí blas an fhómhair san aer. Tháinig an garraíodóir, an duine deireanach d'iarsheirbhísigh Gatsby, go bun na gcéimeanna.

"Táim chun an linn snámha a dhraenáil inniu, an tUasal Gatsby. Tosóidh duilleoga ag titim go luath, agus ansin bíonn trioblóid i gcónaí leis na píopaí."

"Ná déan inniu é," a d'fhreagair Gatsby. Chas sé chugam go leithscéalach. "Tá a fhios agat, sean-spórt, níor úsáid mé an linn snámha sin riamh an samhradh ar fad?"

D'fhéach mé ar m'uaireadóir agus sheas mé suas.

"Dhá nóiméad déag ar mo thraein."

Ní raibh mé ag iarraidh dul go dtí an chathair. Ní raibh mé fiú stróc réasúnta oibre, ach bhí sé níos mó ná sin-Ní raibh mé ag iarraidh a fhágáil Gatsby. Chaill mé an traein sin, agus ansin ceann eile, sula raibh mé in ann mé féin a fháil ar shiúl.

"Glaofaidh mé ort," a dúirt mé faoi dheireadh.

"Déan, spórt d'aois."

"Glaofaidh mé ort faoi mheán lae."

Shiúil muid go mall síos na céimeanna.

"Is dócha go nglaofaidh Daisy freisin." D'fhéach sé orm go himníoch, amhail is dá mbeadh súil aige gur mhaith liom é seo a dhéanamh.

"Is dócha mar sin."

"Bhuel, slán."

Chroith muid lámha agus thosaigh mé ar shiúl. Díreach sular shroich mé an fál chuimhnigh mé ar rud éigin agus chas mé timpeall.

"Is slua lofa iad," a bhéic mé trasna na faiche. "Is fiú duit an diabhal ar fad a chur le chéile."

Bhí áthas orm i gcónaí gur dhúirt mé é sin. Ba é an t-aon mholadh a thug mé riamh dó, mar ní raibh mé sásta leis ó thús go deireadh. Ar dtús chlaon sé go béasach, agus ansin bhris a aghaidh isteach sa aoibh gháire radiant agus tuiscint sin, amhail is dá mba mhaith linn a bheith i cahoots ecstatic ar an bhfíric sin an t-am ar fad. Rinne a cheirt bándearg taibhseach de chulaith spota geal datha i gcoinne na gcéimeanna bána, agus smaoinigh mé ar an oíche nuair a tháinig mé go dtí a theach sinsearach den chéad uair, trí mhí roimhe sin. Bhí an fhaiche agus an tiomáint plódaithe le haghaidheanna na ndaoine a thug buille faoi thuairim ar a chaimiléireacht—agus sheas sé ar na céimeanna sin, ag ceilt a bhrionglóid dhochreidte, agus é ag fágáil slán leo.

Ghabh mé buíochas leis as a chuid fáilteachais. Bhíomar i gcónaí ag gabháil buíochais leis as sin—mise agus na daoine eile.

"Slán," a d'iarr mé. "Bhain mé taitneamh as bricfeasta, Gatsby."

Suas sa chathair, rinne mé iarracht ar feadh tamaill na luachana a liostú ar mhéid idirmhínithe stoic, ansin thit mé i mo chodladh i mo chathaoir sclóine. Díreach roimh mheán lae dhúisigh an fón mé, agus thosaigh mé suas le allas ag briseadh amach ar mo mhullach. Jordan Baker a bhí ann; Is minic a ghlaoigh sí orm ag an uair seo mar gheall ar an éiginnteacht a bhain lena gluaiseachtaí féin idir óstáin agus clubanna agus tithe príobháideacha, bhí sé deacair í a aimsiú ar bhealach ar bith eile. De ghnáth tháinig a guth thar an tsreang mar rud úr agus fionnuar, amhail is dá mba rud é go raibh divot ó nasc gailf glas tar éis teacht ag seoltóireacht isteach ag fuinneog na hoifige, ach ar maidin bhí an chuma air go raibh sé crua agus tirim.

"D'fhág mé teach Daisy," a dúirt sí. "Tá mé ag Hempstead, agus tá mé ag dul síos go Southampton tráthnóna inniu."

Is dócha go raibh sé tactful teach Daisy a fhágáil, ach chuir an gníomh as dom, agus chuir a ráiteas eile docht orm.

"Ní raibh tú chomh deas liom aréir."

"Conas a d'fhéadfadh sé a bheith mattered ansin?"

Ciúnas ar feadh nóiméid. Ansin:

"Mar sin féin - ba mhaith liom tú a fheiceáil."

"Ba mhaith liom tú a fheiceáil, freisin."
"Cuir i gcás nach dtéann mé go Southampton, agus go dtiocfaidh mé isteach sa bhaile tráthnóna?"

"Níl—ní dóigh liom tráthnóna inniu."

"An-mhaith."

"Tá sé dodhéanta tráthnóna. Éagsúla—"

Labhair muid mar sin ar feadh tamaill, agus ansin go tobann ní raibh muid ag caint a thuilleadh. Níl a fhios agam cé acu againn a chroch suas le cliceáil géar, ach tá a fhios agam nach raibh cúram orm. Ní fhéadfainn labhairt léi thar bhord tae an lá sin murar labhair mé léi arís sa saol seo.

Ghlaoigh mé ar theach Gatsby cúpla nóiméad ina dhiaidh sin, ach bhí an líne gnóthach. Rinne mé iarracht ceithre huaire; ar deireadh dúirt lár exasperated liom go raibh an tsreang á coinneáil ar oscailt ar feadh achair fhada ó Detroit. Ag tabhairt amach mo chlár ama, tharraing mé ciorcal beag timpeall na traenach trí chaoga. Ansin chlaon mé ar ais i mo chathaoir agus rinne mé iarracht smaoineamh. Ní raibh ann ach meán lae.

Nuair a rith mé na carnáin fuinseoige ar an traein an mhaidin sin thrasnaigh mé d'aon ghnó go dtí an taobh eile den charr. Cheap mé go mbeadh slua aisteach thart ansin an lá ar fad le buachaillí beaga ag cuardach spotaí dorcha sa deannach, agus roinnt fear garrulous ag insint os cionn agus os cionn an méid a tharla, go dtí go raibh sé níos lú agus níos lú fíor fiú dó agus d'fhéadfadh sé a rá nach bhfuil sé a thuilleadh, agus rinneadh dearmad ar éacht tragóideach Myrtle Wilson. Anois ba mhaith liom dul ar ais beagáinín agus a rá cad a tharla ag an ngaráiste tar éis dúinn imeacht ann an oíche roimhe sin.

Bhí deacracht acu an deirfiúr, Catherine, a aimsiú. Caithfidh gur bhris sí a riail i gcoinne an óil an oíche sin, mar nuair a tháinig sí bhí sí dúr le deoch agus ní raibh sí in ann a thuiscint go raibh an t-otharcharr imithe go Flushing cheana féin. Nuair a chuir siad ina luí uirthi seo, fainted sí láithreach, amhail is dá mba é sin an chuid dofhulaingthe den affair. Thóg duine éigin, cineálta nó fiosrach, í ina charr agus thiomáin sé í i ndiaidh chorp a deirféar.

Go dtí i bhfad tar éis an mheán oíche chuaigh slua a bhí ag athrú suas i gcoinne aghaidh an gharáiste, agus george Wilson á luascadh féin anonn is anall ar an tolg taobh istigh. Ar feadh tamaill bhí doras na hoifige ar oscailt, agus d'amharc gach duine a tháinig isteach sa gharáiste go neamhbhalbh tríd. Ar deireadh dúirt duine éigin gur náire a bhí ann, agus dhún sé an doras. Bhí Michaelis agus roinnt fear eile in éineacht leis; First, four or five men, beirt nó triúr fear ina dhiaidh sin. Fós ina dhiaidh sin b'éigean do Michaelis iarraidh ar an strainséir deireanach fanacht ann cúig nóiméad déag níos faide, agus chuaigh sé ar ais go dtí a áit féin agus rinne sé pota caife. Ina dhiaidh sin, d'fhan sé ann ina aonar le Wilson go dtí breacadh an lae.

Thart ar a trí a chlog d'athraigh caighdeán muttering incoherent Wilson - d'fhás sé níos ciúine agus thosaigh sé ag caint faoin gcarr buí. D'fhógair sé go raibh bealach aige le fáil amach cé leis an gcarr buí, agus ansin mhaolaigh sé amach gur tháinig a bhean chéile ón gcathair cúpla mí ó shin lena aghaidh brúite agus a srón swollen.

Ach nuair a chuala sé é féin a rá seo, flinched sé agus thosaigh sé ag caoineadh "Ó, mo Dhia!" arís ina ghuth groaning. Rinne Michaelis iarracht clumsy a distract air.

"Cá fhad a bhí tú pósta, George? Tar ar ann, déan iarracht suí go fóill nóiméad, agus freagair mo cheist. Cá fhad a bhí tú pósta?

"Dhá bhliain déag."

"An raibh aon pháistí agat riamh? Tar ar, George, suí go fóill-Chuir mé ceist ort. An raibh aon pháistí agat riamh?

Choinnigh na ciaróga crua donn thudding i gcoinne an tsolais dull, agus aon uair a chuala Michaelis carr ag dul ag cuimilt feadh an bhóthair taobh amuigh sounded dó cosúil leis an carr nach raibh stoptha cúpla uair an chloig roimhe sin. Níor mhaith leis dul isteach sa gharáiste, toisc go raibh an binse oibre coinnithe san áit a raibh an corp ina luí, agus mar sin bhog sé go míchompordach timpeall na hoifige - bhí a fhios aige gach rud ann roimh mhaidin - agus ó am go ham shuigh sé síos in aice le Wilson ag iarraidh é a choinneáil níos ciúine.

"An bhfuil tú fuair séipéal a théann tú go dtí uaireanta, George? B'fhéidir fiú mura bhfuil tú ann le fada an lá? B'fhéidir go bhféadfainn glaoch suas ar an séipéal agus sagart a fháil le teacht anall agus go bhféadfadh sé labhairt leat, féach?

"Ná mbaineann le haon."

"Ba chóir go mbeadh séipéal agat, George, ar feadh amanna mar seo. Caithfidh tú a bheith imithe chun an tséipéil uair amháin. Nár phós tú i séipéal? Éist, a Sheoirse, éist liom. Nár phós tú i séipéal?

"Bhí sé sin i bhfad ó shin."

Bhris an iarracht freagra a thabhairt rithim a rocking-ar feadh nóiméad a bhí sé ciúin. Ansin tháinig an cuma leath-eolach céanna, leath-bewildered ar ais isteach ina shúile faded.

"Féach sa tarraiceán ansin," a dúirt sé, ag díriú ar an deasc.

"Cén tarraiceán?"

"An tarraiceán sin—an ceann sin."

D'oscail Michaelis an tarraiceán is gaire dá lámh. Ní raibh aon rud ann ach madra-léas beag costasach, déanta as leathar agus airgead braided. Bhí sé nua de réir dealraimh.

"Seo?" D'fhiafraigh sé, agus é á choinneáil suas.

Bhreathnaigh Wilson agus chlaon sé.

"Fuair mé é tráthnóna inné. Rinne sí iarracht a insint dom faoi, ach bhí a fhios agam go raibh sé rud éigin greannmhar. "

"Ciallaíonn tú gur cheannaigh do bhean chéile é?"

"Bhí sí fillte i bpáipéar fíocháin ar a biúró."

Ní fhaca Michaelis aon rud corr sa mhéid sin, agus thug sé dosaen cúiseanna do Wilson cén fáth go mb'fhéidir gur cheannaigh a bhean an madra-léas. Ach is dócha gur chuala Wilson cuid de na mínithe céanna roimhe seo, ó Myrtle, toisc gur thosaigh sé ag rá "Ó, mo Dhia!" arís i gcogar - d'fhág a chompord roinnt mínithe san aer.

"Ansin mharaigh sé í," arsa Wilson. Thit a bhéal ar oscailt go tobann.

"Cé a rinne?"

"Tá bealach agam le fáil amach."

"Tá tú morbid, George," a dúirt a chara. "Is brú é seo duit agus níl a fhios agat cad atá á rá agat. B'fhearr duit iarracht a dhéanamh suí ciúin go maidin."

"Mharaigh sé í."

"Timpiste a bhí ann, George."

Chroith Wilson a cheann. Laghdaigh a shúile agus leathnaigh a bhéal beagán le taibhse "Hm!"

"Tá a fhios agam," a dúirt sé cinnte. "Tá mé ar cheann de na fellas trusting agus ní dóigh liom aon dochar do *dhuine ar bith, ach nuair a gheobhaidh mé a fhios ag rud a fhios agam é. Ba é an fear sa charr sin é. Rith sí amach chun labhairt leis agus ní stopfadh sé.*

Bhí sé seo feicthe ag Michaelis freisin, ach níor tharla sé dó go raibh aon tábhacht ar leith ag baint leis. Chreid sé go raibh Mrs Wilson ag rith ar shiúl óna fear céile, seachas a bheith ag iarraidh stop a chur le haon charr ar leith.

"Conas a d'fhéadfadh sí a bheith mar sin?"

"Is domhain í," arsa Wilson, amhail is gur fhreagair sé sin an cheist. "Ah-h-h-"

Thosaigh sé ag racáil arís, agus sheas Michaelis ag casadh an léas ina láimh.

"B'fhéidir go bhfuair tú cara éigin go raibh mé in ann glaoch a chur air, George?"

Dóchas forlorn a bhí ann - bhí sé beagnach cinnte nach raibh cara ar bith ag Wilson: ní raibh go leor de ann dá bhean chéile. Bhí sé sásta beagán ina dhiaidh sin nuair a thug sé faoi deara athrú sa seomra, mearú gorm ag an bhfuinneog, agus thuig sé nach raibh breacadh an lae i bhfad as. Thart ar a cúig a chlog bhí sé gorm go leor taobh amuigh chun léim as an solas.

D'iompaigh súile gloinithe Wilson amach go dtí na carnáin fuinseoige, áit ar ghlac scamaill bheaga liatha cruthanna iontacha agus scurried anseo agus ansiúd sa ghaoth faint breacadh an lae.

"Labhair mé léi," muttered sé, tar éis tost fada. "Dúirt mé léi go mb'fhéidir go gcuirfeadh sí dallamullóg orm ach nach bhféadfadh sí dallamullóg a chur ar Dhia. Thóg mé go dtí an fhuinneog í"—le hiarracht d'éirigh sé agus shiúil sé go dtí an fhuinneog chúil agus chlaon sé lena aghaidh brúite ina choinne—"agus dúirt mé 'God knows what you've been doing, everything you've been doing. Féadfaidh tú amadán a dhéanamh díom, ach ní féidir leat dallamullóg a chur ar Dhia!' "

Agus é ina sheasamh taobh thiar dó, chonaic Michaelis le turraing go raibh sé ag féachaint ar shúile an Dochtúra T. J. Eckleburg, a bhí díreach tagtha chun cinn, pale agus ollmhór, ón oíche díscaoilte.

"Feiceann Dia gach rud," arís agus arís eile Wilson.

"Sin fógra," a dhearbhaigh Michaelis dó. Rud a rinne sé dul ar shiúl ón bhfuinneog agus breathnú ar ais isteach sa seomra. Ach sheas Wilson ann ar feadh i bhfad, a aghaidh gar do phána na fuinneoige, ag nodding isteach sa Twilight.

Faoi a sé a chlog bhí Michaelis caite amach, agus buíoch as fuaim cairr ag stopadh taobh amuigh. Bhí sé ar dhuine de lucht faire na hoíche roimhe sin a gheall go dtiocfadh sé ar ais, agus mar sin chócaráil sé bricfeasta ar feadh trí cinn, a d'ith sé féin agus an fear eile le chéile. Bhí Wilson níos ciúine anois, agus chuaigh Michaelis abhaile a chodladh; nuair a dhúisigh sé ceithre huaire an chloig ina dhiaidh sin agus hurried ar ais go dtí an gharáiste, bhí Wilson imithe.

Bhí a chuid gluaiseachtaí—bhí sé de shiúl na gcos an t-am ar fad—rianaíodh iad ina dhiaidh sin go Port Roosevelt agus ansin go Gad's Hill, áit ar cheannaigh sé ceapaire nár ith sé, agus cupán caife. Caithfidh go raibh sé tuirseach agus ag siúl go mall, mar níor shroich sé Gad's Hill go dtí meán lae. Go dtí seo ní raibh aon deacracht ann cuntas a thabhairt ar a chuid ama—bhí buachaillí ann a chonaic fear "saghas aisteoireachta craiceáilte," agus tiománaithe ag a raibh sé ag stánadh go corr ó thaobh an bhóthair.

Ansin ar feadh trí uair an chloig d'imigh sé as radharc. Dúirt na póilíní, ar neart an méid a dúirt sé le Michaelis, go raibh "bealach aige le fáil amach," gur chaith sé an t-am sin ag dul ó gharáiste go garáiste ansin, ag fiosrú carr buí. Ar an láimh eile, níor tháinig aon fhear garáiste a chonaic é riamh chun tosaigh, agus b'fhéidir go raibh bealach níos éasca, níos cinnte aige chun a fháil amach cad a bhí sé ag iarraidh a fháil amach. Faoi leathuair tar éis a dó bhí sé in West Egg, áit ar iarr sé ar dhuine an bealach go teach Gatsby. Mar sin, faoin am sin bhí ainm Gatsby ar eolas aige.

Ag a dó a chlog chuir Gatsby a chulaith snámha air agus d'fhág sé focal leis an mBuitléarach dá dtabharfadh duine ar bith focal teileafóin dó ag an linn snámha. Stop sé ag an ngaráiste le haghaidh tocht aeroibrithe a bhí amused a aíonna i rith an tsamhraidh, agus chabhraigh an chauffeur dó chun caidéil sé suas. Ansin thug sé treoracha nach raibh an carr oscailte le tógáil amach in imthosca ar bith—agus bhí sé seo aisteach, toisc go raibh gá leis an fender ceart tosaigh a dheisiú.

Chuir Gatsby an tocht ar ghualainn agus thosaigh sé don linn snámha. Nuair a stop sé agus bhog sé beagán, agus d'iarr an chauffeur air an raibh cabhair ag teastáil uaidh, ach chroith sé a cheann agus i nóiméad imithe i measc na gcrann buí.

Níor tháinig aon teachtaireacht teileafóin, ach chuaigh an Buitléarach gan a chodladh agus d'fhan sé go dtí a ceathair a chlog—go dtí i bhfad ina dhiaidh sin bhí duine ar bith le tabhairt dó dá dtiocfadh sé. Tá barúil agam nár chreid Gatsby féin go dtiocfadh sé, agus b'fhéidir nach raibh cúram air a thuilleadh. Más fíor sin caithfidh gur bhraith sé gur chaill sé an sean-domhan te, gur íoc sé praghas ard as maireachtáil rófhada le brionglóid amháin. Caithfidh sé gur fhéach sé suas ar spéir neamhchoitianta trí dhuilleoga scanrúla agus shivered mar a fuair sé cad é an rud grotesque is rós agus cé chomh amh is a bhí solas na gréine ar an bhféar a cruthaíodh gann. Domhan nua, ábhar gan a bheith fíor, áit a raibh taibhsí bochta,

173

brionglóidí análaithe cosúil le haer, drifted fortuitously faoi ... Cosúil leis sin ashen, figiúr iontach gliding i dtreo dó trí na crainn amorphous.

An chauffeur-bhí sé ar cheann de protégés Wolfshiem-chuala na seatanna-ina dhiaidh sin d'fhéadfadh sé a rá ach nach raibh shíl sé rud ar bith i bhfad mar gheall orthu. Thiomáin mé ón stáisiún go díreach go teach Gatsby agus ba é mo rushing go himníoch suas na céimeanna tosaigh an chéad rud a chuir eagla ar dhuine ar bith. Ach bhí a fhios acu ansin, creidim go daingean. Le focal gann a dúirt, ceathrar againn, an chauffeur, butler, garraíodóir, agus hurried mé síos go dtí an linn snámha.

Bhí gluaiseacht faint, barely perceptible an uisce mar an sreabhadh úr ó thaobh amháin áitigh a bhealach i dtreo an draein ag an taobh eile. Le ripples beag a bhí ar éigean na scáthanna na dtonnta, bhog an tocht ualaithe neamhrialta síos an linn snámha. Ba leor séideán beag gaoithe a chorraigh an dromchla gann chun cur isteach ar a chúrsa timpisteach lena ualach timpisteach. An teagmháil le braisle duilleoga revolved sé go mall, rianú, cosúil leis an cos idirthurais, ciorcal tanaí dearg san uisce.

Ba tar éis dúinn tosú le Gatsby i dtreo an tí a chonaic an garraíodóir corp Wilson ar bhealach beag amach san fhéar, agus bhí an t-uileloscadh críochnaithe.

IX

Tar éis dhá bhliain is cuimhin liom an chuid eile den lá sin, agus an oíche sin agus an lá dár gcionn, ach amháin mar dhruil gan deireadh de phóilíní agus grianghrafadóirí agus fir nuachtáin isteach agus amach as doras tosaigh Gatsby. Choinnigh rópa a bhí sínte trasna an phríomhgheata agus póilín leis an aisteach, ach ba ghearr go bhfuair buachaillí beaga amach go raibh siad in ann dul isteach trí mo chlós, agus bhí cúpla ceann acu cnuasaithe oscailte faoin linn snámha i gcónaí. D'úsáid duine éigin ar bhealach dearfach, b'fhéidir bleachtaire, an abairt "madman" agus é ag lúbadh thar chorp Wilson an tráthnóna sin, agus leag údarás eachtrúil a ghutha an eochair do thuairiscí an nuachtáin an mhaidin dár gcionn.

Tromluí a bhí sa chuid is mó de na tuairiscí sin—grotesque, circumstantial, eager, and untrue. Nuair a thug fianaise Michaelis ag an ionchoisne chun solais amhras Wilson ar a bhean chéile shíl mé go mbeadh an scéal ar fad a sheirbheáil go luath i pasquinade racy - ach Catherine, a d'fhéadfadh a bheith ráite rud ar bith, ní raibh focal a rá. Léirigh sí méid iontais carachtar faoi freisin—d'fhéach sí ar an gcróinéir le súile diongbháilte faoin mbanna ceartaithe sin dá cuid, agus mhionnaigh sí nach bhfaca a deirfiúr Gatsby riamh, go raibh a deirfiúr go hiomlán sásta lena fear céile, nach raibh a deirfiúr in aon mhíchief cibé. Chuir sí ina luí uirthi féin é, agus chaoin sí isteach ina ciarsúr, amhail is go raibh an moladh níos mó ná mar a d'fhéadfadh sí a fhulaingt. Mar sin, laghdaíodh Wilson go fear "deranged by grief" ionas go bhféadfadh an cás fanacht ina fhoirm is simplí. Agus quieuit sé ann.

Ach bhí an chuma ar an gcuid seo go léir de iargúlta agus unessential. Fuair mé mé féin ar thaobh Gatsby, agus ina n-aonar. Ón nóiméad a chuir mé glaoch ar nuacht faoin tubaiste go sráidbhaile West Egg, cuireadh gach borradh faoi, agus gach ceist phraiticiúil, ar aghaidh chugam. Ar dtús bhí iontas agus mearbhall orm; ansin, mar a leagan sé ina theach agus ní raibh bogadh nó breathe nó labhairt, uair an chloig ar uair an chloig, d'fhás sé orm go raibh mé freagrach, toisc go raibh suim ag aon duine eile-suim acu, ciallaíonn mé, leis an leas pearsanta dian a bhfuil gach duine éigin doiléir ceart ag an deireadh.

Ghlaoigh mé suas Daisy leath uair an chloig tar éis dúinn é a fháil, ar a dtugtar instinctively agus gan leisce. Ach bhí sí féin agus Tomás imithe ar shiúl go luath an tráthnóna sin, agus thug siad bagáiste leo.

"Níor fhág aon seoladh?"

"Níl."

"Abair nuair a bheadh siad ar ais?"

"Níl."

"Aon smaoineamh cá bhfuil siad? Conas a d'fhéadfainn iad a bhaint amach?

"Níl a fhios agam. Ní féidir a rá.

Bhí mé ag iarraidh duine éigin a fháil dó. Bhí mé ag iarraidh dul isteach sa seomra ina leag sé agus é a chur ar a suaimhneas: "Gheobhaidh mé duine éigin duit, Gatsby. Ná bí buartha. Just muinín dom agus beidh mé a fháil duine éigin ar do shon-"

Ní raibh ainm Meyer Wolfshiem sa leabhar teileafóin. Thug an Buitléarach a sheoladh oifige dom ar Broadway, agus ghlaoigh mé ar

Information, ach faoin am a raibh an uimhir agam bhí sé i bhfad i ndiaidh a cúig, agus níor fhreagair aon duine an fón.

"An mbeidh tú ag glaoch arís?"

"Rith mé trí huaire."

"Tá sé an-tábhachtach."

"Tá brón orm. Tá eagla orm nach bhfuil aon duine ann.

Chuaigh mé ar ais go dtí an seomra líníochta agus shíl mé ar an toirt gur cuairteoirí seans a bhí iontu, na daoine oifigiúla seo go léir a líon go tobann é. Ach, cé gur tharraing siad an bhileog ar ais agus gur fhéach siad ar Gatsby le súile corraitheacha, lean a agóid ar aghaidh i m'inchinn:

"Féach anseo, sean-spórt, caithfidh tú duine éigin a fháil dom. Caithfidh tú iarracht chrua a dhéanamh. Ní féidir liom dul tríd seo i m'aonar.

Thosaigh duine éigin ag cur ceisteanna orm, ach bhris mé ar shiúl agus ag dul suas staighre d'fhéach sé go hastily trí na codanna díghlasáilte dá dheasc-ní dúirt sé liom cinnte go raibh a thuismitheoirí marbh. Ach ní raibh tada ann—ach an pictiúr de Dan Cody, comhartha foréigin dearmadta, ag stánadh anuas ón mballa.

An mhaidin dár gcionn chuir mé litir chuig Wolfshiem chuig an mBuitléarach go Nua-Eabhrac, a d'iarr eolas agus a d'impigh air teacht amach ar an gcéad traein eile. Bhí cuma iomarcach ar an iarratas sin nuair a scríobh mé é. Bhí mé cinnte go dtosódh sé nuair a chonaic sé na nuachtáin, díreach mar a bhí mé cinnte go mbeadh sreang ó Daisy roimh mheán lae-ach níor tháinig sreang ná an tUasal Wolfshiem; níor tháinig aon duine ach amháin níos mó póilíní agus grianghrafadóirí agus fir nuachtáin. Nuair a thug an Buitléarach freagra Wolfshiem ar ais thosaigh mé ag mothú defiance, de dhlúthpháirtíocht scornful idir Gatsby agus mé ina gcoinne go léir.

A Uasail Carraway, a chara. Tá sé seo ar cheann de na turraingí is uafásach de mo shaol dom is ar éigean is féidir liom a chreidiúint go bhfuil sé fíor ar chor ar bith. Ba cheart go gcuirfeadh a leithéid de ghníomh buile mar a rinne an fear sin ag smaoineamh orainn go léir. Ní féidir liom teacht anuas anois mar tá mé ceangailte suas i ngnó an-tábhachtach agus ní féidir liom a bheith measctha suas sa rud seo anois. Má tá aon rud is féidir liom a dhéanamh beagán níos déanaí cuir in iúl dom i litir ag Edgar. Is ar éigean atá a fhios agam cá bhfuil mé nuair a chloisim faoi rud mar seo agus tá mé go hiomlán cnagtha síos agus amach.

Is mise go fírinneach
MEYER WOLFSHIEM

agus ansin addenda hasty faoi bhun:
Cuir in iúl dom faoin tsochraid srl nach bhfuil aithne ag a mhuintir ar chor ar bith.

Nuair a ghlaoigh an fón an tráthnóna sin agus dúirt Long Distance go raibh Chicago ag glaoch shíl mé gur Daisy a bheadh ann faoi dheireadh. Ach tháinig an ceangal tríd mar ghuth fir, an-tanaí agus i bhfad ar shiúl.

"Seo Slagle ag labhairt..."

"Tá?" Ní raibh cur amach ag an ainm air.

"Ifreann nóta, nach bhfuil? Faigh mo shreang?"

"Ní raibh aon sreanga ann."

"Young Parke's in trouble," a dúirt sé go gasta. "Phioc siad suas é nuair a thug sé na bannaí ar láimh thar an gcuntar. Fuair siad ciorclán ó Nua-Eabhrac ag tabhairt 'em na huimhreacha díreach cúig nóiméad roimhe sin.

Cad a bheadh ar eolas agat faoi sin, hey? Ní féidir leat a rá sna bailte hick seo-"

"Dia is Muire duit!" Chuir mé isteach gan anáil. "Féach anseo - ní hé seo an tUasal Gatsby. Marbh an Uasail Gatsby.

Bhí tost fada ar an taobh eile den tsreang, agus ina dhiaidh sin exclamation ... ansin squawk tapa mar a bhí briste an nasc.

Sílim gur ar an tríú lá a tháinig teileagram a shínigh Henry C. Gatz ó bhaile i Minnesota. Ní dúirt sé ach go raibh an seoltóir ag imeacht láithreach agus an tsochraid a chur ar athló go dtí gur tháinig sé.

Ba é athair Gatsby, seanfhear sollúnta, a bhí an-chabhrach agus díomách, a bhí cuachta suas i gCúige Uladh fada saor in aghaidh lá te Mheán Fómhair. Sceith a shúile go leanúnach le sceitimíní, agus nuair a thóg mé an mála agus scáth fearthainne as a lámha thosaigh sé ag tarraingt chomh doicheallach sin ar a féasóg bheag liath go raibh deacracht agam éirí as a chóta. Bhí sé ar an bpointe titim, mar sin thóg mé é isteach sa seomra ceoilagus rinne sé suí síos agus chuir mé le haghaidh rud éigin a ithe. Ach ní íosfadh sé, agus doirteadh gloine an bhainne as a lámh crith.

"Chonaic mé é i nuachtán Chicago," a dúirt sé. "Bhí sé ar fad i nuachtán Chicago. Thosaigh mé ar an bpointe boise.

"Ní raibh a fhios agam conas teacht ort."

His eyes, seeing nothing, bhog sé gan stad faoin seomra.

"Madman a bhí ann," a dúirt sé. "Caithfidh sé go raibh sé as a mheabhair."

"Nár mhaith leat caife éigin?" D'áitigh mé air.

"Níl aon rud uaim. Tá mé ceart go léir anois, an tUasal.—"

"Carraway."

"Bhuel, tá mé ceart go leor anois. Cá bhfuair siad Jimmy?

Thóg mé isteach sa líníocht-seomra é, áit a leagan a mhac, agus d'fhág sé ann. Bhí roinnt buachaillí beaga tagtha suas ar na céimeanna agus bhí siad ag féachaint isteach sa halla; nuair a dúirt mé leo cé a tháinig, chuaigh siad go drogallach ar shiúl.

Tar éis tamaillín d'oscail an tUasal Gatz an doras agus tháinig sé amach, ajar a bhéal, a aghaidh flushed beagán, a shúile ag sceitheadh deora scoite agus unpunctual. Bhí aois sroichte aige nach bhfuil caighdeán an iontais ghastly ag an mbás a thuilleadh, agus nuair a d'fhéach sé timpeall air anois den chéad uair agus nuair a chonaic sé airde agus splendour an halla agus na seomraí móra ag oscailt amach as i seomraí eile, thosaigh a bhrón measctha le bród awed. Chabhraigh mé leis go dtí seomra leapa thuas staighre; nuair a bhain sé a chóta agus a veist de, dúirt mé leis go raibh na socruithe ar fad curtha siar go dtí gur tháinig sé.

"Ní raibh a fhios agam cad ba mhaith leat, an tUasal Gatsby-"

"Gatz is ainm dom."

"—An tUasal Gatz. Shíl mé go mb'fhéidir gur mhaith leat an corp a thógáil Thiar.
Chroith sé a cheann.

"Thaitin sé níos fearr le Jimmy i gcónaí síos Thoir. D'éirigh sé as a phost san Oirthear. An raibh tú cara de mo bhuachaill, an tUasal.—?"

"Dlúthchairde a bhí ionainn."

"Bhí todhchaí mhór roimhe, tá a fhios agat. Ní raibh ann ach fear óg, ach bhí go leor cumhachta inchinne aige anseo."

Leag sé lámh ar a cheann go hiontach, agus chrom mé.

"Dá mairfeadh sé, b'fhear iontach é. Fear cosúil le James J. Hill. Chuidigh sé leis an tír a thógáil."

"Tá sé sin fíor," a dúirt mé, míchompordach.

Fumbled sé ag an coverlet bróidnithe, ag iarraidh é a thógáil as an leaba, agus a leagan síos righin-bhí láithreach ina chodladh.

An oíche sin ghlaoigh duine scanraithe ar ndóigh, agus d'éiligh sé go mbeadh a fhios agam cé a bhí mé sula dtabharfadh sé a ainm.

"Seo é an tUasal Carraway," a dúirt mé.

"Ó!" Bhí faoiseamh air. "Seo Klipspringer."

Bhí faoiseamh orm freisin, mar ba chosúil gur gheall sé sin do chara eile ag uaigh Gatsby. Ní raibh mé ag iarraidh go mbeadh sé sna páipéir agus slua fámaireachta a tharraingt, mar sin bhí mé ag glaoch ar chúpla duine mé féin. Ba dheacair iad a aimsiú.

"Amárach an tsochraid," a dúirt mé. "A trí a chlog, anseo ag an teach. Ba mhaith liom go ndéarfá le duine ar bith a mbeadh suim acu ann."

"Ó, beidh mé," bhris sé amach hastily. "Ar ndóigh, ní dóigh go bhfeicfidh mé aon duine, ach má dhéanaim."

Chuir a ton amhras orm.

"Ar ndóigh beidh tú ann tú féin."

"Bhuel, déanfaidh mé iarracht cinnte. Is é an rud a ghlaoigh mé suas faoi-"

"Fan nóiméad," a chuir mé isteach. "Cad faoi a rá go dtiocfaidh tú?"

"Bhuel, is í fírinne an scéil ná go bhfuil mé ag fanacht le roinnt daoine suas anseo i Greenwich, agus tá siad ag súil go mbeidh mé leo amárach. Go deimhin, tá saghas picnic nó rud éigin ann. Ar ndóigh, déanfaidh mé mo dhícheall éirí as."

Ejaculated mé unrestrained "Huh!" agus ní mór dó a chuala mé, do chuaigh sé ar nervously:

"An rud a ghlaoigh mé suas faoi ná péire bróg a d'fhág mé ansin. N'fheadar an mbeadh an iomarca trioblóide ag an mBuitléarach iad a chur ar aghaidh. Feiceann tú, is bróga leadóige iad, agus tá mé saghas gan chabhair gan iad. Is é mo sheoladh cúram B. F.—"

Níor chuala mé an chuid eile den ainm, mar chroch mé an glacadóir.

Ina dhiaidh sin, mhothaigh mé náire áirithe do Gatsby—fear uasal amháin ar chuir mé glaoch air le tuiscint go bhfuair sé an méid a bhí tuillte aige. Mar sin féin, ba é sin an locht a bhí orm, mar bhí sé ar dhuine de na daoine ba mhó a bhíodh ag srannadh ag Gatsby ar mhisneach meisciúla Gatsby, agus ba cheart go mbeadh aithne níos fearr agam air ná mar a thugtaí air.

Maidin na sochraide chuaigh mé suas go Nua-Eabhrac chun Meyer Wolfshiem a fheiceáil; Ní raibh mé in ann teacht air ar bhealach ar bith eile. Bhí an doras a bhrúigh mé ar oscailt, ar chomhairle buachaill ardaitheoir, marcáilte "The Swastika Holding Company," agus ar dtús ní raibh aon duine taobh istigh. Ach nuair a scairt mé "hello" arís agus arís eile i vain, bhris argóint amach taobh thiar de chríochdheighilt, agus faoi láthair bhí Jewess álainn le feiceáil ag doras taobh istigh agus scrúdaigh mé le súile naimhdeacha dubha.

"Níl aon duine istigh," a dúirt sí. "Tá an tUasal Wolfshiem imithe go Chicago."

An chéad chuid de seo a bhí ar ndóigh untrue, do bhí tús curtha duine éigin a feadóg "An Phaidrín," tunelessly, taobh istigh.

"Abair go bhfuil an tUasal Carraway ag iarraidh é a fheiceáil."

"Ní féidir liom é a fháil ar ais ó Chicago, an féidir liom?"

Ag an nóiméad seo guth, unmistakably Wolfshiem ar, ar a dtugtar "Stella!" ón taobh eile den doras.

"Fág d'ainm ar an deasc," a dúirt sí go gasta. "Tabharfaidh mé dó é nuair a thiocfaidh sé ar ais."

"Ach tá a fhios agam go bhfuil sé ann."

Thóg sí céim i dtreo dom agus thosaigh sí ag sleamhnú a lámha go neamhbhalbh suas agus síos a cromáin.

"Síleann tú fir óga gur féidir leat do bhealach a dhéanamh anseo am ar bith," a dúirt sí. "Tá muid ag éirí tinn de. Nuair a deirim go bhfuil sé i Chicago, tá sé i Chicago.

Luaigh mé Gatsby.

"Ó-h!" D'fhéach sí orm arís. "An mbeidh tú díreach-Cad a bhí d'ainm?"

D'imigh sí. I nóiméad sheas Meyer Wolfshiem go sollúnta sa doras, ag coinneáil amach an dá lámh. Tharraing sé isteach ina oifig mé, ag rá i nguth urramach gur am brónach a bhí ann dúinn go léir, agus thairg sé todóg dom.

"Téann mo chuimhne ar ais go dtí nuair a bhuail mé leis ar dtús," a dúirt sé. "Maor óg díreach amach as an arm agus clúdaithe le boinn a fuair sé sa chogadh. Bhí sé chomh crua sin go gcaithfeadh sé coinneáil air ag caitheamh a éide mar nach raibh sé in ann roinnt éadaí rialta a cheannach. An chéad uair a chonaic mé é ná nuair a tháinig sé isteach i seomra snámha Winebrenner ag Forty-third Street agus d'iarr sé post. Níor ith sé tada ar feadh cúpla lá. 'Tar ar lón liom,' a dúirt mé. D'ith sé luach níos mó ná ceithre dollar de bhia i leathuair an chloig.

"Ar thosaigh tú air i mbun gnó?" D'fhiosraigh mé.

"Tosaigh air! Rinne mé é.

"Ó."

"D'ardaigh mé suas é as rud ar bith, díreach amach as an gáitéar. Chonaic mé ar an bpointe boise gur fear óg breá, uasal a bhí ann, agus nuair a dúirt sé liom go raibh sé ag Oggsford bhí a fhios agam go bhféadfainn é a úsáid go maith. Fuair mé é le dul isteach sa Léigiún Meiriceánach agus ba ghnách leis seasamh go hard ann. Ar an bpointe boise rinne sé roinnt oibre do chliant de mo chuid suas go Albany. Bhí muid chomh tiubh mar sin i ngach rud"—choinnigh sé suas dhá mhéar bholgacha —"i gcónaí le chéile."

N'fheadar an raibh idirbheart Shraith an Domhain san áireamh sa chomhpháirtíocht seo i 1919.

"Anois tá sé marbh," a dúirt mé tar éis nóiméad. "Ba tú an cara ba ghaire dó, mar sin tá a fhios agam go mbeidh tú ag iarraidh teacht chuig a shochraid tráthnóna."

"Ba mhaith liom teacht."

"Bhuel, tar ansin."

An ghruaig ina nostrils quivered beagán, agus mar a chroith sé a cheann a shúile líonadh le deora.

"Ní féidir liom é a dhéanamh—ní féidir liom a bheith measctha suas ann," a dúirt sé.

"Níl aon rud le meascadh isteach. Tá sé thart anois."

"Nuair a mharaítear fear ní maith liom a bheith measctha suas ann ar bhealach ar bith. Coinním amach. Nuair a bhí mé i mo fhear óg bhí sé difriúil—má fuair cara liom bás, is cuma cén chaoi, chuaigh mé i bhfostú leo go dtí an deireadh. B'fhéidir go gceapfá go bhfuil sé sin maoithneach, ach is é atá i gceist agam -go dtí an deireadh searbh."

Chonaic mé go raibh sé meáite ar gan teacht, mar sin sheas mé suas.

"An fear coláiste tú?" a d'fhiafraigh sé go tobann.

Ar feadh nóiméad shíl mé go raibh sé ag dul a mholadh "gonnegtion," ach chlaon sé ach agus chroith mo lámh.

"Lig dúinn a fhoghlaim a thaispeáint ar ár gcairdeas d'fhear nuair a bhíonn sé beo agus ní tar éis dó a bheith marbh," a mhol sé. "Tar éis sin is é mo riail féin gach rud a ligean ina n-aonar."

Nuair a d'fhág mé a oifig bhí an spéir iompaithe dorcha agus fuair mé ar ais go dtí West Egg i drizzle. Tar éis athrú mo chuid éadaí chuaigh mé béal dorais agus fuair an tUasal Gatz ag siúl suas agus síos excitedly sa halla. Bhí a bhród as a mhac agus as sealúchais a mhic ag méadú i gcónaí agus anois bhí rud éigin le taispeáint aige dom.

"Chuir Jimmy an pictiúr seo chugam." Thóg sé amach a sparán le méara crith. "Féach ann."

Grianghraf den teach a bhí ann, é scáinte sna coirnéil agus salach le go leor lámha. Chuir sé gach mionsonra in iúl dom go fonnmhar. "Féach ann!" agus ansin d'iarr admiration ó mo shúile. Léirigh sé chomh minic sin gur dóigh liom go raibh sé níos dáiríre dó anois ná an teach féin.

"Chuir Jimmy chugam é. Sílim gur pictiúr an-deas é. Léiríonn sé suas go maith.

"An-mhaith. An bhfaca tú le déanaí é?

"Tháinig sé amach chun mé a fheiceáil dhá bhliain ó shin agus cheannaigh sé an teach a bhfuil cónaí orm ann anois. Ar ndóigh, briseadh suas muid nuair a rith sé as baile, ach feicim anois go raibh cúis leis. Bhí a fhios aige go raibh todhchaí mhór os a chomhair. Agus ó shin i leith rinne sé rath bhí sé an-fhlaithiúil liom.

Ba chosúil go raibh drogall air an pictiúr a chur ar shiúl, choinnigh sé é ar feadh nóiméid eile, go lingeringly, os comhair mo shúile. Ansin d'fhill sé an sparán agus tharraing sé as a phóca seanchóip de leabhar darbh ainm *Hopalong Cassidy*.

"Féach anseo, seo leabhar a bhí aige nuair a bhí sé ina ghasúr. Taispeánann sé duit."

D'oscail sé é ag an gclúdach cúil agus chas sé timpeall orm é a fheiceáil. Ar an flyleaf deireanach cuireadh i gcló an SCEIDEAL focal, agus an dáta 12 Meán Fómhair, 1906. Agus thíos:

Éirigh ón leaba	6:00	a.m.
Aclaíocht dumbell agus scálú balla	6:15–6:30	a.m.
Déan staidéar ar leictreachas, etc.	7:15–8:15	a.m.
Saothar	8:30–4:30	p.m.
Baseball agus spóirt	4:30–5:00	p.m.
Cleachtadh a dhéanamh ar elocution, poise agus conas é a bhaint amach	5:00–6:00	p.m.
Staidéar aireagáin ag teastáil	7:00–9:00	p.m.

Rúin Ghinearálta

- Níl aon am amú ag Shafters nó [ainm, indecipherable]
- Gan níos mó deataigh nó coganta.
- Folcadh gach lá eile
- Léigh leabhar nó iris amháin in aghaidh na seachtaine
- Sábháil $ 5.00 [thrasnaigh amach] $ 3.00 in aghaidh na seachtaine
- Bí níos fearr do thuismitheoirí

"Tháinig mé trasna ar an leabhar seo trí thimpiste," arsa an seanfhear. "Taispeánann sé duit, nach bhfuil?"

"Taispeánann sé ach tú."

"Bhí sé de cheangal ar Jimmy dul ar aghaidh. Bhí rún éigin mar seo nó rud éigin aige i gcónaí. An dtugann tú faoi deara cad atá faighte aige chun feabhas a chur ar a intinn? Bhí sé i gcónaí go hiontach chuige sin. Dúirt sé liom et cosúil le hog uair amháin, agus buille mé dó chun é. "

Bhí drogall air an leabhar a dhúnadh, gach mír a léamh os ard agus ansin féachaint go fonnmhar orm. Sílim go raibh sé ag súil go mb'fhearr liom an liosta a chóipeáil síos le haghaidh m'úsáide féin.

Beagán sular tháinig triúr an ministir Liútarach ó Flushing, agus thosaigh mé ag breathnú go neamhdheonach amach na fuinneoga do charranna eile. Mar sin a rinne athair Gatsby. Agus de réir mar a chuaigh an t-am thart agus tháinig na seirbhísigh isteach agus sheas sé ag fanacht sa halla, thosaigh a shúile ag caochadh go himníoch, agus labhair sé faoin mbáisteach ar bhealach buartha, éiginnte. Thug an t-aire spléachadh arís agus arís eile ar a uaireadóir, mar sin thóg mé i leataobh é agus d'iarr mé air fanacht ar feadh leathuair an chloig. Ach ní raibh aon úsáid ann. Níor tháinig aon duine.

Thart ar a cúig a chlog shroich ár mórshiúl de thrí charr an reilig agus stop sé i drizzle tiubh in aice leis an ngeata-an chéad hearse mótair, horribly dubh agus fliuch, ansin an tUasal Gatz agus an t-aire agus mé sa limisín, agus beagán ina dhiaidh sin ceithre nó cúig seirbhísigh agus an fear an phoist ó West Egg, i vaigín stáisiún Gatsby, gach fliuch go dtí an craiceann. Nuair a thosaigh muid tríd an ngeata isteach sa reilig chuala mé stad cairr agus ansin fuaim duine ag stealladh inár ndiaidh thar an talamh ceomhar. D'fhéach mé timpeall. Ba é an fear le spéaclaí owl-eyed a fuair mé iontas ar leabhair Gatsby sa leabharlann oíche amháin trí mhí roimhe sin.

Ní fhaca mé ó shin é. Níl a fhios agam cén chaoi a raibh a fhios aige faoin tsochraid, nó fiú a ainm. Dhoirt an bháisteach síos a spéaclaí tiubha, agus thóg sé amach iad agus chaith sé iad chun an chanbhás cosanta a fheiceáil gan siúl ó uaigh Gatsby.

Rinne mé iarracht smaoineamh ar Gatsby ansin ar feadh nóiméad, ach bhí sé rófhada ar shiúl cheana féin, agus ní raibh mé in ann cuimhneamh, gan resentment, nár sheol Daisy teachtaireacht nó bláth. Dimly Chuala mé duine éigin murmur "Is beannaithe na mairbh go dtiteann an bháisteach ar," agus ansin dúirt an fear owl-eyed "Amen leis sin," i guth cróga.

Chuaigh muid síos go tapa tríd an mbáisteach go dtí na carranna. Owl-súile labhair liom ag an ngeata.

"Ní fhéadfainn dul go dtí an teach," a dúirt sé.

"Ní fhéadfadh aon duine eile."

"Téigh ar aghaidh!" Thosaigh sé. "Cén fáth, mo Dhia! ba ghnách leo dul ann ag na céadta."

Bhain sé a spéaclaí de agus chaith sé arís iad, taobh amuigh agus isteach.

"An mac-de-a-bitch bocht," a dúirt sé.

Ceann de na cuimhní is beoga atá agam ná teacht ar ais siar ón réamhscoil agus níos déanaí ón gcoláiste aimsir na Nollag. Iad siúd a chuaigh níos faide ná Chicago, chruinneodh siad le chéile i sean-Stáisiún an Aontais ag a sé a chlog tráthnóna Nollag, le cúpla cara i Chicago, atá gafa cheana féin ina gcuid gaieties saoire féin, chun slán a fhágáil acu. Is cuimhin liom cótaí fionnaidh na gcailíní ag filleadh ó Miss This-or-That's agus chatter an anála reoite agus na lámha ag bualadh lasnairde agus muid ag breith radharc ar sheanaithne, agus ar mheaitseáil na gcuirí: "An bhfuil tú ag dul go dtí na Ordways'? na Herseys'? na Schultzes '?" agus na ticéid fhada ghlasa fáiscthe daingean inár lámha gloved. Agus ar deireadh na gluaisteáin buí murky an Chicago, Milwaukee agus Naomh Pól railroad ag breathnú cheerful mar Nollag féin ar na rianta in aice leis an geata.

Nuair a tharraing muid amach oíche an gheimhridh agus an sneachta fíor, ár sneachta, thosaigh sé ag síneadh amach in aice linn agus twinkle i gcoinne na fuinneoga, agus na soilse dim na stáisiúin Wisconsin beag bhog ag, tháinig brace fiáin géar go tobann san aer. Tharraing muid anáil dhomhain de agus muid ag siúl ar ais ón dinnéar trí na veisteanna fuara, gan fhios dúinn ár bhféiniúlacht leis an tír seo ar feadh uair an chloig aisteach, sular leáigh muid isteach ann arís.

Sin é mo Mheán-Iarthar-ní an chruithneacht ná na prairies ná na bailte Sualannacha caillte, ach na traenacha corraitheacha atá ag filleadh ar m'óige, agus na lampaí sráide agus na cloigíní carr sleamhnáin sa dorchadas frosty agus scáthanna fleasca cuileann caite ag fuinneoga éadroma ar an sneachta. Tá mé mar chuid de sin, rud beag sollúnta le mothú na ngeimhreadh fada sin, beagáinín réchúiseach ó bheith ag fás aníos i dteach na Ceathrún Rua i gcathair ina dtugtar ainm teaghlaigh ar thithe cónaithe go fóill. Feicim anois gur scéal de chuid an Iarthair a bhí ann, tar éis an tsaoil—Tom agus Gatsby, Daisy agus Jordan agus mise, ba Iartharaigh iad go léir, agus b'fhéidir go raibh easnamh éigin i gcoiteann againn a d'fhág nach raibh muid in ann saol an Oirthir a bhaint amach.

Fiú nuair a excited an Oirthear dom an chuid is mó, fiú nuair a bhí mé an chuid is mó keenly ar an eolas ar a superiority leis an leamh, sprawling, bailte swollen thar an Ohio, lena n-inquisitions interminable a spared ach na páistí agus an-sean-fiú ansin bhí sé i gcónaí dom ar chaighdeán saobhadh. West Egg, go háirithe, figiúirí fós i mo aisling níos iontach. Feicim é mar radharc oíche ag El Greco: céad teach, ag an am céanna traidisiúnta agus grotesque, crouching faoi sullen, spéir overhanging agus gealach lustreless. Sa tulra tá ceathrar fear sollúnta i gculaith éadaí ag siúl ar an taobhchosán le sínteán ar a luíonn bean ólta i ngúna bán tráthnóna. A lámh, a dangles thar an taobh, sparkles fuar le jewels. Go huafásach casann na fir isteach i dteach—an teach mícheart. Ach níl ainm na mná ar eolas ag aon duine, agus is cuma le duine ar bith.

Tar éis bhás Gatsby bhí an tOirthear ciaptha domsa mar sin, agus é curtha as a riocht thar chumhacht cheartúcháin mo shúile. Mar sin, nuair a bhí deatach gorm na nduilleog brittle san aer agus shéid an ghaoth an righin níocháin fhliuch ar an líne shocraigh mé teacht ar ais abhaile.

There was one thing to be done before I left, bhí rud amháin le déanamh sular fhág mé, rud awkward, unpleasant that perhaps had better have been let alone. Ach bhí mé ag iarraidh rudaí a fhágáil in ord agus ní hamháin go raibh muinín agam as an bhfarraige a bhí ag cur dallamullóg agus neamhshuim orm mo dhiúltú a scuabadh ar shiúl. Chonaic mé Jordan Baker agus labhair mé anonn agus anall faoin méid a tharla dúinn le chéile, agus an méid a tharla dom ina dhiaidh sin, agus luigh sí go breá fós, ag éisteacht, i gcathaoir mhór.

Bhí sí gléasta chun galf a imirt, agus is cuimhin liom a bheith ag smaoineamh go raibh cuma mhaith uirthi, d'ardaigh a smig rud beag jauntily, a cuid gruaige dath duilleog an fhómhair, a aghaidh an tint donn céanna leis an lámhainn fingerless ar a glúine. Nuair a bhí mé críochnaithe dúirt sí liom gan trácht go raibh sí gafa le fear eile. Bhí amhras orm, cé go raibh roinnt ann go bhféadfadh sí a bheith pósta ag nod dá ceann, ach lig mé orm go raibh iontas orm. Ar feadh nóiméad amháin wondered mé más rud é nach raibh mé ag déanamh botún, ansin shíl mé é ar fad arís go tapa agus d'éirigh liom slán a fhágáil.

"Mar sin féin chaith tú tharam," arsa an Iordáin go tobann. "Chaith tú anonn ar an teileafón mé. Ní thugaim diabhal fút anois, ach eispéireas nua a bhí ann domsa, agus mhothaigh mé rud beag dizzy ar feadh tamaill.

Chroith muid lámha.

"Ó, agus an cuimhin leat"—ar sise—"comhrá a bhí againn uair amháin faoi charr a thiomáint?"

"Cén fáth-ní go díreach."

"Dúirt tú nach raibh drochthiománaí sábháilte go dtí gur bhuail sí le drochthiománaí eile? Bhuel, bhuail mé le droch-thiománaí eile, nach raibh? Ciallaíonn mé go raibh sé míchúramach orm buille faoi thuairim mícheart den sórt sin a dhéanamh. Shíl mé gur duine macánta, simplí a bhí ionat. Shíl mé gurbh é do bhród rúnda é.

"Tá mé tríocha," a dúirt mé. "Tá mé cúig bliana ró-aosta le luí liom féin agus onóir a thabhairt dó."

Níor fhreagair sí. Feargach, agus leath i ngrá léi, agus brón mór orm, chas mé ar shiúl.

Tráthnóna amháin déanach i mí Dheireadh Fómhair chonaic mé Tom Buchanan. Bhí sé ag siúl romham feadh Fifth Avenue ina fholáireamh, ar bhealach ionsaitheach, a lámha amach beagán as a chorp amhail is dá mba chun troid as cur isteach, a cheann ag gluaiseacht go géar anseo agus ansiúd, é féin a chur in oiriúint dá shúile restless. Díreach mar a mhoilligh mé suas chun scoitheadh air a sheachaint stop sé agus thosaigh sé ag frowning isteach i bhfuinneoga siopa seodra. Go tobann chonaic sé mé agus shiúil sé ar ais, ag coinneáil amach a lámh.

"Cad é an t-ábhar, Nick? An gcuireann tú i gcoinne lámha a chroitheadh liom?"

"Tá. Tá a fhios agat cad a cheapann mé de tú. "

"Tá tú craiceáilte, Nick," a dúirt sé go tapa. "Craiceáilte mar ifreann. Níl a fhios agam cad é an t-ábhar leat.

"Tom," a d'fhiafraigh mé, "cad a dúirt tú le Wilson an tráthnóna sin?"

Bhreathnaigh sé orm gan focal, agus bhí a fhios agam go raibh buille faoi thuairim ceart agam faoi na huaireanta sin a bhí ar iarraidh. Thosaigh mé ag dul ar shiúl, ach thóg sé céim i mo dhiaidh agus rug sé ar mo lámh.

"D'inis mé an fhírinne dó," a dúirt sé. "Tháinig sé go dtí an doras agus muid ag fáil réidh le fágáil, agus nuair a chuir mé síos focal nach raibh muid istigh rinne sé iarracht a bhealach a dhéanamh thuas staighre. Bhí sé craiceáilte go leor chun mé a mharú mura ndúirt mé leis cé leis an carr. Bhí a lámh ar gunnán ina phóca gach nóiméad a bhí sé sa teach-" Bhris sé amach defiantly. "Cad a tharlódh dá ndéarfainn leis? Bhí an fear sin ag teacht chuige. Chaith sé deannach isteach i do shúile díreach mar a rinne sé i Daisy's, ach bhí sé deacair. Rith sé thar Myrtle mar a rithfeá thar mhadra agus níor stop sé a charr fiú."

Ní raibh aon rud a d'fhéadfainn a rá, ach amháin an fhíric dhosháraithe nach raibh sé fíor.

"Agus má cheapann tú nach raibh mo sciar den fhulaingt agam—féach anseo, nuair a chuaigh mé chun an t-árasán sin a thabhairt suas agus nuair a chonaic mé an bosca damanta brioscaí madraí sin ina suí ansin ar an taobhchlár, shuigh mé síos agus chaoin mé mar a bheadh leanbh ann. Ag Dia bhí sé uafásach—"

Ní raibh mé in ann maithiúnas a thabhairt dó nó cosúil leis, ach chonaic mé go raibh údar iomlán leis an méid a bhí déanta aige. Bhí sé an-mhíchúramach agus mearbhall ar fad. Daoine míchúramacha a bhí iontu, Tom agus Daisy—bhris siad suas rudaí agus créatúir agus ansin chúlaigh siad ar ais isteach ina gcuid airgid nó ina míchúram mór, nó cibé rud a bhí ann a choinnigh le chéile iad, agus lig siad do dhaoine eile an praiseach a bhí déanta acu a ghlanadh ...

Chroith mé lámh leis; dhealraigh sé amaideach gan, do bhraith mé go tobann mar cé go raibh mé ag caint le leanbh. Ansin chuaigh sé isteach sa siopa seodra chun muince péarla a cheannach—nó b'fhéidir nach raibh ann ach péire cnaipí cufa—réidh le mo squeamishness cúige go deo.

Bhí teach Gatsby fós folamh nuair a d'fhág mé—bhí an féar ar a fhaiche tar éis fás chomh fada liomsa. Níor thóg duine de na tiománaithe tacsaí sa sráidbhaile táille thar an ngeata iontrála riamh gan stopadh ar feadh nóiméid agus pointeáil taobh istigh; b'fhéidir gurbh é a thiomáin Daisy agus Gatsby anonn go dtí East Egg oíche na timpiste, agus b'fhéidir go raibh scéal déanta aige faoi féin. Ní raibh mé ag iarraidh é a chloisteáil agus sheachain mé é nuair a d'éirigh mé as an traein.

Chaith mé mo chuid oíche Dé Sathairn i Nua-Eabhrac toisc go raibh na cóisirí gleaming, dazzling dá chuid liom chomh beoga go raibh mé in ann a chloisteáil fós ar an ceol agus an gáire, faint agus incessant, as a ghairdín, agus na gluaisteáin ag dul suas agus síos a thiomáint. Oíche amháin chuala mé carr ábhartha ann, agus chonaic mé a soilse ag stopadh ag a chéimeanna tosaigh. Ach níor fhiosraigh mé. Is dócha go raibh sé roinnt aoi deiridh a bhí ar shiúl ag deireadh an domhain agus ní raibh a fhios go raibh an páirtí os a chionn.

Ar an oíche dheireanach, le mo trunk pacáilte agus mo charr a dhíoltar leis an grósaera, chuaigh mé anonn agus d'fhéach sé ar an teip ollmhór incoherent de theach uair amháin níos mó. Ar na céimeanna bána focal gáirsiúil, scrawled ag buachaill éigin le píosa bríce, sheas amach go soiléir i solas na gealaí, agus scrios mé é, ag tarraingt mo bróg raspingly feadh na cloiche. Ansin wandered mé síos go dtí an trá agus sprawled amach ar an gaineamh.

Bhí an chuid is mó de na háiteanna móra cladaigh dúnta anois agus is ar éigean go raibh aon soilse ann ach amháin an scáil, ag bogadh luisne báid farantóireachta trasna na Fuaime. Agus de réir mar a d'éirigh an ghealach níos airde thosaigh na tithe inessential ag leá ar shiúl go dtí de réir a chéile tháinig mé ar an eolas faoin sean-oileán anseo a bhláthaigh uair amháin do shúile mairnéalach na hÍsiltíre—cíoch úr glas ar an domhan nua. Bhí na crainn a bhí imithe, na crainn a bhí tar éis bealach a dhéanamh do theach Gatsby, tar éis pandered uair amháin i gcogar leis an gceann deireanach agus is mó de na brionglóidí daonna go léir; óir ní foláir nó gur choinnigh fear a anáil i láthair na mór-roinne seo, agus é d'fhiacha air machnamh aeistéitiúil a dhéanamh nár thuig sé ná nár theastaigh uaidh, aghaidh ar aghaidh den uair dheireanach sa stair le rud éigin i gcomhréir lena chumas iontais.

Agus nuair a shuigh mé ansin ag brooding ar an sean-domhan anaithnid, smaoinigh mé ar iontas Gatsby nuair a phioc sé an solas glas den chéad uair ag deireadh duga Daisy. Bhí sé tar éis teacht ar bhealach fada go dtí an lawn gorm, agus ní mór a aisling a bheith an chuma chomh gar go bhféadfadh sé ar éigean a theipeann a thuiscint air. Ní raibh a fhios aige go raibh sé taobh thiar dó cheana féin, áit éigin ar ais sa doiléire ollmhór sin taobh amuigh den chathair, áit a raibh páirceanna dorcha na poblachta ag rolladh ar aghaidh faoin oíche.

Chreid Gatsby sa solas glas, an todhchaí orgastic an bhliain sin ag cúlú os ár gcomhair. Eluded sé dúinn ansin, ach is cuma-amárach beidh muid ag rith níos tapúla, síneadh amach ár n-arm a thuilleadh ... Agus maidin bhreá amháin—

Mar sin, buille muid ar, báid i gcoinne an reatha, iompartha ar ais ceaselessly isteach san am atá caite.